Bruño

PARALELO CERO

Juan Ignacio Luca de Tena, 15
28027 Madrid
www.brunolibros.es

ISBN: 978-84-696-2028-1
Depósito legal: M-1800-2017

PRIMERA EDICIÓN: febrero 2017
SEGUNDA EDICIÓN: junio 2018
TERCERA EDICIÓN: noviembre 2018
CUARTA EDICIÓN: noviembre 2019

PAPEL DE FIBRA CERTIFICADO

PARALELO CERO

Dirección del proyecto editorial:
Trini Marull

Dirección editorial:
Isabel Carril

Coordinación editorial:
Begoña Lozano

Edición:
Carmina Pérez

Diseño:
Emilio Rebull

Cubierta:
Grupo Kunzzo, S. L.

PARALELO CERO

Llueve sobre mi lápida

J. R. Barat

Capítulo primero

La mujer sin rostro

LLEGUÉ al pueblo al anochecer, justo cuando los últimos rayos del sol se ocultaban en la lejanía. Me sorprendió la soledad aplastante que me rodeaba. No se veía a nadie por las calles. Puertas y ventanas cerradas, farolas apagadas. Daba la impresión de que se trataba de un pueblo abandonado, un pueblo habitado solamente por las sombras de los recuerdos. Con todo, lo que más llamó mi atención fue el castillo, encaramado en lo alto de un cerro bastante alto, como un gigante de piedra asomándose al abismo.

El pueblo resultó ser más grande de lo que yo supuse en un principio. Un entramado de callejuelas desordenadas subían y bajaban, formando un laberinto de casas de piedra que parecían congeladas en una atmósfera medieval.

Sí. Eso fue lo primero que pensé: «Este lugar se encuentra fuera del tiempo».

Un relámpago inmenso, como una cicatriz de fuego, rasgó la piel del cielo. Al momento se oyó un trueno aterrador. Y comenzó a llover.

Mientras la tarde expiraba a mi alrededor, caminé y caminé por aquellas calles estrechas y tortuosas, observando las paredes de piedras grandes como sillares, las puertas de madera labrada, los escudos blasonados que destacaban en algunas fachadas, sin saber muy bien hacia dónde me dirigían mis pasos, llevado por el azar.

Dejé atrás las últimas casas y empecé a subir por una cuesta empinada. A mi derecha se alzaba una iglesia de estilo románico, tras la cual se elevaban como bulbos los montes pelados y oscuros. El camino serpenteaba. A mi izquierda había un pequeño muro, de apenas un metro de altura. Delgadas columnas de aspecto helénico y ruinoso jalonaban aquel sendero. Eran redondas y estaban rematadas por unas delgadas cruces de hierro.

El camino se bifurcó. A la derecha comunicaba con una carretera asfaltada que bordeaba el cerro del castillo. Enormes rocas suspendidas sobre la ladera de forma inverosímil amenazaban con caer rodando y aplastarlo todo a su paso. El sendero de la izquierda me conducía hacia un huerto tapiado por un muro, detrás del cual se veía una iglesia.

Llegué a la tapia. Lo que me había parecido un huerto era en realidad un cementerio con forma rectangular. La verja negra de la entrada tenía en la parte superior un dibujo fúnebre: la cabeza de una calavera apoyada sobre dos tibias en cruz. Bajo las tibias, la palabra RIP me dio la bienvenida.

Empujé la puerta con la mano y descubrí, sorprendido, que estaba abierta.

A la luz moribunda del anochecer y bajo la ligera lluvia que seguía cayendo monótonamente contemplé el lugar. Una luna redonda y roja asomaba por detrás del campanario de la iglesia que se alzaba al otro lado del cementerio. Atravesé aquel entramado de muerte, sin importarme la lluvia, y llegué hasta la iglesia. Su aspecto era bastante destartalado. Sobre el enorme portalón de madera oscura destacaban siete arcos concéntricos. Lo más llamativo era la torre, con tres ventanas. Las dos inferiores habían sido tapiadas con ladrillos. La ventana superior, en cambio, permanecía abierta y dejaba entrever dos campanas de considerable tamaño.

Volví los ojos hacia el cementerio y deshice el camino. La lluvia arreciaba. Regresé hasta la puerta. Estaba a punto de abandonar aquel lugar cuando eché un último vistazo.

Parpadeé asombrado. Allí en medio de la oscuridad, bajo aquel aguacero que caía sin piedad sobre las tumbas, distinguí la figura de una mujer.

¿Cómo era posible no haberla visto antes?

Debía de encontrarse a unos treinta pasos de distancia hacia la parte de la izquierda, junto al muro que delimitaba el cementerio, frente a una tumba solitaria. Vestía un camisón blanco.

Caminé hacia ella como hipnotizado y, mientras me acercaba, la observé con detenimiento. Estaba de espaldas y me resultaba imposible calcular su edad. Tenía el pelo largo, tal vez negro o castaño, no podía distinguirlo bien. El camisón blanco le llegaba hasta media pierna. Se hallaba completamente empapada, como yo a aquellas alturas, y con los pies descalzos metidos en un charco de agua y barro.

De pronto, empezaron a sonar campanadas fúnebres. Una, dos, tres… Como un eco triste de alguna desgracia irremediable. Miré el campanario. Sí. Las dos campanas volteaban movidas por una mano invisible. ¿Quién hacía sonar las campanas a aquella hora de la noche, bajo la lluvia, si la iglesia permanecía cerrada?

La luna, zarandeada por la lluvia, parecía una oblea de sangre deshaciéndose en lágrimas rojas.

Otro relámpago, más fiero aún que el anterior, hizo trizas el espinazo de la noche. Y un segundo más tarde, un trueno feroz golpeó el firmamento.

Volví los ojos hacia la mujer. Seguía allí, de pie, anegada en agua y oscuridad, contemplando la sepultura. Me puse a su espalda. Observé que en aquella lápida no había ni un nombre, ni una fotografía, ni una flor.

Era una tumba anónima.

Alcé la mano y la deposité sobre el hombro derecho de aquella desconocida. Tuve la sensación de tocar un objeto sin vida. Ella se dio la vuelta lentamente.

Muy lentamente.

Antes de entrar en la cocina, escuché la voz de mi padre en el cuarto de baño cantando *O, mia patria, si bella e perduta* a voz en grito, entre el estruendo del agua y los botes de gel que caían sobre el plato de la ducha.

Mi madre sacaba la loza del lavavajillas. Olía a café y a pan tostado.

–Buenos días, mamá.

–Hola, cariño, llegas a tiempo para desayunar con nosotros.

Le di un par de besos y me senté en una de las sillas. Mi cara debía de ser un poema porque mi madre se quedó con la botella de leche en la mano, escrutándome con la mirada.

–¿Qué te pasa? Tienes mal aspecto.

Ya sabía sin necesidad de mirarme al espejo que mi aspecto debía de ser horrible. Me lo decían el cansancio y el sueño.

–Las vacaciones me sientan mal.

–Claro. Tenías que haber hecho como tu hermana. Aquí en Madrid hace tanto calor que no se puede vivir.

Mi hermana Irene se había marchado hacía unos días a Soto del Real, donde los padres de su amiga Cristina tienen una casita. Yo llevaba ya una semana de vacaciones y aún no tenía decidido qué iba a hacer con mi tiempo libre.

Había terminado con éxito mi primer curso de Periodismo en la facultad y no deseaba otra cosa que no hacer nada.

De momento, me dedicaba a perder el tiempo, a ir al cine, a la piscina o a los billares con los amigos.

–Creo que deberías irte a Gélver con Alicia –me aconsejó mi madre mientras ponía la leche, el café y las tostadas sobre la mesa y se sentaba a mi lado.

En aquel momento, mi padre entró por la puerta recién duchado y afeitado, oliendo a colonia y a loción *after shave,* con su traje azul marino y su corbata gris. Impecable.

–¡Hombre, Daniel! ¿Qué haces levantado un viernes de julio a las ocho de la mañana?

Mi padre me dio un beso y tomó asiento. Bromeó con mi madre, cosa habitual en él, le hizo carantoñas y arrumacos, sin dejar de hablar del trabajo, del verano y de alguna noticia que hubiera leído en la prensa. Yo seguía su conversación y sus gracias distraídamente, sin dejar de darle vueltas a mi sueño.

¿Era normal tener tres noches seguidas la misma pesadilla? La lluvia, el pueblo oscuro y extraviado en un paraje desolador, el cementerio con la iglesia al fondo y la extraña mujer del camisón ante una tumba sin nombre.

No. No parecía muy normal que se repitiera aquel sueño obsesivo tres noches consecutivas.

–¿Es que echas de menos los madrugones? –insistió mi padre cuando se cansó de hablar y tontear con mi madre.

Decidí no contar nada y me alcé de hombros.

–Últimamente duermo mal. Debe de ser el calor, como dice mamá –comenté mientras tomaba una tostada untada con aceite de oliva.

Mi padre sonrió.

–Pues si quieres venir conmigo al hospital… Allí tenemos aire acondicionado.

–Yo le he dicho que se vaya a Gélver –insistió mi madre–. Con Alicia.

Alicia también había aprobado con buenas notas el primer curso de Periodismo y había regresado con sus padres a Gélver, un pequeño pueblo de la costa almeriense, para pasar el verano. Alicia y yo formábamos una buena pareja y para mí era el complemento ideal. Sin embargo, lo que verdaderamente me apetecía después de un curso agotador era estar solo, sin clases, sin mi hermana, sin mis padres, sin Alicia, sin nadie… A solas conmigo mismo.

–No sé… –dije, y apuré el café con leche de un sorbo–. Ya veremos.

Mi padre se marchó al hospital, sin dejar de canturrear, y mi madre empezó a recoger la cocina. Me preguntó si quería acompañarla al supermercado. Le respondí que no con una sonrisa y me metí en mi habitación.

Solo. Sentado ante la mesa de estudio y con los ojos fijos en la pantalla apagada. ¿Y si aquel escenario de mis sueños existía realmente y se trataba de un lugar que hubiera visitado de niño con mis padres? Era probable que paisajes y momentos de la infancia que no recordaba conscientemente permanecieran almacenados en el disco duro de mi memoria. Parecía razonable. Un pueblo, una fiesta, un rostro, algo que ocurrió en nuestra niñez, una voz, una risa… Cosas que aparentemente olvidamos porque la vida nos hace amontonar otras vivencias encima, una tras otra, como en un baúl del tiempo. Y de pronto, sin previo aviso y casi a traición, la vida nos devuelve algo del pasado: un olor, un sabor, una imagen… hacen aflorar a la superficie lo que estaba escondido en nuestro inconsciente.

Había leído algo acerca de todo eso cuando estudiaba a Freud.

Decidí probar suerte. Encendí el ordenador y abrí Google.

Empecé a combinar palabras como «cementerio, iglesia, torre, campanario, ventanas tapiadas» durante más de media hora, sin éxito. Quería encontrar el misterioso lugar de mis pesadillas, pero pasaban los minutos y mis pesquisas informáticas no obtenían resultado. El desánimo empezó a apoderarse de mí.

¿Y si aquel lugar no existía más que en mis sueños?

Era lo más probable.

Comenzaba a barajar la idea de abandonar la tarea cuando se me ocurrió teclear solamente «iglesia y cementerio». Mis ojos recorrieron imágenes de templos con sepulturas y nichos en un mosaico interminable, restos de antiguos monasterios devorados por la lepra del tiempo, cruces torcidas comidas por el musgo, una bacanal de podredumbre y muerte, hasta que de pronto se posaron en una fotografía que reconocí de inmediato.

¡El cementerio con la iglesia de la torre que tenía dos ventanas cegadas! ¡El camposanto rectangular cercado por una tapia! A la derecha, fuera del recinto, se veía un pequeño terraplén poblado de hierba junto a la carretera asfaltada que circunvalaba el cerro del castillo. A lo lejos, una serranía de montes azules. Observé la puerta del camposanto. Sí, allí estaba la verja sobre la que descansaba el dibujo de la calavera con las dos tibias en cruz debajo, como en las banderas de los barcos piratas.

Cementerio de Atienza.

¿Atienza?

¿Dónde narices se encontraba Atienza?

Google me sacó del apuro en seis segundos.

Localidad y municipio español de la provincia de Guadalajara.

Durante un par de horas me dediqué a leer todo lo que se decía en internet sobre aquel pueblo desconocido para mí. Situación, clima, geografía, economía, historia, patrimonio, museos, fiestas…

Yo nunca había estado en Atienza. Ni siquiera conocía la existencia de aquel pueblo de poco más de quinientos habitantes, escondido en la serranía de Guadalajara. Ni sabía qué tenían que ver conmigo el cementerio, la tumba anónima y la mujer sin rostro.

¿Cómo y por qué había soñado con un lugar desconocido?

De pronto, una idea descabellada comenzó a rondar por mi cabeza.

Total, estaba de vacaciones y no tenía nada mejor que hacer.

Averigüé que el autobús salía a las 16:30 de Madrid y llegaba a Atienza a las 18:45. Algo más de dos horas y media. Doce euros. Sin dudarlo ni un solo segundo, compré un billete de ida y vuelta, y a continuación busqué un lugar económico para pasar la noche.

Hostal Herrera.

Le dije a mi madre que hacía tiempo que quería conocer Atienza y que volvería al día siguiente. El resto de la jornada, hasta la hora de la partida, lo pasé leyendo cosas sobre aquel pequeño pueblo de Guadalajara del que no había oído hablar en mi vida.

El autobús me dejó a la entrada de Atienza. Tal como recordaba de mis sueños, la población me pareció sumergida en otra época. Abundaban los conventos y las iglesias, algunas de ellas convertidas en museos. La mayoría de las casas eran de piedra. Había también restos de murallas antiguas. Crucé dos plazas, unidas entre sí por un arco, anduve por callejuelas estrechas que parecían formar un laberinto absurdo y paseé de un lado para otro como un turista. En menos de una hora ya había recorrido el pueblo entero.

Antes de que se me echara la noche encima decidí ir al cementerio. No necesité ningún plano. Me guiaba por las imágenes que había visto en mis pesadillas. Empecé a subir la cuesta que llevaba al templo románico que aparecía en los sueños, y tomé el camino que conducía hasta el camposanto y la iglesia con la torre de las ventanas tapiadas; según mis pesquisas informáticas, el primero se llamaba iglesia de la Santísima Trinidad y la segunda, Santa María del Rey. Aquel sendero estaba mal asfaltado. A mi derecha se veía la ladera del cerro que sostiene la fortaleza. A mi izquierda las columnas griegas y el muro de apenas un metro. Descubrí que tras él se divisaban la población y los campos de mieses. Me asomé y contemplé Atienza a la luz del atardecer. La panorámica era entrañable. Piedra sobre piedra, el pueblo se sostenía en pie como un recuerdo del pasado, con apenas avances arquitectónicos. Más allá de las últimas casas, se extendía en todas direcciones una llanura de trigales verdes y amarillos y campos de tierra roja.

Reanudé la marcha y pronto me vi ante el camposanto. El lugar era tal como yo lo recordaba: la verja de la entrada con la calavera y las dos tibias en cruz, el muro circundante y la iglesia al fondo, con la torre del campanario.

La puerta se encontraba abierta.

Me recibió un silencio de plomo cayendo sobre las lápidas y los muertos. En la parte superior del muro vi dos cuervos negros y brillantes, como una premonición desagradable.

Recorrí con los ojos el lugar. Tumbas y más tumbas, nombres, fechas, cruces, frases lapidarias. Siempre estarás en nuestro corazón. Nunca te olvidaremos.

La sensación de olvido y de abandono era demasiado pavorosa. Avancé a través de los sepulcros hasta la parte contraria. El cementerio desembocaba en la iglesia de Santa María del Rey. Contemplé la puerta de madera oscura coronada por los siete arcos concéntricos. Me di cuenta de que estaban apoyados en dos columnas cuyos capiteles habían sido decorados con formas vegetales. El arco más pequeño contenía una frase escueta en latín.

Manere Dei.

El latín que estudié en el Bachillerato era suficiente para traducir aquellas dos palabras: «Dios es lo único que permanece».

Miré hacia lo alto. La torre de aquella iglesia tenía, en efecto, tres ventanas. Las dos de abajo estaban tapiadas. La superior, abierta, dejaba entrever un par de campanas de enormes proporciones.

Examiné con atención los siete arcos que coronaban la puerta de la iglesia, rebosantes de figuras humanas que representaban santos, ángeles, obispos, arcángeles… Eran figuras pequeñas talladas en piedra, con rasgos sencillos devorados por la erosión del tiempo. Sobre la puerta, y por encima del arco superior, había tres hornacinas. La del centro estaba vacía y las de los laterales contenían dos pequeñas imágenes decapitadas.

Contemplé la panorámica de las tumbas diseminadas por el recinto. Paseé sin prisa entre ellas mientras mi vista se detenía en las fotografías y en las flores mustias con una inexplicable tristeza.

Llegué hasta la parte izquierda del camposanto, donde se encontraba la tumba anónima de mis sueños, un poco separada del resto, y me situé donde había visto a la mujer del camisón bajo la lluvia. A un metro del sepulcro.

Comprobé que en la lápida no figuraba ni una frase, ni había una foto, ni una cruz.

Absolutamente nada.

Solo la superficie blanca y limpia de la piedra.

Fue entonces cuando escuché pronunciar mi nombre. Lo que llegaba a mis oídos era una voz apagada, oscura, cavernosa. Me di la vuelta, sorprendido, pero no vi a nadie. Me encontraba solo en mitad de un océano de muertos.

¿Había oído realmente aquella voz?

Miré hacia lo alto. Empezaba a oscurecer y el cielo amenazaba tormenta.

Volví mis ojos hacia la tumba.

¿Quién estaría enterrado allí dentro?

¿Quién era la mujer sin rostro de mis sueños?

De pronto, volví a escuchar mi nombre. No me cabía duda. Era una voz opaca, ni masculina ni femenina, una voz que parecía salir de las entrañas de la tierra, que atravesaba sombras y parecía tener un tono de súplica… o de maldición.

Los dos cuervos graznaron fúnebremente y alzaron el vuelo hasta convertirse en dos manchas negras en el aire.

Comenzó a llover al mismo tiempo que la oscuridad me envolvía por completo, igual que un manto de alquitrán. El cementerio me pareció entonces un lugar hostil y peligroso, y sentí miedo. Un miedo atroz.

Salí de allí a toda prisa y eché a correr hacia el hostal, perseguido por la lluvia, por la oscuridad y por aquella extraña voz subterránea que repetía mi nombre sin cesar.

Capítulo segundo

Deja de decir chorradas

El hostal Herrera se encontraba en la plaza de España, que era pequeña, con un jardincillo en el centro de forma triangular, cuatro árboles menudos y una fuente sin agua coronada por varios tritones de piedra.

Estaba regentado por un matrimonio de la edad de mis padres, que me atendieron amablemente.

–Mi nombre es Miguel. Y mi mujer se llama Salomé. Mientras estés en Atienza, esta es tu casa.

–Gracias.

El hostal era humilde, pero muy limpio y olía a ambientador de pino. En realidad, parecía una casa reconvertida en pensión.

Tras rellenar la ficha de hospedaje con mis datos, subí a la habitación para lavarme y cambiarme. Estaba completamente empapado. Me desnudé sin prisa, pensando en lo que acababa de ocurrirme y tratando de encontrar una explicación lógica. Me di una ducha rápida y, después de secarme, me vestí y me tumbé en la cama. Con las manos en la nuca, oyendo caer la lluvia en la calle, contemplé la habitación.

Era pequeña y acogedora. Pocos muebles, un par de cuadros y una ventana con cortinillas blancas a través de la cual se veía la plaza.

De súbito sonó el móvil. Pulsé el botón verde sin mirar en la pantalla el nombre de la persona que me llamaba.

–Hola –saludó una voz cantarina al otro lado.

Alicia.

Sonreí.

–Hola.

–¿Se puede saber por dónde andas? Hace un par de días que no sé nada de ti.

Me sentí culpable. Tendría que haberla llamado, pero yo no soy de esos que andan a todas horas mandando wasaps. No me gusta depender demasiado del teléfono porque me quita libertad.

–Estoy en un pueblo de Guadalajara. ¿Y tú?

–¿En Guadalajara? –Alicia elevó el tono de la voz.

–En un pueblo.

–¿Y cómo se llama ese pueblo?

–Atienza.

–¿Cómo?

–Atienza.

–Ya. ¿Y qué haces ahí?

–Esto parece un interrogatorio de la policía. O de mi madre, que es peor.

–Deja de decir chorradas y dime qué haces tú en Guadalajara.

–Turismo rural.

Alicia guardó unos segundos de silencio y yo supe que no se había tragado la bola. Es demasiado inteligente y se da cuenta enseguida de cuándo le quieren dar gato por liebre.

–No me ha gustado el chiste. En vez de venir a Gélver a ver a mis padres y a estar conmigo, te vas a Guadalajara tú sabrás a qué… ¿Te crees que soy tonta?

–No sé por qué no puedo hacer turismo rural –insistí sin convicción.

–Te he dicho que dejes de decir chorradas. ¿Te has metido en un lío?

Me quedé callado, sumido en un silencio delator.

–Vamos, suéltalo ya.

Respiré hondo.

–Está bien, pero te advierto que no te va a gustar.

–Eso lo decidiré yo.

Esa era Alicia. Inexpugnable.

–De acuerdo.

En pocas palabras le resumí lo que me había sucedido en los últimos días. La lluvia seguía cayendo en la calle con un repiqueteo monónono.

Cuando terminé de narrar mis desventuras, nos quedamos callados unos instantes, al cabo de los cuales la voz de Alicia sonó como un trueno.

–Espérame ahí. Mañana nos vemos.

Salté de la cama.

–¿Cómo que nos vemos mañana? ¡Si estás en Gélver!

–¿Y qué? Yo también tengo vacaciones. ¿Por qué no puedo ir yo a Guadalajara?

–Pero…

Alicia no me dejó terminar.

–No quiero que te metas en líos sin mí. No me fío.

–¿Y qué piensas hacer?

–Le voy a decir a mi padre que me lleve a Lorca ahora mismo. De allí tomaré el tren desde Madrid esta noche y mañana salgo en el primer autobús.

–Espera. No he traído equipaje. Voy con lo puesto y pensaba regresar mañana a Madrid.

–Bueno, pues en ese caso nos vemos en Madrid.

–Eres el colmo.

–No. Soy tu ángel guardián. Y te conozco. Sé que estás a punto de meterte en problemas, así que nos veremos mañana en tu casa.

No tenía alternativa. Me mordí el labio inferior.

–De acuerdo –concedí finalmente.

Bajé al comedor del hostal y me comí un bocadillo de tortilla viendo en la tele uno de esos programas absurdos en los que todos gritan al mismo tiempo y en los que nadie escucha a nadie. El moderador era el que más chillaba.

No estaba solo. En el comedor había cuatro mesas ocupadas. Los dueños del hostal andaban de un lado a otro entre el comedor, la cocina, la recepción y el interior de la casa. De vez en cuando, Miguel se quedaba viendo la tele unos momentos y se reía con las tonterías que decían los contertulios.

Terminé el bocadillo y abandoné el comedor. Subí a mi cuarto. La lluvia arreciaba y era imposible salir a dar una vuelta por el pueblo, ni siquiera con paraguas.

Era demasiado pronto para meterme en la cama. En la mesilla de noche había planos, mapas y folletos con la historia de Atienza, sus costumbres, sus monumentos, sus edificios más característicos y sus fiestas. Estuve ojeando aquellos papeles hasta aprenderme casi de memoria lo más importante, que no era mucho.

Cuando me cansé de mirar y remirar aquellos catálogos, me metí entre las sábanas, apagué la luz y cerré los ojos.

Me dormí mientras escuchaba el sonido de la lluvia en la calle y repasaba los últimos acontecimientos.

Soñé con Alicia, que decía mi nombre y sonreía desde el fondo de la fotografía que yo tenía sobre la mesa de mi dormitorio. Era una foto que había tomado en Gélver, con el mar de fondo, un par de años atrás, durante las vacaciones en las que nos conocimos. Ella vestía una camisa blanca con un letrero en el pecho que decía «No a la guerra». Llevaba una gorra con visera sobre el pelo castaño. Su sonrisa era limpia, luminosa, a juego con el color azul moteado por pequeñas nubecillas blancas del cielo de la foto. Alicia decía mi nombre con una voz acuosa y lejana. Daniel, Daniel, Daniel…

Me desperté sobresaltado al mismo tiempo que la imagen de Alicia se desvanecía entre las sombras que me envolvían.

¿Qué hora sería?

La lluvia golpeaba ventanas, cristales y tejados, como un llanto inconsolable del cielo. Agucé el oído y escuché pronunciar mi nombre entre las sombras, confundido con el repiqueteo del agua.

Daniel, Daniel, Daniel…

Traté de encender la lámpara, pero no funcionaba, y ahogué una maldición. Me levanté a tientas, caminé a oscuras, como un sonámbulo, le di a todos los interruptores de la habitación y comprobé desalentado que estaba sin luz.

Me asomé a la ventana. Atienza dormía sumida en la más completa oscuridad. Al parecer, la tormenta había provocado un apagón general en la población.

La plaza se hallaba completamente desierta.

Oí un ruido a mi espalda, dentro de la habitación, y me volví asustado. La oscuridad no me permitía distinguir nada a dos pasos. Un lienzo de negrura me rodeaba. Permanecí en silencio, con las pupilas abiertas al máximo, atento a cualquier movimiento. Todo parecía sin vida a mi alrededor.

Escuché otra vez mi nombre, pronunciado en sordina; pero no en la habitación, sino en otro lugar, tal vez en la plaza, bajo la lluvia, en la oscuridad que cercaba el pueblo. Me asomé de nuevo a través de la ventana. Y la vi. Era la mujer del camisón blanco, en mitad de la plaza, empapada, el pelo negro cayéndole sobre el rostro, de tal manera que no podía verle las facciones de la cara, los pies descalzos dentro del agua que formaba riachuelos y charcos. Pronunciaba mi nombre con una voz que parecía proceder de debajo de la tierra, del otro lado de la vida. La miré fascinado. En mitad de la negrura y de la lluvia, su cuerpo parecía desprender una luz azufrada y fantasmal.

Volví a oír un ruido detrás de mí. En el cuarto. Estaba seguro. Algo se había movido a mis espaldas. Me giré atemorizado, esperando tropezarme con un gato, un ratón, un pájaro que hubiera entrado por la ventana y se hubiera quedado atrapado en la habitación. Mis ojos trataron de taladrar las sombras, pero me encontré con la negrura, la soledad y el vacío más absoluto envolviéndome.

–¿Hay alguien ahí? –pregunté a la nada.

Silencio.

Un creciente terror comenzó a apoderarse de mí.

Miré afuera. La mujer del camisón había desaparecido sin dejar rastro.

No entendía lo que estaba sucediéndome. Barrí la plaza con la mirada, de derecha a izquierda y de izquierda a derecha, sin prisa, tratando de encontrar las huellas de aquella extraña aparición. Los contornos de las casas, los árboles y la fuente se diluían en una neblina de sombra tamizada por la lluvia, que seguía cayendo igual que una salmodia de cristal.

Me di la vuelta decidido a meterme en la cama y olvidarme del asunto.

Ahogué un grito de pánico.

La luna había iluminado por un momento el cuarto. Y la mujer sin rostro se encontraba frente a mí.

El terror que experimenté por aquella súbita e inesperada visión me hizo dar un paso instintivo hacia atrás y golpearme con la pared. Pestañeé aturdido. La luz regresó justo entonces, rescatándome de aquella pesadilla. Comprobé, entre aliviado y extrañado, que me encontraba solo en la habitación y que no había nadie más junto a mí. La mujer del camisón había desaparecido tan misteriosamente como había surgido de entre las sombras. Miré por la ventana. Las farolas de la plaza arrojaban contra la lluvia una claridad amarilla, que brillaba de forma fantasmagórica. Miles de agujas luminosas cosían la negrura.

La luz me hizo recuperar el sentido de la realidad. Eché un vistazo a mi alrededor. Nada parecía alterar el orden habitual. Cada objeto y cada mueble ocupaban su lugar.

¿Qué era lo que me estaba sucediendo?

Entré en el cuarto de baño y me examiné en el espejo. Me asusté. Tenía ojeras, el pelo revuelto, la barba incipiente, los labios resecos y la expresión de haber atravesado una cordillera de sombras.

El reloj de pulsera marcaba las tres y cuarto de la madrugada.

Pensé en la mujer del camisón. La rapidez con que todo había sucedido y la oscuridad reinante me habían impedido contemplar sus facciones.

Era como haber visto un fantasma.

Decidí regresar a la cama, convencido de que la presencia de aquella mujer había sido producto exclusivamente de mi imaginación. Un sueño absurdo. Una pesadilla que no sabía cómo interpretar.

Necesitaba dormir y olvidarme de todo. Al día siguiente tomaría el autobús y retornaría a Madrid para encontrarme con Alicia. Sí. Sería lo mejor, lo más sensato. Olvidarme de Atienza y de aquella historia.

De repente, mis ojos observaron algo anómalo. Algo incomprensible.

Y sentí un escalofrío.

A dos metros de la ventana, sobre las baldosas del suelo, se veía un pequeño charquito de agua. Justo donde se me había aparecido la mujer sin rostro.

Estuve con la luz encendida el resto de la noche, sin dejar de escuchar la lluvia y los truenos que sonaban en la lejanía.

Recordé las noches de invierno de mi infancia. Cuando yo era un niño de cinco o seis años creía que el cielo, sacudido por truenos y relámpagos, iba a caerse en cualquier momento sobre mí. Sin embargo, en medio de aquel terror infantil, yo me sentía protegido por el calor de las sábanas blancas que olían a suavizante y a detergente, y que conservaban en alguna parte de su calor y su textura el espíritu de mi madre.

Las primeras luces del amanecer se colaron por la ventana, instalando en mi alma una sensación de paz que creía extraviada para siempre. Solo entonces conseguí abandonarme al sueño y dormir dos o tres horas.

Fue un sueño agitado y febril del que me desperté sobresaltado.

Durante varios minutos permanecí en la cama debatiéndome entre el sueño y la vigilia, en un duermevela absurdo en el que se me amontonaban imágenes que no sabía ubicar.

¿Había sufrido una pesadilla o aquella mujer del camisón bajo la lluvia había existido de verdad?

Traté de incorporarme, pero los músculos me dolían demasiado. Tenía la sensación de que me habían clavado miles de alfileres diminutos en los brazos y en las piernas.

Me levanté con gran esfuerzo y me asomé a la ventana. Ya no llovía. El cielo brillaba con un azul intenso, salpicado por algunas nubecillas de color cobrizo. Abrí el cristal y una bocanada de aire frío y húmedo me golpeó la cara. La tormenta había dejado sus huellas de agua y barro sobre el pueblo.

Me llegó el olor de una panadería cercana y noté los síntomas del hambre en el estómago. Debía darme una ducha para ahuyentar el cansancio y bajar a desayunar.

Me desnudé, dejé el pijama sobre la cama y me metí bajo el chorro del agua.

La ducha me devolvió la vida. Poco a poco mi cuerpo fue recobrando la energía. Volvía a sentirme bien. Mientras me vestía, traté de organizar mi agenda y mis pensamientos. Hasta las cuatro y media no salía el autobús, así que tenía toda la mañana para dar un paseo por el pueblo.

Pensé otra vez en Alicia y tuve que admitir que me moría por verla. Bajé a la cafetería del hostal sin dejar de pensar en ella. Evoqué sus facciones, su risa alegre, su mirada traviesa e inteligente. Sí. La quería más que a nada en el mundo. Y había bastado una semana de separación para darme cuenta de cuánto la echaba de menos.

Tomé un café con leche y unas tostadas, sentado junto a un ventanal que daba a la plaza. Había dos mesas más ocupadas, familias con niños, seguramente turistas ocasionales. Los niños eran parlanchines, reían, gritaban y se movían de acá para allá, como si el comedor fuera un parque infantil. Los padres conversaban ajenos al bullicio de los críos.

Subí a mi habitación para lavarme los dientes y coger mis cosas. Frente al espejo, examiné mi aspecto. La ducha y el desayuno habían obrado el milagro. Me sentía bien, ligero. Incluso me atreví a sonreírme a mí mismo.

Cerré la ventana, cogí la mochila y, después de echar un último vistazo para comprobar que no olvidaba nada, salí de la habitación y cerré la puerta.

En aquel momento volví a escuchar la voz. Una voz subterránea, opaca, lúgubre, al otro lado de la puerta, dentro de la habitación que acababa de abandonar.

–¿Dónde está mi hija?

Aquella voz fúnebre me heló la sangre. Era la voz que había repetido mi nombre la noche anterior. La voz de la mujer sin rostro.

No pertenecía a un ser humano. Era un sonido oscuro que arrastraba hojas, aire, lodo, huesos, sangre y sombras, todo mezclado. Una voz intemporal, carente de emociones, pronunciada por una materia inerte, sin vida.

Decidido a poner fin a aquella extraña pesadilla, abrí la puerta rápidamente, esperando encontrarme con algo terrible.

Pero en la habitación no había nada ni nadie.

Solamente la ventana abierta de par en par y el aire húmedo de la mañana, que entraba como una bocanada de frío y hacía ondear las cortinillas blancas.

Yo había cerrado la ventana antes de abandonar la habitación.

¿Qué estaba sucediendo?

Recorrí de nuevo las calles principales de la población. Dejé atrás la plaza de San Gil, con la iglesia del mismo nombre, crucé de cabo a rabo la calle de Cervantes, que era la principal arteria de Atienza, admiré la plaza del Trigo, visité la iglesia de San Juan, pasé bajo el arco de Arrebatacapas y desemboqué en la plaza de España, donde estaba el hostal. Es decir, había regresado al punto de partida. Me senté en el brocal de la fuente de los tritones, que almacenaba mucha agua caída durante la noche. Las figuras eran tres peces de aspecto aterrador, que me recordaron a las horribles criaturas abisales, y cuyas fauces abiertas mostraban unos dientes tan largos y afilados que parecían cuchillas.

Eran las once todavía y no sabía cómo matar el tiempo hasta la hora del autobús, así que decidí dar un paseo recorriendo la carretera local que bordea el pueblo. Como Atienza está en un cerro escarpado, desde la propia carretera había unas vistas espléndidas del paisaje circundante. Caminé pegado a la cuneta, aunque pronto comprobé que por allí no pasaban vehículos. Desde mi posición, a medida que avanzaba, podía observar el valle allá abajo y la frondosa vegetación que brotaba por todas partes. Vi la iglesia de San Bartolomé, ahora transformada en museo, y la antigua muralla, reforzada por enormes torreones que protegían la población por la parte de abajo.

A lo lejos, siguiendo un sendero de tierra que serpenteaba entre un soto de álamos, distinguí la iglesia de Nuestra Señora del Val.

Por la parte de atrás del cerro, la carretera se desviaba hacia un horizonte de trigales y montes pelados, sin ninguna indicación de tráfico. Miré en todas direcciones y vi a unos cincuenta metros un rebaño de ovejas pastando en una ladera. Me acerqué hasta el pastor y le pregunté hacia dónde conducía aquella carretera.

–Bochones, Casillas, Romanillos, Bañuelos…

Supuse que se trataba de pequeñas aldeas. No había oído ninguno de aquellos nombres en mi vida. Le di las gracias y comencé a pasear por la carretera, que discurría orillada de ligeros terraplenes y vegetación baja. Los trigales comenzaban a amarillear. El color dorado de las mieses se veía salpicado aquí y allá por el rojo intenso de miles de amapolas.

La lluvia había dejado a su paso un reguero de barro y charcos. El campo estallaba de flores y colores. El blanco del escaramujo, el azul de la lavanda y el verde de los pinos. En el cielo brillaba un sol tímido, velado por nubecillas grises.

Embebido en mis pensamientos y atrapado por la belleza del paisaje, anduve durante casi una hora, hasta que el sol, encaramado en lo más alto, me anunció el mediodía.

Hora de regresar.

Recapitulé sobre todo lo ocurrido en los últimos días. Por más vueltas que le daba no encontraba una explicación lógica a la serie de acontecimientos extraños. El sueño, el cementerio, la tumba anónima, la mujer del camisón…

La voz repitiendo mi nombre en la habitación del hostal y aquel «¿Dónde está mi hija?».

¿Lo escuché realmente o todo había sido fruto de mi imaginación?

Me llamó la atención la soledad de aquella carretera. Aún no había visto ningún vehículo transitar por ella. ¿Es que no pasaba nadie por allí?

Doblé una curva bastante pronunciada y se me apareció en la lejanía la visión de Atienza encaramada en el cerro, a los pies del castillo, como una ciudad de otra época.

Volví a admirar la belleza que me rodeaba y por unos momentos me sentí incluso feliz.

La cuneta de la izquierda se convertía en un barranco bastante pronunciado, que moría allá abajo, entre rocas y pequeños arbustos, junto a la vega donde arrancaba el soto de álamos que conducía hasta la iglesia de Nuestra Señora del Val.

Seguí caminando hacia el pueblo. La carretera en aquel tramo era una línea recta, larguísima, sin apenas desniveles. Una tira de alquitrán seco bajo el sol.

De repente, vi aparecer un coche de frente. Era rojo y, aunque venía a bastante velocidad, calculé que aún tardaría un poco en llegar hasta mí. Como la cuneta de la izquierda era bastante estrecha, y tras ella se abría el barranco, decidí cruzar a la parte derecha. Allí la cuneta se confundía con el monte bajo y podía retirarme cuanto quisiera para dejar pasar el vehículo sin problemas.

Cuando me encontraba justo en medio de la carretera, mis pies dejaron de obedecerme y se quedaron clavados sobre el asfalto. Sentí un pánico atroz. El coche rojo seguía avanzando hacia mí a toda velocidad, y pronto iba a arrollarme si no me apartaba. Intenté mover mis pies, pero era imposible. Mis zapatos se habían adherido al asfalto de manera siniestra. Alcé los ojos, aterrado, con la intención de hacerle alguna señal de socorro al conductor, y vi con espanto que nadie viajaba en el interior de aquel automóvil.

Un Alfa Romeo rojo.

¿Qué diablos ocurría?

¿Iba a morir arrollado por un vehículo sin conductor en un paraje solitario?

Presa del pánico, me cubrí el rostro con los brazos en aspa y grité desesperadamente, mientras el coche me atravesaba como un fantasma de humo.

Giré la cabeza estupefacto y vi que el Alfa Romeo, al llegar a la curva, se precipitaba por el barranco y caía dando vueltas de campana con un estrépito infernal, hasta llegar al fondo, a unos cien metros de donde yo estaba, envuelto en un amasijo de fuego y horror.

Me quedé un rato en la cuneta ajeno al mundo, contemplando aquel espectáculo terrible y preguntándome qué era lo que acababa de ocurrir.

Sin entender absolutamente nada.

Capítulo tercero

Como un pulpo en un desierto

IRENE y Alicia conversaban alegremente en el salón. Al verme entrar, Alicia se levantó y se me echó encima. Nos abrazamos y nos besamos ante la mirada indiferente de mi hermana.

–Mi querido don Quijote de la Mancha –bromeó Alicia cuando nos separamos–. Así que ahora te dedicas a recorrer España sin contar conmigo.

Alicia reía como una colegiala. Estaba morena y sus ojos color caramelo brillaban alegres.

–Te lo explicaré luego. ¿Qué tal por Gélver?

–Bien. Mis padres te mandan saludos y me han hecho prometerles que no regresaré sin ti.

Sonreí.

–Me encantará volver a Gélver, ya lo sabes.

Me acerqué hasta Irene. Le di un beso en la mejilla.

–Hola, hermanita. ¿Cómo te ha ido por Soto del Real?

–Allí no hay más que nematóceros. ¡Qué asco!

A sus quince años, mi hermana Irene era un cerebrito. Había terminado 4.° de la ESO con un diez en todas las asignaturas. Leía a Oscar Wilde en inglés, a Günter Grass en alemán y a Alejandro Dumas en francés. Se movía por las enciclopedias como pez en el agua y se pasaba las horas citando a filósofos griegos. Sin embargo, su afición preferida era amargarme la vida.

–¿No puedes hablar en español como todo el mundo en vez de utilizar esa jerga? Parece un dialecto egipcio.

–Los nematóceros son los mosquitos, inculto.

–Vale, luego lo apunto.

En aquellos momentos asomó por la puerta mi madre, con su delantal de flores naranjas y amarillas. Puso cara de fingido enfado.

–¡Daniel! ¿Cuándo has llegado? ¿Es que no piensas saludar?

–Perdona, mamá –le estampé un par de besos–. No sabía que estabas en casa.

–En la cocina, cariño. Tu padre no tardará en llegar. He pensado en preparar una cena especial para celebrar que Alicia está con nosotros.

Alicia y yo intercambiamos una mirada.

–Bueno, no sé si es buena idea –observé–. Habíamos pensado salir y tomar algo por ahí…

Mi madre me atajó.

–Ya. Hamburguesas, kebabs o perritos calientes… ¡Comida basura! ¡Ni hablar! Estoy preparando el plato favorito de Alicia. ¡Lasaña vegetariana!

Alicia sonrió agradecida.

–No tenías que haberte molestado…

Mi madre hizo un gesto gracioso con la cara.

–Anda, anda…

Me escabullí rápidamente y entré en mi cuarto. Necesitaba cambiarme de ropa. Mientras me desvestía, recordé lo que me había sucedido en Atienza y, por un instante, pensé que todo aquello no había sido más que un sueño extraño.

Pasé por el cuarto de baño. Me lavé la cara y aproveché para mirarme en el espejo. No tenía tan mal aspecto como creía.

Regresé al comedor enseguida. Mi padre había vuelto del hospital y estaba explicando lo mal que funciona la sanidad española.

–¡Mi querido primogénito! ¿Qué tal por Atienza?

–Bien, papá –le di un beso y tomé asiento junto a Alicia–. La Alcarria es muy bonita.

Irene, incapaz de permanecer callada cuando otros hablan, intervino como suele hacer: lanzándose a mi yugular.

–Técnicamente Atienza no pertenece a la Alcarria –dijo con voz de catedrática.

Mi hermana había dicho «técnicamente». ¿Se podía ser más cursi?

–Es un pueblo impresionante –añadí sin hacer caso de la observación de mi hermana–. Las casas están construidas con piedras enormes. Tiene varias iglesias románicas y un castillo.

–Pues nada, nada –exclamó mi madre dando un par de palmadas–. Vamos a cenar y ya nos vas contando sobre la marcha. La lasaña se enfría.

–Abriremos una botella de Rioja para festejar que estamos todos juntos de nuevo –señaló mi padre sonriendo como un muchacho.

Mi padre abría una botella de vino cada vez que había que celebrar algo. Sin embargo, el único que bebía vino era él. Un vaso que le duraba toda la cena. Mi madre, mi hermana, Alicia y yo pertenecemos a la liga antialcohólica. Y aquella noche nos dimos un homenaje… de zumo de piña.

–Un vasito de vino durante la cena es mano de santo para mantener el cuerpo en perfecto estado de revista –dijo levantando la copa a modo de brindis solitario, antes de llevársela a la boca.

La cena transcurrió con normalidad. Mis padres preguntaban, respondían, hablaban los dos al mismo tiempo, reían y bromeaban. Irene ponía la nota de color con sus comentarios académicos y sus ocurrencias descabelladas. Alicia intervenía discretamente en la algarabía familiar, sin dejar de lanzarme miradas furtivas.

Yo tenía la cabeza muy lejos de allí.

Bajamos por Marqués de Urquijo, que es la calle donde vivo, hasta llegar al Parque del Oeste. Hacía una noche de verano, cálida y estrellada, y la gente salía a pasear y a tomar el fresco. Nos sentamos en un banco y nos quedamos callados durante unos instantes.

–¡Qué ganas tenía de verte! –dijo Alicia.

Le pasé el brazo por los hombros y la atraje hacia mí. La miré a los ojos antes de besarla.

–Yo también.

Alicia sonrió.

–¿Me vas a contar lo de Atienza o tengo que pedírtelo por escrito?

Le conté todo sin omitir ningún detalle, empezando por los sueños y terminando por el extraño espejismo del Alfa Romeo. Cuando acabé de narrar los hechos, guardamos un profundo silencio.

Alicia se puso de pie y me tendió la mano. La imité. Comenzamos a pasear con las manos entrelazadas, pero en vez de adentrarnos en el Parque del Oeste regresamos a las luces de la ciudad. Enfilamos por el paseo del Pintor Rosales.

–Es evidente que lo que me has contado tiene algún significado. Y deberíamos actuar de manera lógica y organizada.

–Un momento –corté rápido–. ¿Cómo que «deberíamos»?

Alicia me contempló entre divertida y preocupada. Era medio palmo más baja que yo. Se puso de puntillas y depositó un beso dulce sobre mis labios.

–¿Qué pasa? –me preguntó con gesto inocente–. ¿Hay algún problema?

La verdad era que yo no sabía qué rumbo tomar. Estaba tan desorientado como un pulpo en un desierto.

–Escucha, Daniel –añadió, y se puso seria–. Hemos de averiguar quién es la mujer del camisón, quién hay enterrado bajo esa lápida sin nombre, qué significa lo del coche rojo... Y seguramente algunas cosas más. Tendríamos que escribirlo todo en una libreta y trazar un plan de investigación.

–Trazar un plan de investigación –repetí en tono de broma–. Cualquiera que te oiga va a creer que somos dos detectives.

–Somos estudiantes de Periodismo.

–Yo creo que se te ha subido el zumo de piña a la cabeza.

–Sabes que tengo razón. Y volviendo al tema de la mujer del camisón, no tenemos más remedio que regresar a Atienza.

Reanudamos el paseo. Yo ya había pensado en ello.

–¿Y vas a perderte tus vacaciones en Gélver?

–Mis vacaciones están contigo. No quiero que vuelvas a dar un paso sin que yo me entere. Cada vez que te dejo solo te metes en problemas.

Dejé caer un brazo por encima de sus hombros y Alicia pasó el suyo por mi cintura. Caminamos abrazados mientras contemplábamos el bullicio nocturno de la ciudad.

–Le pediré el Opel Astra a mi padre –dije al cabo de un rato en silencio–. ¿Estás segura de que quieres acompañarme a Atienza?

–Segurísima.

Eran las once de la mañana cuando llegamos a Atienza con la L de conductor novato en el cristal trasero del vehículo. Hacía un día luminoso, veraniego. El sol, que parecía un disco de oro, lucía en el cielo sin nubes. Adonde quiera que dirigiéramos la vista, nuestros ojos se perdían en un horizonte de trigales amarillos.

Aparqué en la plaza de España junto a la fuente, bajo la atenta mirada de piedra de los tritones abisales. Tan pronto como entramos en el hostal Herrera, encontramos a Miguel, el dueño, detrás del mostrador del vestíbulo. Al reconocerme, sonrió.

–¿Otra vez por aquí?

Estreché la mano que me tendía.

–Pues sí. Esta es Alicia –la presenté mientras dejaba la maleta en el suelo–. Le he hablado de Atienza con tanto entusiasmo que ya ve… Aquí estamos.

Salomé, su mujer, salió de la cocina en cuanto oyó voces. Era algo regordeta y tenía el rostro redondo y rojo. Me dio la mano a mí y le estampó un par de sonoros besos a Alicia.

–Es lo que tiene Atienza –dijo a modo de saludo–. Cuando uno conoce el pueblo, se enamora de él…

Sonreí lo mejor que pude.

–Supongo que tienen habitaciones libres.

–Por supuesto –indicó el marido casi sin pensar, buscando en los cajones y alargándome una llave–. Esta es la tuya, si no recuerdo mal. La número 16.

Luego, volvió a buscar en el mismo cajón y sacó otra llave.

–Y esta es la 22, para la señorita. Solo nos quedan habitaciones individuales.

Yo fruncí el ceño.

–No importa –sonrió Alicia con algo de rubor, mientras tomaba la llave.

Rellenamos la hoja con los datos personales y subimos a las habitaciones. Entramos en la de Alicia, que era una copia de la mía. Ella dejó su maleta en una esquina, se sentó en la cama y comprobó la elasticidad del colchón.

–Esto parece una roca –bromeó.

Se levantó enseguida y se me acercó, sinuosa, con un gesto pícaro en la cara.

–¿Dónde me has traído? ¿A un convento de clausura?

Nos abrazamos.

La besé sin prisa. Luego le acaricié el rostro con el dorso de mis dedos.

–Tienes la piel tan suave y tersa como la de una ciruela –susurré.

Alicia me miró extrañada.

–¡Vaya ocurrencia!

–Y tu cuello huele como el pan recién hecho... –seguí sin hacer caso de sus protestas.

–Pero ¡qué cosas dices!

Reí como un chiquillo.

–¿Qué pasa? ¿Prefieres que te compare con un ladrillo?

–Tienes más cuento que un vendedor de baratijas...

Le tapé los labios con mi boca, para que no siguiera protestando. La besé con ternura. Alicia me rodeó con sus brazos y me devolvió el beso.

La luz de la mañana se colaba a través de la ventana entreabierta y sumía la estancia en una claridad de almíbar.

Una hora más tarde caminábamos por el pueblo como dos turistas. Durante el viaje, Alicia no había hecho más que mirar planos y leer noticias en voz alta sobre Atienza.

–Lo mejor será comenzar por el cementerio –dijo mientras callejeábamos sin rumbo-. Tengo ganas de echar un vistazo a esa tumba anónima.

No tardamos en sobrepasar la iglesia de la Trinidad y enseguida enfilamos por el sendero flanqueado de columnas rematadas con cruces de hierro a nuestra izquierda. El cerro del castillo se elevaba como un gigante de piedra a la derecha.

Pronto llegamos al camposanto.

La puerta, tal como yo esperaba, estaba entreabierta.

En la parte superior, la calavera y las dos tibias, debajo de las cuales se leía la palabra RIP.

Durante unos segundos, Alicia y yo nos quedamos sobrecogidos, en silencio, observando el espectáculo de la muerte. Tumbas y más tumbas, cruces, lápidas y flores mustias. Al fondo, la iglesia de Santa María del Rey se alzaba ruinosa, la puerta coronada por los siete arcos y la torre con las dos ventanas tapiadas.

Comenzamos a caminar entre los muertos hasta llegar a la sepultura de mis sueños.

La tumba anónima.

Alicia hizo una foto con el móvil y se volvió hacia mí.

–¿Quién estará enterrado aquí?

–No tengo ni idea.

Salomé puso sobre la mesa dos platos de huevos rotos con jamón.

El comedor no era demasiado grande y tenía ocupadas varias mesas. En la que estaba junto a nosotros había una pareja con un hijo de seis o siete años que protestaba, cruzado de brazos y berreando, porque no quería comer lo que le habían servido en el plato.

–A lo mejor no hay nadie enterrado ahí –dijo Alicia después de unos momentos de silencio–, y estamos dando vueltas al tema como tontos…

Mastiqué un trozo de pan con huevo y jamón mientras pensaba en todo ello. Mi cerebro parecía una lavadora centrifugando.

–Puede ser, pero ¿quién es la mujer de mis sueños y por qué estaba de pie precisamente ante esa tumba?

Guardamos silencio mientras comíamos.

–¡Es todo tan extraño! –exclamé.

Alicia puso su mano sobre la mía.

–Lo que me has contado es muy extraño, desde luego, pero debe de tener alguna explicación. Y para eso estamos aquí.

–A veces pienso que vivo en una realidad paralela –pinché un pedazo de jamón; me lo llevé a la boca y mastiqué despacio–. Y me siento fatal, créeme.

Terminamos de comer sin dejar de conversar y nos levantamos. La mujer del hostal se nos acercó.

–¿No queréis un postre o un café?

–No, gracias –dijo Alicia con una sonrisa–. Estaba todo buenísimo y ya no podemos más.

–Perdone –intervine yo–. ¿Sabe dónde podría encontrar al cura del pueblo?

–¿A don Servando? Claro, vive aquí cerca, frente a la iglesia de San Juan, en la plaza del Trigo. Es la única parroquia que celebra culto. Las demás se han convertido en museos o están cerradas al público.

–Gracias.

Salimos a la calle. Era la hora de la siesta y apenas se veía a nadie. El sol amenazaba con incendiar el paisaje.

–¿Por qué has preguntado por el cura?

–Supongo que será la persona más indicada para hablarnos de la gente enterrada en el cementerio. ¿No crees?

Alicia me sonrió.

–En un pueblo tan pequeño cualquiera te puede contar la vida de los vecinos.

–Puede ser.

–Seguramente el párroco estará descansando a estas horas –observó Alicia–. No creo que sea buena idea ir a molestarlo ahora.

–De acuerdo. ¿Qué podemos hacer mientras tanto?

Alicia se cogió de mi brazo como una novia antigua.

–Llévame a la curva maldita.

–Tus deseos son órdenes para mí.

Dos horas después, cuando la tarde comenzaba a declinar, regresábamos andando por la carretera local que conduce a las aldeas de Bochones, Casillas, Romanillos y Bañuelos.

Durante nuestra pequeña excursión, habíamos analizado la curva por donde se precipitó el coche rojo de mi alucinación, y el barranco por el que había caído dando vueltas de campana. Bajamos con cuidado hasta el fondo de aquel precipicio, agarrándonos a los escaramujos y las matas de hierbas que brotaban en la ladera, y contemplamos con detenimiento el lugar en el que había quedado destrozado el coche imaginario, frente a un pequeño soto de álamos.

No había ni rastro de un posible accidente.

–Aquí no ha caído ningún coche –dijo Alicia con convicción.

Yo no hacía más que buscar y buscar alguna pista.

–Al menos en un montón de tiempo –añadió.

Aquella observación me hizo reflexionar. Volví a contemplar el paisaje y me pregunté si podía tratarse de un accidente muy antiguo.

–Dijiste que nadie conducía el automóvil –me recordó Alicia.

Asentí.

–Pues, chico –Alicia frunció los labios y asintió con la cabeza para reforzar sus palabras–, yo no veo aquí señales de nada.

Definitivamente, estaba claro que mi alucinación no tenía ningún sentido.

Al llegar al pueblo nos encaminamos hacia la plaza del Trigo, grande y en forma de triángulo. Las puertas de las casas estaban protegidas con soportales.

–Parece un pueblo medieval –exclamó Alicia sin dejar de hacer fotos con el móvil.

Admiramos la iglesia de San Juan, inmensa, un templo románico impresionante cuya fachada presentaba cinco rosetones y varios contrafuertes de sillería.

La puerta estaba abierta, así que decidimos echar un vistazo al interior.

Nos vimos sumergidos de pronto en una penumbra fúnebre que olía a humedad, miseria y abandono. Un vistazo rápido nos bastó para saber que en aquella iglesia nadie había pintado las paredes, ni restaurado las imágenes, ni limpiado a fondo los rincones durante muchas décadas.

La planta se componía de tres naves separadas por impresionantes columnas cilíndricas que sostenían las bóvedas. Una sensación de anacronismo se respiraba en el ambiente. Daba la impresión de que aquel templo inmenso se había convertido en un gigante decrépito. Ante el retablo principal se alzaban dos columnas salomónicas.

Admiramos el ábside sobre el altar y el coro alto que estaba enfrente, en el que destacaba un órgano monumental. Frente a él se veían reclinatorios cubiertos con telas, que parecían fantasmas arrodillados. Unas vallas metálicas impedían el paso a la escalera que conducía al coro y a la parte inferior de este. Aquella zona semejaba un trastero. Había un confesionario arrumbado entre cajas y maderos, algunos sacos, telas, lienzos, cuadros olvidados y estatuas mutiladas. Figuras de la iconografía cristiana nos rodeaban: san Juan Bautista, Cristo, una imagen de la Virgen de los Dolores completamente de negro sobre un podio comido por las ratas…

De pronto, oímos unas voces y nos dimos la vuelta.

Dos hombres se movían entre las sombras.

Capítulo cuarto

Oro y escarlata

Nos acercamos lentamente hacia los dos hombres. Uno de ellos andaba encorvado y parecía bastante mayor. El otro lucía un alzacuellos y usaba gafas de aumento. Estaban cambiando de lugar un pedestal con varias filas de velas, de esas que encienden los fieles después de depositar un donativo.

El que debía de ser el cura, a juzgar por el alzacuellos, parecía contrariado. Me ofrecí a echarles una mano.

–¿Necesitan ayuda?

–Gracias, hijo –dijo el sacerdote–. Este mueble pesa demasiado para Patricio, y yo solo no puedo con él.

Entre el cura y yo desplazamos aquel armatoste hasta colocarlo junto a uno de los pilares de la nave central.

El tal Patricio suspiró. Debía de rondar los ochenta y tantos y caminaba como un buscador de setas. Tenía el rostro surcado por cientos de arrugas y sus ojos hundidos y brillantes parecían los de un ratón.

–Fíjese, don Servando, han vuelto a romper el cepillo.

Debajo de las velas había una especie de cajita fuerte para las monedas de los fieles con el candado destrozado.

–Es la cuarta vez en un mes –se lamentó don Servando–. No sé dónde vamos a parar…

–¿Roban el dinero de los cepillos? –le preguntó Alicia al cura incrédula.

–Así es, hija mía.

–Lo roban todo –añadió Patricio con voz apesadumbrada–. Incluso el dinero para los niños de las misiones.

Durante algunos minutos el sacerdote y Patricio, que según dijo ejercía funciones de sacristán, desgranaron un rosario de desgracias. En los últimos tiempos no solo desaparecía el dinero de los cepillos para los pobres o los niños de África, sino que también desaparecían esculturas, lienzos y objetos sagrados. El sacristán insistía en que la iglesia debía permanecer cerrada, a excepción de las horas en las que se celebraban los oficios, cada vez más esporádicos. Don Servando argumentaba que la iglesia era la casa del Señor y que no podía cerrar sus puertas a los fieles.

Salimos todos a la calle sin que aquellos dos hombres hubieran llegado a un acuerdo. La tarde agonizaba en espirales de luz violeta, tiñendo las nubes de oro y escarlata.

Patricio se despidió no sin antes recomendarnos que visitáramos los museos, y nos dejó solos con el párroco.

Yo vi llegada la hora de abordar la cuestión que nos había traído a Atienza.

–Disculpe, don Servando, nos gustaría hablar con usted de un tema delicado.

El cura debía de haber rebasado los setenta años. Me miró a través de sus gafas con curiosidad. Sus pupilas torturadas por la miopía revelaban un alma bondadosa.

–Vosotros diréis.

–¿No podríamos sentarnos en algún sitio?

–Claro, claro. Entremos en mi casa.

El cura vivía justo enfrente de la iglesia, en una casa con soportal que amenazaba con venirse abajo de un momento a otro.

En aquella vivienda apenas había muebles. La austeridad era la nota dominante. El sacerdote nos hizo sentar alrededor de la mesa que presidía el salón, en dos sillas que crujieron bajo nuestro peso, y puso ante nuestros ojos un jarrón con agua y tres vasos. Se llenó el suyo y bebió sin prisa.

–¿Queréis comer alguna cosa?

–No, gracias.

–Pues decidme.

Alicia y yo nos miramos.

–Verá, no sé cómo empezar –sonreí al decir esto–. El caso es que nos gustaría saber quién está enterrado en una sepultura de este cementerio. Y hemos pensado que tal vez usted podría informarnos…

Don Servando era un hombre de complexión frágil y piel traslúcida. Su persona desprendía un aura de bondad. Tenía una voz grave que contrastaba con su aspecto melifluo.

–No comprendo.

Extremé mi sonrisa. ¿Cómo explicarle a aquel hombre lo de mis sueños y las extrañas apariciones fantasmagóricas?

–Es una historia un poco larga. Pero si usted decide ayudarnos nos hará un gran favor.

El sacerdote frunció el entrecejo levemente y sus ojos despidieron un destello de desconfianza que no me pasó desapercibido.

–Ni siquiera sé quiénes sois.

Alicia se me adelantó esta vez.

–Disculpe, don Servando. Tiene razón. Deberíamos habernos presentado. Mi nombre es Alicia Guerrero y él es Daniel Villena. Somos estudiantes de Ciencias de la Información en la Complutense de Madrid. Los dos queremos especializarnos en periodismo de investigación. En alguna parte hemos leído o escuchado algo sobre un caso ocurrido aquí en Atienza que nos ha llamado la atención. Hemos decidido aprovechar las vacaciones para investigar sobre él.

Alicia se detuvo para beber agua. Don Servando y yo estábamos pendientes de sus palabras. Alicia es capaz de improvisar una novela sobre la marcha.

–Ya ve, don Servando –añadió con su encantadora sonrisa–. En vez de irnos a la playa, aquí estamos, tratando de reconstruir hechos del pasado.

–¿Y qué es lo que hace un periodista de investigación exactamente, si es que puede saberse? –le preguntó el párroco, que parecía haber aceptado de buen grado las explicaciones de Alicia.

–En la vida, don Servando, y por desgracia, hay muchas situaciones conflictivas que quedan sin resolver: crímenes, desapariciones, suicidios... –explicó Alicia como una consumada especialista en la materia–. El periodista de investigación es una especie de detective que ha de encontrar pruebas, huellas, rastros, respuestas...

–¿Como un policía?

–Más o menos. Digamos que el periodista intenta colaborar con la justicia. Pregunta a los vecinos, consulta a la familia y rastrea hasta en las alcantarillas para reconstruir una historia y darle forma después por escrito... Vamos, un trabajo de investigación humana.

–Pues eso me parece muy bien.

El cura bebió un trago de agua y se quedó mirándonos de hito en hito.

–Y por curiosidad, ¿cómo es que habéis elegido Atienza si vivís en Madrid?

Aquella pregunta inesperada podía hacer tambalear la capacidad de improvisación de cualquiera que no fuera Alicia. Reaccionó con naturalidad.

–Como le comentaba, en alguna parte escuchamos o leímos la noticia de una tumba anónima en el cementerio de este pueblo. Ya sabe que hoy en día, con internet, es fácil enterarse de las cosas que pasan en cualquier parte del planeta… Yo había estado una vez en Atienza, de pequeña, con mis padres. Recuerdo que me causó muy grata impresión. Hacía tiempo que tenía ganas de volver, sobre todo para que Daniel conociera el pueblo. Estuvimos en el cementerio esta mañana y, en efecto, hemos visto una tumba sin nombre, ni fotografías, ni flores. Debe de ser la tumba de la que hemos oído hablar…

Punto final de la invención de Alicia. Su oratoria improvisada me fascinaba.

–¿Y qué opináis? –nos preguntó el párroco.

–¿Sobre qué?

–Sobre el pueblo.

–¡El pueblo es estupendo, estupendo! –exclamó Alicia.

–Muy bonito –añadí.

Mis palabras me sonaron ridículas.

–De acuerdo –dijo don Servando al tiempo que se levantaba–. Pues si os parece, daremos un paseo hasta el cementerio. El médico me ha ordenado que camine todas las tardes un rato, así que podemos pasear juntos, y me vais contando eso del periodismo de investigación.

Mientras caminábamos hacia el cementerio le contamos al párroco anécdotas de nuestras experiencias universitarias, le hablamos de los profesores y de las asignaturas… Don Servando hacía observaciones sencillas y de vez en cuando se lamentaba de sus enfermedades.

–El Señor me ha bendecido con una salud débil…

Llegamos al cementerio, que estaba abierto, como siempre, y después de contemplar durante unos instantes el paisaje de tumbas, el cerro del castillo y la iglesia de Santa María del Rey, nos dirigimos hasta la tumba anónima, situada junto a la tapia de la izquierda.

Don Servando nos miró con asombro.

–¡Esta tumba!

No me pasó desapercibida la expresión asustada del sacerdote.

–Fíjese –dije–. No tiene nada. Ni siquiera una cruz... Nada más que una piedra blanca y anónima. Por eso dedujimos que era la tumba que buscábamos.

–¿Sabe quién está enterrado aquí? –preguntó Alicia.

–Por supuesto.

El sacerdote posó los ojos sobre la lápida. Se santiguó.

–Inés y su hija María.

Alicia y yo cruzamos una mirada.

–¿Quiénes son?

–Inés fue enterrada hace tres semanas. Yo llevo en el pueblo doce años. No estaba aquí cuando ocurrió la desgracia que os voy a contar, pero Atienza es un pueblo y las cosas se saben... Según me han referido, hace unos veinte años más o menos la pobre Inés fue forzada por unos desconocidos. Eso ocurrió en un viaje a Madrid. Por aquel entonces tenía dieciocho años. Para mayor desgracia, se quedó embarazada.

Don Servando suspiró.

–Pero el destino no había dicho aún su última palabra. La criatura que llevaba en su vientre murió en el parto.

–La pequeña María –dedujo Alicia.

El cura asintió.

La tarde se había puesto oscura de súbito. Un manto de nubes negras, como aves carroñeras, se extendía sobre Atienza y sus alrededores, al mismo tiempo que se levantaba un aire frío. Volaban pájaros en la lejanía. Las sombras crecían entre las tumbas igual que una vegetación fúnebre.

–¿Y qué pasó después?

–Inés se marchó del pueblo. Nadie sabe dónde estuvo ni qué hizo con su vida durante veinte años, hasta que regresó hace un mes sin que nadie la esperara. Como una sombra. Ahora sabemos por qué. Había vuelto para morir y ser enterrada junto a su hija.

Don Servando no pudo ocultar la desolación que lo embargaba.

–Un caso muy triste.

–¿Cómo murió Inés?

El cura me miró a través de sus gafas de miope y tardó unos segundos en responder. Yo estaba preparado para escuchar cualquier cosa, menos lo que soltó el sacerdote a bocajarro.

–Se ahorcó.

La noche había caído definitivamente mientras volvíamos a Atienza. El sacerdote parecía cansado y había llegado la hora de despedirnos.

Conversábamos frente a la puerta de la iglesia de San Juan.

–Por lo que cuenta, parece que Inés regresó después de veinte años desaparecida para suicidarse en Atienza, ¿verdad? –le preguntó Alicia al cura.

–Así es. Apareció por el pueblo a mediados de junio, si no recuerdo mal, y se quitó la vida a los pocos días. Quienes la vieron aseguran que parecía la tristeza personificada.

–¿Usted la conoció?

–No, hija, no la había visto nunca hasta el día de su propio entierro.

Aquella era una historia muy extraña, pensé, pero no comenté nada más.

–Una última cosa, don Servando –dijo Alicia.

Alguien pasó junto a nosotros y saludó al párroco.

–No sé mucho más. Cuando yo llegué destinado a esta parroquia, Inés llevaba ya ocho años fuera de aquí.

–Solo quería saber quién podría hablarnos de Inés. ¿Tenía familia?

–Pues sí, pero…

Don Servando titubeó sin saber cómo continuar.

–¿Tiene o no familia? –lo apremié.

–Su padre.

–¿Y nos puede decir dónde vive? Nos interesaría hablar con él…

–No sé yo. Se trata de un hombre peculiar. Yo no lo he visto más que en tres o cuatro ocasiones, y jamás he cruzado una palabra con ese señor. Vive solo y casi nunca sale de su casa. Bueno, en realidad vive con una criada, una mujer que nunca viene por la iglesia, así que no os puedo decir mucho más… Unas personas extrañas…

Empezaba a refrescar. Alicia tiritaba y se me arrimó en busca de calor.

–De todos modos lo intentaremos.

–El padre se llama Aurelio y vive en un caserón que hay en la calle de Puertacaballos. Tiene un escudo blasonado inconfundible. Un dragón con tres cabezas.

Nos despedimos del cura, cruzamos el arco de Arrebatacapas y enseguida llegamos al hostal. Sin darnos cuenta se nos había ido la tarde. Eran las nueve y media cuando nos sentamos en el comedor con dos bocadillos de jamón york y queso y unos botellines.

En el televisor retransmitían un partido de fútbol. Los dueños del hostal atendían otras mesas ocupadas por diversos clientes.

Cenamos sin apetito, intercambiando algunos comentarios en voz baja sobre el asunto que llevábamos entre manos, ajenos a todo lo que nos rodeaba.

Ni siquiera nos enteramos de quiénes eran los equipos que jugaban en la pantalla.

Me despertó el piar de los pájaros que revoloteaban en las copas de los árboles de la plaza. Desde la cama, recapitulé los últimos acontecimientos y traté de ordenar los datos dispersos.

Uno. Inés es violada por unos desconocidos.

Dos. Fruto de esa violación, da a luz a María, que muere en el parto. En aquel momento, Inés tiene dieciocho años.

Tres. Inés desaparece del pueblo.

Cuatro. A mediados de junio de 2016, después de veinte años desaparecida, Inés regresa al pueblo y a la semana se suicida. En el momento de su muerte tiene treinta y ocho años.

Cinco. El único familiar que le queda es su padre. Un hombre llamado Aurelio.

Seis. La casa familiar se levanta en la calle de Puertacaballos. Tiene un escudo blasonado.

Siete. ¿Por qué Inés y María están enterradas en una tumba anónima?

Me levanté de un salto y me metí bajo la ducha. Mientras el agua resbalaba por mi cuerpo, retomé mis pensamientos.

Algunas preguntas necesitaban una respuesta urgente.

¿Dónde había estado Inés durante los veinte años en que desapareció del pueblo? ¿Por qué había decidido no dejar rastro? ¿Por qué regresó después de tantos años para suicidarse en Atienza? ¿Era ella la extraña mujer del camisón que se me había aparecido misteriosamente? ¿Qué significado tenía lo del coche rojo?

Tampoco podía olvidar la pregunta que Inés, suponiendo que fuera ella quien la pronunció, me había formulado desde el otro lado de la puerta: «¿Dónde está mi hija?».

Me sequé con la toalla y empecé a vestirme sin dejar de pensar en el asunto.

Recordé aquella voz opaca, subterránea, mineral, carente de vida, y la sangre volvió a helarse en mis venas. ¿Había escuchado efectivamente aquella voz o no?

En ese momento llamaron a la puerta.

–Soy yo.

Abrí descalzo y sin camisa.

Alicia traía una sonrisa de oreja a oreja. Olía a rosas y desprendía una aureola de felicidad.

–¡Buenos días, caballero! –saludó festiva–. Son las diez de la mañana. ¿Necesita el señor que llame al servicio de grúa para sacarlo de la habitación o bastará con un simple pellizco en las nalgas?

–¡Te voy a dar unos azotes por escandalosa!

Alicia ahogó una risa.

–¿Dónde me los vas a dar?

La cogí en volandas y la lancé sobre la cama. Salté sobre ella.

–Te vas a enterar de lo que vale un peine *colorao* –dije mientras le daba un amoroso y suave mordisco en el cuello.

–¡Eres un caníbal!

Capítulo quinto

Cara de perro apaleado

Al bajar al comedor para desayunar nos encontramos una sorpresa. Una chica más o menos de nuestra edad se nos acercó. Tenía un cuerpo escultural y una sonrisa encantadora.

–Hola, vosotros sois Daniel y Alicia, ¿verdad? –nos saludó.

Aquel recibimiento fue tan inesperado que no supimos cómo reaccionar. Alicia y yo sonreímos desconcertados.

–Me llamo Beatriz. Acabo de llegar como quien dice y mis padres me han hablado de vosotros. Sois los únicos huéspedes que responden a la descripción que me habían hecho.

–¿Tus padres? –balbuceé.

–Sí, este hostal es de mis padres.

Así que aquella belleza explosiva era la hija de Miguel y Salomé. Realmente increíble.

–Estupendo –dije.

Le alargué la mano, pero Beatriz ignoró el gesto y me dio dos besos rápidos. Luego se volvió a Alicia y le dio otros dos.

–Sentaos, hoy os sirvo yo el desayuno.

En aquellos momentos apareció por allí su padre.

–Ah, ya veo que habéis conocido a Beatriz.

Y sin decir nada más se acercó hasta las otras dos mesas, que estaban ocupadas por huéspedes, y se olvidó de nosotros.

Beatriz nos sirvió los cafés y las tostadas sin dejar de hablar. Pronto supimos que acababa de terminar segundo de Traducción e Interpretación en Granada, y que además de hablar inglés y francés, chapurreaba el alemán y el chino.

Era una muchacha de una vitalidad desbordante. Y muy guapa. Tenía el pelo largo y castaño. Sus ojos eran color avellana y su piel morena. Ni alta ni baja, como Alicia más o menos. Resultaba realmente seductora.

Su padre había desaparecido por la cocina y Beatriz se las apañaba a las mil maravillas para atender las mesas con eficacia. Se movía con una rapidez de gacela. Leche con cacao en polvo para los niños; café con leche, mermelada casera, tostadas, aceite de oliva y fruta fresca para los adultos.

Alicia y yo desayunamos junto a la ventana que daba a la plaza. Los tritones de piedra de la fuente nos miraban con sus ojos abisales.

Cuando nos levantamos, Beatriz se acercó hasta nosotros.

–Me pasaré el verano ayudando a mis padres en el hostal, pero me queda tiempo libre para mis cosas. Si necesitáis algo, no tenéis más que pedírmelo. ¿Vais a estar en Atienza muchos días?

–Pues no sabemos –dije sin entrar en detalles–. Sobre la marcha.

–Bueno, pues hasta luego –se despidió Beatriz, y enseguida se puso a atender las mesas del comedor.

Salimos del hostal y nos encaminamos hacia la calle de Puertacaballos. Se trataba de una vía alargada y estrecha, con casas bajas, algunas en estado ruinoso. No tardamos en localizar la vivienda que buscábamos. La mansión de don Aurelio destacaba sobre todas las demás por la envergadura de la construcción. Tenía el aspecto de una casa nobiliaria, con grandes balconadas y ventanas protegidas con rejas de hierro forjado. Estaba construida con sillares, al estilo de las catedrales. La puerta era enorme, de madera oscura y claveteada, y en lo alto de la fachada había un escudo blasonado: un dragón de tres cabezas y alas extendidas de murciélago. Sobre el blasón destacaba un yelmo completo, con la visera, el casco y la babera, vuelto hacia su derecha. Los laterales y la base del escudo eran motivos ornamentales diversos.

Alicia y yo nos miramos unos instantes, antes de llamar.

–¿Adelante? –pregunté.

–Adelante –confirmó Alicia con la mano en la aldaba de hierro.

Una mujer vestida enteramente de negro nos abrió la puerta. Al ver ante sí a dos extraños, arrugó el entrecejo y preguntó con la mirada.

–¿Es la casa de don Aurelio?

La mujer nos contempló sin pestañear, como tratando de calcular los peligros que nuestra presencia podría acarrearle.

–No compramos nada ni queremos nada –dijo con una voz desapacible.

Ofrecí la mejor de mis sonrisas.

–Somos estudiantes y solo queríamos hablar unos momentos con don Aurelio. No lo molestaremos mucho tiempo. Conocíamos a su hija Inés, que en gloria esté, y queríamos darle el pésame.

La mujer dudó durante unos instantes. Nuestro aspecto de jóvenes de buena familia y nuestros gestos inocentes debieron de convencerla. Finalmente abrió la puerta y se hizo a un lado, franqueándonos la entrada.

–No sé yo si don Aurelio tendrá ganas de hablar con nadie –comentó mientras entrábamos–. Tomad asiento y esperadme un momento.

Y desapareció por una puerta.

El caserón era realmente un palacio, que debió de ser espléndido en otra época. Tras el vestíbulo, lleno de muebles antiguos y oscuros, arrancaba una gran escalera de madera que subía en forma de espiral hacia la parte superior de la casa. Por un lateral se veía solo una parte de lo que parecía un salón. En la parte contraria, pasillos y corredores se perdían en todas direcciones, como una galería de estancias misteriosas. Los techos eran altos, con artesonados, como en los edificios antiguos. La casa carecía de luz. Estaba sumida en una penumbra fantasmagórica. Sobre algunos muebles se veían palmatorias y candelabros con cirios apagados. A través de aquella semioscuridad opresiva podían distinguirse cuadros y tapices, panoplias con armas de esgrima, algunas estatuas sobre pedestales de mármol e incluso una armadura medieval.

Alicia y yo estábamos sentados en dos butacones negros y nos envolvía un silencio espeso. Oímos pasos. La mujer apareció por la puerta.

–Venid conmigo.

Nos levantamos y la seguimos por un pasillo. Caminaba con el cuerpo y la cabeza erguidos, sin mirar hacia los lados, con pasos firmes, casi militares. Llevaba el pelo recogido en un moño, lo que le daba un aspecto anacrónico, como de ama de llaves o institutriz de películas en blanco y negro. Recorrimos pasillos tenebrosos sin hablar. Por un momento pensé que avanzábamos por los sótanos de un castillo y que nos dirigíamos a las mazmorras donde habría prisioneros atados con cadenas.

Llegamos ante una puerta de madera labrada. La mujer llamó con los nudillos y, sin esperar respuesta, abrió y nos invitó a pasar.

–Don Aurelio, los chicos de los que le he hablado.

Sin añadir nada ni esperar respuesta, se dio media vuelta y desapareció cerrando la puerta tras nosotros.

Don Aurelio nos esperaba sentado ante una gran mesa de caoba oscura. No se levantó ni hizo ademán alguno de saludo. Ni siquiera nos invitó a tomar asiento.

–¿Quiénes sois y qué queréis?

Vaya bienvenida.

Aquel despacho era tan grande como el piso en que vivíamos mis padres, Irene y yo. Parecía un museo de caza. Por las paredes colgaban cabezas de jabalíes, de ciervos, de zorros... Había varios armarios con armas, trofeos, placas y condecoraciones. Cuadros de paisajes nórdicos y tapices con motivos mitológicos decoraban las paredes. El suelo estaba cubierto con alfombras magníficas. Los sofás y los muebles eran oscuros, de piel o maderas nobles.

Aquel hombre rondaría los setenta años. Vestía de negro riguroso. Pelo blanco peinado con raya, bigote fino, labios delgados y mirada de lobo hambriento. Su rostro parecía una máscara de piedra.

Alicia y yo llevábamos preparada la lección.

–Perdone la intromisión, don Aurelio –me disculpé con una sonrisa–. Mi nombre es Daniel Villena y mi amiga se llama Alicia Guerrero. Ambos somos estudiantes de Periodismo. Hemos venido para darle el pésame por la desgraciada muerte de su hija.

Don Aurelio me observó como si yo fuera un esquimal en un supermercado. Sin prisa. Por un momento pensé que aquel individuo me estaba haciendo una radiografía con los ojos.

–¿De qué conocíais a mi hija?

Alicia empezó a hablar con naturalidad.

–Conocimos a Inés en el aeropuerto de Barajas –explicó con voz tranquila–. Hace dos años.

Don Aurelio se levantó del sillón y avanzó unos pasos hacia nosotros. Era un hombre muy alto. La máscara impenetrable de su rostro pareció temblar imperceptiblemente.

–¿En Barajas?

–Así es –afirmó Alicia con tanta convicción que yo mismo empecé a creerme la historia que traía ensayada desde el hostal.

Don Aurelio frunció el entrecejo.

–Sentaos, por favor. Y contadme.

–La verdad es que no hay mucho que contar –dijo Alicia–. Pasamos la noche juntos en el aeropuerto, esperando un avión para ir a Irlanda. El avión sufrió varias horas de retraso, así que estuvimos hablando un buen rato. Y luego compartimos el vuelo a Dublín.

Las pobladas cejas de don Aurelio se arqueaban. Contempló a Alicia con interés.

–¿Irlanda?

–Pues sí.

El silencio que siguió a esas palabras tenía consistencia de argamasa. Don Aurelio nos miraba y remiraba, sin acabar de fiarse de nosotros, pero sin abrir la boca.

–¿Sabe cómo empezamos a conversar? –añadió Alicia sonriendo alegremente para ahuyentar aquel incomodísimo silencio–. De la manera más tonta... En la cola de la cafetería, mientras esperábamos que nos atendieran. Había bastante gente ante la caja, la mayoría extranjeros. Nos pusimos a hablar en inglés, pero enseguida nos dimos cuenta de que éramos españolas, y nos entró la risa... Rápidamente congeniamos. Me dijo que era de aquí, de Atienza, que es un pueblo que yo había visitado alguna vez con mis padres. Después estuvimos charlando hasta que embarcamos. Fue un encuentro breve pero inolvidable. Su hija era encantadora. Hace un par de días llegamos Daniel y yo para pasar unos días en Atienza y nos enteramos de su muerte en el hostal donde estamos alojados. Le contamos al dueño que conocimos una vez a una mujer de este pueblo y, al decirle su nombre, nos comunicó la triste noticia. Queríamos darle el pésame a la familia y por eso estamos aquí.

Alicia puso el punto final con una sonrisa.

Don Aurelio contenía la respiración mientras escuchaba y yo estaba con la boca abierta, admirado de la imaginación desbordante de Alicia.

Nuestro anfitrión comenzó a pasear por la estancia. Su estatura y su elegancia aristocrática contrastaban con el aire de derrota que emanaba de su persona, como un aura fatal. Sus ojos lobunos parecían taladrar la nada mientras caminaba sin rumbo, la mano en la barbilla, el gesto contrariado.

Cuando se cansó de dar vueltas por la estancia, se dejó caer otra vez en el sillón.

–Inés se marchó de casa hace veinte años –dijo como hablando consigo mismo–. Veinte años en los que no supimos nada de ella. Absolutamente nada. Durante el tiempo en que Inés estuvo fuera del pueblo pasaron muchas cosas. Su madre enfermó y tuvimos que internarla en un centro psiquiátrico, donde murió hace diez años.

Don Aurelio guardó silencio unos instantes.

–Veinte años sin saber qué había sido de ella. Era como si se la hubiera tragado la tierra.

–No sabíamos lo de su esposa… –observé tímidamente.

Don Aurelio suspiró.

–Genoveva no pudo soportar la ausencia de Inés. Siempre fue una mujer depresiva y aquello acabó de desequilibrarla.

Había que tirar del hilo.

–Comprendo. ¿Y dónde estuvo internada doña Genoveva? ¿En algún centro psiquiátrico de por aquí…?

Los ojos de don Aurelio me escrutaron con frialdad.

–En Santa Águeda.

–Ah.

Yo no tenía ni idea de qué era Santa Águeda. Sospeché que se trataba de un pueblo o de un sanatorio. Sin embargo, preferí no seguir hurgando en esa herida.

–Hemos visitado la tumba de Inés para dejar unas flores y nos ha extrañado que no figure ni su nombre ni el de su hija, la pequeña María.

Iba a añadir que también me extrañaba que no hubiera fotos, flores o al menos una simple cruz. Pero preferí callarme.

Don Aurelio me miró con ojos interrogantes.

–¿Cómo sabéis que María era su hija?

–Nos lo comentó don Servando, el cura, a quien vimos por casualidad en el cementerio…

El rostro de don Aurelio dibujó una mueca de perplejidad.

–Aquello ocurrió hace demasiado tiempo.

Nuestro anfitrión se levantó de improviso. Su rostro parecía de nuevo el de un lobo al acecho.

–Lo siento. No me apetece recordar momentos tan dolorosos. Si me disculpáis, tengo cosas que hacer –dijo, y nos acompañó a la puerta.

–Sí, claro. Ha sido usted muy amable.

Don Aurelio hizo sonar una campanilla. De repente, se quedó pensativo.

–¿Cómo estaba Inés cuando la visteis?

Alicia sonrió antes de improvisar.

–Tenía buen aspecto y se la veía bastante feliz.

Un vago temblor se apoderó de aquel hombre.

–Siempre fue una muchacha muy alegre.

Unos segundos después apareció la sirvienta, como una sombra entre las sombras de la casa, el gesto severo y los andares rígidos.

–Úrsula, acompaña a estos chicos a la salida.

Luego se volvió hacia nosotros.

–Ha sido un placer.

Aquel hombre nos tendió la mano en señal de despedida. Sus dedos eran huesudos y fríos, pero fuertes. Sentí un estremecimiento.

Oímos cerrarse la puerta a nuestras espaldas. Úrsula nos precedió por aquellos pasillos oscuros hasta el vestíbulo. Al llegar, miré por el rabillo del ojo y contemplé de pasada el salón. Enorme, oscuro, envuelto en una tiniebla vaporosa. Acerté a distinguir varios retratos que colgaban de las paredes. Supuse que alguno tenía que ser de Genoveva o de Inés. Decidí probar fortuna.

–Disculpe, doña Úrsula. ¿Nos permitiría antes de irnos echar un vistazo a esos cuadros? –dije al tiempo que señalaba con la cabeza hacia el salón.

La mujer me observó con incredulidad.

–Solo será unos segundos –le prometí–. Nos gustaría ver a Inés por última vez. La recordamos con mucho cariño…

Úrsula miró instintivamente hacia el pasillo por el que habíamos venido, como si le atemorizase la posibilidad de que apareciera don Aurelio y la sorprendiera cometiendo una imprudencia. El temor se reflejaba en sus pupilas.

–No puedo…

–Por favor… –insistí poniendo cara de perro apaleado.

Úrsula volvió a mirar hacia el pasillo que conducía al despacho de don Aurelio. Todo permanecía en silencio, dormido en una quietud de siglos.

–Está bien, pero rápido –concedió.

Entramos en el salón, que era mucho más grande de lo que me había parecido desde el vestíbulo. Las paredes estaban repletas de retratos de los antiguos moradores, probablemente abuelos, tíos, primos, hermanos… Óleos enormes que trataban de inmortalizar a una estirpe, como en un museo del tiempo. Por un momento, Alicia y yo nos quedamos aturdidos, sin saber ante qué cuadro detenernos. Inés tenía treinta y ocho años en el momento de su muerte. Seguía preguntándome si era ella la mujer del camisón que se aparecía en mis pesadillas. Pero ¿cómo podía reconocer a una mujer sin rostro?

Úrsula hizo una mueca al observar nuestro azoramiento.

–No sabéis cuál de todas estas mujeres es Inés, ¿no es así?

Alicia y yo boqueamos.

La criada se había dado cuenta de que no habíamos visto nunca a Inés. Ahora nos echaría a la calle o llamaría a la policía o se pondría a gritar hasta que viniera don Aurelio, y nuestra farsa quedaría al descubierto… Estaba empezando a angustiarme con estos pensamientos cuando se escuchó de nuevo la voz fúnebre de Úrsula.

–Es lógico. Vosotros habéis conocido a Inés ya de mayor.

Y luego se volvió hacia un cuadro que estaba encima de la gran chimenea apagada. El óleo reproducía a una muchacha más o menos de nuestra edad.

–Esta era Inés cuando se marchó de casa. Acababa de cumplir los dieciocho años.

Inés Molina era una joven bellísima. Tenía el pelo castaño oscuro, ligeramente ondulado cayendo con gracia sobre los hombros, la raya en medio. Su rostro era perfecto, ovalado, y en él destacaban unos ojos muy vivos y unos labios carnosos, curvados en una tímida sonrisa. Llevaba un vestido azul y tras ella crecía una frondosa vegetación de flores, arbustos y plantas de jardín. Me pareció la muchacha más hermosa que hubiera visto jamás.

El cuadro de la derecha representaba a una mujer de unos cuarenta y siete o cuarenta y ocho años. A pesar de la edad, era también muy bella. Su pelo castaño claro formaba una melena graciosa. Tenía las facciones suaves y delicadas, el rostro ovalado y unos ojos grises que revelaban una profunda tristeza.

–Doña Genoveva, poco antes de abandonar la casa.

Miré alternativamente los rostros de Inés y de Genoveva. Sí. Había un ligero parecido entre ellas. Hermosa la madre, hermosa la hija.

–¿Por qué razón cree usted que se marchó Inés de casa? –pregunté de sopetón.

Úrsula me fulminó con la mirada.

–Será mejor que os marchéis ya.

Y sin darnos tiempo a replicar nos acompañó hasta la salida. Úrsula se mostraba otra vez temerosa.

Antes de cruzar el quicio de la puerta, me volví hacia ella.

–Muchas gracias. Ha sido usted muy amable.

Ella nos despidió con el ceño fruncido.

–Adiós –dijo.

Y cerró la puerta.

Empezamos a caminar en silencio. Al doblar la primera esquina, metí la mano dentro de mi camiseta y saqué una carpetita oscura.

–Mira.

Alicia parpadeó.

–¿Qué es eso?

–Creo que es un álbum de fotos. Lo he cogido de uno de los muebles del salón, mientras hablabas con esa mujer delante de los cuadros.

–¿Has robado un álbum familiar?

–No pasa nada. Lo devolveremos.

Alicia me miró con expresión de perplejidad.

–Estás como un cencerro. ¡Eso es un delito!

Eché a andar sin hacerle caso.

–¡Espera! ¿Por qué lo has hecho?

–Ya sabes que la curiosidad es una de mis virtudes…

–Querrás decir defectos.

–No seas tan negativa. Después de echarle un vistazo encontraremos la manera de devolverlo. Confía en mí.

Capítulo sexto

Museo de sombras y fantasmas

ERA cerca del mediodía. Acabábamos de dejar atrás las tinieblas de Plutón. La oscuridad y el silencio de aquella sórdida morada contrastaban con la claridad y el bullicio de la calle. Los pájaros cantaban en las copas de los árboles. Pasaban niños chillando y alborotando. Olía a verano. Hasta nosotros llegaba el aroma de los campos de trigo maduro. Caminamos sin hablar un buen rato, dejándonos invadir por la luz y la sensación de paz.

–¿Qué opinas? –me preguntó Alicia.

–Opino que no sé por dónde tirar.

Alicia me miró con expresión socarrona.

–¡Vaya! ¡Eso se llama tener las cosas claras!

La cogí de la mano.

–Tengo la cabeza como un bombo –me defendí–. Necesito poner en orden mis ideas. Tanto don Aurelio como esa mujer con pinta de cuervo…

–… Úrsula.

–Eso es, Úrsula. Los dos me provocan escalofríos. La casa entera me recuerda a un museo de sombras y fantasmas.

–¿Y qué te parecen los cuadros?

–¿Con sinceridad?

Alicia hizo un gesto que quería decir «evidentemente».

–El salón me recordaba una galería de cuadros barrocos. Esos tonos oscuros, las ropas negras, los ademanes rígidos de los antepasados frente al pintor… Solo faltaban la guadaña y el reloj de arena en los retratos. Los únicos óleos que desprendían un poco de luz eran precisamente los de Genoveva e Inés. Y, además, hay que reconocer que tuvieron que ser dos mujeres bastante guapas.

Nos habíamos sentado a la sombra de una acacia en la plazuela de San Gil. Ante nosotros se alzaba la iglesia del mismo nombre, ahora convertida en un museo. La edificación tenía ante la puerta un pequeño porche y un patio, cerrado con un muro, tras el cual se divisaba la parte baja de la población. Más allá, campos de trigo y montañas azules.

Nos disponíamos a echar un vistazo a las fotos del álbum cuando vimos venir por la calle la figura encorvada del sacristán. Le salimos al encuentro.

–Hola, ¿se acuerda de nosotros?

El sacristán nos agasajó con una sonrisa desdentada. Su rostro parecía un pedazo de tierra con cientos de surcos.

–Claro. ¿Cómo estáis?

Cruzamos algunas frases insustanciales sobre Atienza, sus monumentos y sus gentes. Una idea luminosa cruzó por mi cerebro.

–Usted, don Patricio, habrá conocido el caso de una mujer que se suicidó hace poco…

Los ojos del sacristán relampaguearon.

–La pobre Inés…

–Hemos oído algo, pero nos gustaría conocer más de esa historia…

–No es que yo sepa mucho, pero si me acompañáis a la iglesia podremos hablar un poco. Tengo que ir para ver si

Armando ha arreglado el grifo de la sacristía… Este chico tiene la cabeza al revés y nunca se acuerda de las cosas que le digo.

Acompañamos a Patricio hasta la iglesia de San Juan, sin dejar de conversar sobre cosas triviales. Aquel hombre era un excelente guía turístico. En su discurso mezclaba gastronomía, tradiciones y leyendas con un gracejo especial.

La iglesia estaba envuelta en sombras y dentro de ella la temperatura resultaba bastante placentera. Al entrar en la sacristía, Patricio se arrimó al grifo, lo abrió y comprobó que funcionaba correctamente. Sonrió.

–Menos mal, hombre. Por una vez este Armando ha cumplido su palabra.

Nos sentamos en un banco frente al retablo mayor.

–Aquí se está fresquito… –dijo el sacristán.

–Iba a hablarnos de Inés… –le recordé.

–Ah, sí.

El sacristán entrecerró los ojos.

–Genoveva, su madre, era una mujer muy guapa. Todos los chicos del pueblo andaban como locos por ella. Je, je. Hasta yo, que tenía casi veinte años más que ella, estaba un poco enamorado. Pero yo siempre fui un hombre tímido y pusilánime para los asuntos de mujeres, por eso me quedé soltero, que es lo peor que puede hacer un hombre, porque ya me diréis, a ver qué hace un hombre solo, espantando musarañas, guisando, fregando… Un hombre solo es lo mismo que una maceta sin geranio, y eso que os digo…

–Don Patricio… –dije mientras ocultaba el álbum bajo la camiseta.

–¿Sí?

–Iba a hablarnos de Inés.

–Ah, sí. Pues eso. Genoveva se casó con un chico que se llamaba Luis Molina. Un chico que se dedicaba a cultivar cereales. Cuando nació la pequeña Inés…

–Un momento –atajé–. ¿Ha dicho que el padre se llamaba Luis Molina?

–¿El padre de Inés? Sí, claro.

–¿El padre de Inés no era don Aurelio, el que vive en Puertacaballos?

Patricio negó con la cabeza.

–No, no. El padre de Inés era Luis Molina. Lo que pasa es que Luis murió cuando la muchacha tenía cuatro o cinco años. De accidente. Algo horrible. Se cayó del tractor, nadie sabe cómo, y las ruedas le pasaron por encima. Pobre hombre, con lo joven y buena persona que era… Fue una muerte sonada, como comprenderéis.

Entraron dos turistas, con pantalones cortos, gafas de sol y mochila a la espalda, y se pusieron a hacer fotos por la iglesia.

–Las iglesias se están quedando para que vengan los turistas a hacer fotos. Luego, a la hora de la liturgia, el pobre de don Servando tiene que oficiar la misa para los santos de las hornacinas, y es lo que yo digo, que tanto progreso no sé a dónde nos va a llevar. Lo que hace falta en el mundo es un poco más de sentido común para…

–Don Patricio… –lo corté.

–¿Qué?

–Luis Molina murió cuando Inés tenía cuatro o cinco años.

–Pues así fue, y Genoveva se casó diez años más tarde con Aurelio Valdivia, que era el hombre más rico e influyente de toda la comarca. Aurelio vivía en su caserón de Puertacaballos, rodeado de criados y gente que trabajaba para él. Poseía grandes extensiones de tierra y una herencia envidiable. Sus antepasados, los Valdivia, pertenecían a una antigua familia noble que era dueña de casi toda Guadalajara. Aurelio estaba soltero y necesitaba una esposa, supongo. Es posible que él también fuera uno de los muchos que habían estado enamorados de Genoveva…

Los dos turistas abandonaron la iglesia después de haber hecho un sinfín de fotos. Don Patricio echó mano al bolsillo del pantalón y sacó unos caramelillos. Eran de una marca desconocida.

–¿Queréis uno?

–¿De qué son? –preguntó Alicia.

–De limón.

–Vale.

Yo acepté también el obsequio. Les quitamos el envoltorio y nos los llevamos a la boca.

–Estos caramelillos son la mejor medicina para la garganta –dijo Patricio–. ¿Por dónde iba?

–Genoveva se casó con Aurelio Valdivia…

–Ah, sí. Pues eso. Tres o cuatro años después de la boda entre don Aurelio y Genoveva, Inés se quedó embarazada. Al parecer, unos desconocidos la forzaron lejos de aquí, en Madrid creo que fue, pero la verdad es que no me acuerdo muy bien. La niña nació muerta.

–Parece todo bastante extraño –dije–. ¿No cree?

Patricio se pasó la mano por la barbilla mal afeitada y áspera como una lija.

–¿Extraño? La vida está llena de cosas extrañas –afirmó filosóficamente el sacristán–. El caso es que Inés, después de aquello que acabo de contar, desapareció. Como el humo. Nadie sabe dónde estuvo durante veinte años. Su madre se volvió loca y la encerraron en un centro psiquiátrico, donde murió. La casa de don Aurelio en Puertacaballos fue vaciándose poco a poco… Era como si una maldición hubiera caído sobre ella. Uno tras otro, los criados y los trabajadores abandonaron a don Aurelio, hasta que se quedó solo…

–Hemos ido a visitarlo –dijo Alicia–. Nos atendió una mujer de negro llamada Úrsula…

–Es la única de toda la servidumbre que permanece en la casa.

–¿Y dice usted que Inés estuvo lejos de Atienza durante veinte años?

–Sí. Se marchó y no regresó ni siquiera para el funeral de su madre. Era lo mismo que si hubiera desaparecido de este mundo. El caso es que cuando regresó, dicen que estaba muy desmejorada, que no parecía la misma, y eso que aún no había cumplido los cuarenta años. Y a los pocos días se ahorcó. Parece ser que la encontraron colgada de una viga en el desván de la casa.

El sacristán suspiró.

–La vida es como un melón. No sabes cómo está por dentro hasta que lo abres.

La conversación había llegado a su fin. Nos levantamos y nos acercamos sin prisa hasta la puerta.

Estábamos ya con un pie en la calle, cuando el sacristán se quedó con los ojos en ninguna parte, como recordando de pronto algo muy lejano.

–El caso es que, ahora que he hecho memoria, me acuerdo de que había un muchacho de Miedes que andaba detrás de Inés. Era un chico bastante simpático, más o menos de su edad. Se llamaba… ¿Cómo se llamaba aquel chico? ¡Óscar! ¡Eso es! Óscar murió poco antes de que Inés se marchara. A veces pienso que la muerte es como una epidemia. Al llegar a un sitio, se lleva a unos cuantos. Cuando murió mi padre, hace más de cincuenta años, todavía me acuerdo de que se murieron cuatro hombres en una semana. Mi padre y tres más. Yo era un chaval entonces, pero aquello se me grabó en la memoria, porque ya me diréis, es como si en una pocilga se te muere media docena de cerdos de pronto, y eso es lo que yo…

–Don Patricio…

–¿Qué?

–Tenemos que irnos –dije–. Es hora de comer y la verdad es que el estómago no perdona… Volveremos a vernos.

–Cuando queráis. Yo vengo por la iglesia de vez en cuando a echar un vistazo, porque don Servando tiene que andar de un pueblo a otro, de Bochones a Casillas… y de ahí hasta Albendiego. Y es que el mundo se está quedando sin sacerdotes. Ya no hay vocaciones. No es como antes… ¡Madre mía, cómo cambian las cosas! Cuando yo era un crío, recuerdo que había tres curas en Atienza, tres, y los tres tenían trabajo, que se dice pronto, porque…

–Don Patricio…

–¿Sí?

–Nos vamos a comer. Ya nos veremos. Ha sido un placer hablar con usted.

Le dimos un apretón de manos. Sus dedos parecían sarmientos, arrugados y ásperos. El sacristán nos sonrió con su boca sin dientes.

–Si queréis saber más cosas de Atienza, ya sabéis. No tenéis más que buscarme.

–De acuerdo.

Al llegar al hostal Herrera nos recibió la sonrisa diáfana de Beatriz.

–¡Ya estáis aquí! ¿Qué tal por Atienza?

–Hace un sol demoledor –dije devolviéndole la sonrisa–. La verdad es que un trago de agua fresquita nos vendría bien.

Beatriz entró en la cocina y salió enseguida con una bandeja sobre la que portaba una jarra de agua con cubitos de hielo y dos vasos.

Llenó los dos vasos y nos los ofreció. Alicia y yo bebimos como dos camellos que acabaran de atravesar el desierto.

–¡Gracias! –exclamó Alicia–. ¡Me has devuelto la vida!

La hija de Salomé y Miguel sonrió con tanta alegría que nos contagió.

Eché un vistazo al comedor. Había dos mesas ocupadas por dos familias con críos. Miguel andaba de un lado a otro con tantas prisas que parecía no tocar el suelo. Al pasar por nuestro lado nos saludó con un gesto.

–¿Os gusta el pueblo? –nos preguntó Beatriz.

–Es muy hermoso –respondió Alicia–. Y la gente es muy… agradable.

–Tenéis la mesa preparada –dijo señalando hacia el rincón–. Aquella que está junto al ventanal. Desde allí hay una vista preciosa. Os he puesto un búcaro con flores.

En aquellos momentos apareció Salomé, su madre. Iba remangada.

–Hoy he preparado algo especial. Ensalada de codornices y cabrito asado. No os quejaréis.

Después de la comida subimos a las habitaciones. Alicia se metió en su cuarto y yo me fui al mío. La comida ingerida y el calor reinante se habían aliado para provocar en nosotros el sopor y se hacía necesaria la siesta. Me tumbé sobre la cama y me puse a recordar todo lo que habíamos averiguado durante la mañana, que no era mucho. Las piezas de aquel extraño rompecabezas seguían estando dispersas y no había forma de encontrar una lógica.

Pensé en Inés, en Genoveva, en don Aurelio, en Úrsula; en aquella casa solariega y con blasón, sórdida, oscura, que ponía los pelos de punta; en la historia que nos había contado el sacristán… ¡Qué increíble resultaba todo!

Luego pensé en Alicia. La imaginé en su cama, dormida como una ninfa sobre la hierba, recostada sobre el lado derecho, las piernas ligeramente curvadas y los brazos extendidos. Evoqué su piel blanca y tersa, su cuerpo abandonado al sueño… Sonreí emocionado. La quería más que a mi propia vida.

Sí. Recordé cómo nos habíamos conocido varios años antes, en Gélver, y las cosas que habían sucedido desde entonces entre los dos. Sentí un acceso de ternura.

La ventana que daba a la plaza estaba entreabierta. Apenas un soplo de aire movía la cortinilla blanca.

Volví los ojos descuidadamente hacia mi mochila abierta, y vi el álbum de fotos que había guardado allí al salir de la iglesia de San Juan. Entre la charla con el sacristán, el calor, la comida y la ducha, se me había olvidado la existencia de aquella carpetilla oscura.

Me levanté y fui a por ella. ¿Qué podía contener?

La abrí con curiosidad y me quedé de piedra al descubrir lo que había en su interior.

¡Eran fotos de Inés en el momento de su muerte!

La primera me impactó. Inés aparecía colgada de una viga con el camisón blanco que yo tan bien conocía. ¡¡Entonces era ella la mujer sin rostro!! Esto confirmaba mis sospechas. Aterrado, comencé a mirar el resto de aquellas horribles fotografías. Inés descalza, con la soga alrededor del cuello, el pelo largo y negro cayéndole sobre el rostro. Inés en el suelo, sin soga, con las marcas de la cuerda, la señal morada y delatora que había acabado por asfixiarla. Un primer plano de su rostro muerto. Los ojos abiertos, los labios pálidos, el rostro blanco como la nieve. Fotos y más fotos de Inés en camisón, momentos después de haber puesto fin a su vida. ¿Para qué? ¿Por qué? ¿Quién se había molestado en hacer aquellas fotos? Intenté reconstruir en mi mente el instante en que fue hallado el cuerpo de Inés balanceándose en el aire, la soga al cuello, la lengua amoratada fuera de la boca, la expresión de horror en el rostro... Imaginé que Inés se ahorcaba, que don Aurelio o Úrsula, o los dos, la encontraban horas más tarde, y que antes de dar parte a la policía o de llamar a un médico o de pedir socorro a los vecinos se habían entretenido en hacer las fotos que estaban allí reunidas, en aquel álbum que yo había cogido y que ahora me quemaba las manos.

¿Qué sentido tenía todo aquello?

Cerré el álbum, pero una de las fotografías se resbaló y cayó al suelo. La tomé entre mis dedos temblorosos. En ella se veía el rostro de Inés, la piel muy blanca, la expresión de espanto, como si en el último momento de su vida sus ojos hubieran entrevisto el infierno. Sí. Inés había tenido una muerte horrible y aquella mueca de terror se había quedado congelada en su rostro.

Los ojos de Inés estaban espantosamente abiertos.

De repente, sus pupilas se movieron.

Solté la fotografía, como si fuera un hierro al rojo vivo, y di un salto atrás, sobre la cama. Caí al suelo, con un estrépito horrible, y me golpeé la cabeza con la pared. Estuve a punto de desnucarme.

Me levanté aturdido y fui hasta el cuarto de baño. Me lavé la cara echándome agua a manotazos. Volví al cuarto y tomé la fotografía entre mis dedos temblorosos.

Las pupilas de Inés parecían dos gemas frías dentro de las cuencas de sus ojos.

Capítulo séptimo

Cada día te pareces más a mi hermana

PARA ir a Miedes desde Atienza había dos alternativas: por Alpedroches o por Romanillos. Esta última era un poco más larga, pero sabíamos que el coche rojo de mis pesadillas se había precipitado en un barranco de esa misma ruta, lo que nos hizo decantarnos por esta segunda opción. Después de tomar un café en el hostal y aprovechando que todavía nos quedaba un rato de sol, decidimos acercarnos al pueblo de Óscar.

El Opel Astra tomó la carretera GU-154 y pronto abandonamos las últimas casas de Atienza por la parte trasera del castillo. No tardamos más que unos minutos en alcanzar la recta orillada de escaramujos y arbustos de espliego donde había tenido lugar el accidente de mi alucinación. Íbamos en la misma dirección que el coche rojo, alejándonos de Atienza, y pronto encararíamos la curva fatídica, a nuestra derecha, justo por la parte del barranco, más allá del cual se divisaba la panorámica del pueblo en la ladera de la montaña.

Debía aminorar la velocidad. Decidí reducir la marcha, de cuarta a tercera, al mismo tiempo que rozaba ligeramente el freno.

Me quedé helado. El pie se me había pegado al pedal. No solo no podía reducir, sino que el coche aumentaba la aceleración de manera suicida.

–¿Qué ocurre? –me preguntó asustada Alicia.

–¡No lo entiendo! –grité aterrado–. ¡Tengo el pie pegado al pedal del acelerador!

Pronto íbamos a llegar a la curva y, si no conseguía reducir la velocidad, nos saldríamos de la carretera barranco abajo.

–¡No digas tonterías! ¡No me gustan estas bromas!

No tenía tiempo para responder. Necesitaba centrarme. Reduje violentamente de tercera a segunda y de segunda a primera con toda rapidez. El coche bramó con un rugido infernal, sufrió varios espasmos y aminoró su avance de forma brusca. Mi pie se levantó del acelerador y conseguí frenar a la desesperada. Me hice con el control de la situación al mismo tiempo que sobrepasaba la curva, con el estómago encogido, sudando a mares, sin ser capaz de decir nada ni de mirar a Alicia, ni siquiera de reojo.

Durante un par de minutos guardamos silencio.

–No ha tenido ninguna gracia –dijo Alicia al fin con una voz que era una taladradora.

Se me había hecho un nudo en la garganta. No entendía lo que me acababa de suceder, pero estaba seguro de que nos habíamos salvado de milagro en el último instante. El corazón seguía latiéndome en el pecho como un tambor.

Sonreí forzado.

–¿De veras te has asustado?

–¿A ti qué te parece? ¡Tienes el carné desde hace un par de meses! ¡No puedes hacer locuras con el coche como si fueras Fernando Alonso!

¿Cómo podía decirle que no estaba bromeando?

¿Cómo podía explicarle nada si yo mismo no sabía lo que había sucedido?

–Tranquila, no volverá a pasar… –intenté calmarla con un gesto y le acaricié las manos.

–¡No sueltes el volante!

–Vale.

Fijé la mirada en la carretera. El cielo parecía una lámina azul, jaspeada de pequeñas nubecillas blancas. A lo lejos, el sol se derramaba en hebras de luz sobre la serranía.

Pasamos por Bochones y enseguida atravesamos Casillas. Poco después llegamos a Romanillos. La tarde bostezaba. Íbamos dejando atrás un paisaje de cereales, bosque bajo, jarales y escaramujos, carrascas enanas y montes pelados. El aire que entraba por las ventanillas abiertas traía efervescencias de verano. Todas aquellas aldeas tenían un aire similar: eran pequeñas, un puñado de casas de piedra arracimadas en torno a una iglesia de estilo románico casi en ruinas. Pronto llegamos a Bañuelos y apenas diez minutos después entrábamos en Miedes, que era tal vez el pueblo más grande de los que habíamos visto en aquellos parajes.

Detuvimos el coche en la plaza, amplia, interminable, junto a la fuente. Bajamos del vehículo y anduvimos unos pasos estirando las piernas, como dos perros sin dueño. Contemplamos la fachada del ayuntamiento, las banderas muertas de calor bajo el sol de la tarde, el reloj enorme encima del escudo de la ciudad.

En aquella extensión de sol absoluto, sin sombras y sin árboles, había tres coches y dos tractores aparcados. Un par de viejos fumaban en silencio, sentados en una esquina, sobre un poyo de piedra, siguiendo con los ojos todos nuestros movimientos. Una mujer a lo lejos cruzó la calle y se metió en una casa.

Nada más.

–¿Y ahora qué hacemos? –preguntó Alicia–. ¿A quién le preguntamos?

–¿Qué opinas de esos dos viejos?

Por toda respuesta, Alicia se dirigió hacia aquellos hombres, que seguían mirándonos sin disimulo, el cigarrillo humeando en los labios. Entre ambos sumarían doscientos años. Alicia les explicó rápidamente lo que buscábamos en el pueblo: saber algo más sobre Óscar, un chico que murió en un accidente de coche veinte años atrás.

–¿Óscar has dicho?

El que había preguntado era pequeño y arrugado como un tubérculo.

Los dos hombres se quedaron contemplando la nada, los ojos velados por una nube de recuerdos, hurgando en la maraña del pasado.

–¿Y dices que hace veinte años? –insistió el otro.

–Sí –afirmó Alicia–. Si viviera ahora tendría unos cuarenta años.

De pronto, el más alto movió las cejas.

–Ese tuvo que ser el hijo de la Emilia, la del Serafín.

El más pequeño se quitó el cigarro de los labios, sacudió la ceniza con dedos avezados y echó una última calada. Luego tiró el pitillo al suelo y lo pisoteó hasta hacer un gurruño.

–Sí –aprobó cabeceando ligeramente en señal de asentimiento–. Pero no me acuerdo de la cara que tenía ese chico…

–¿Dónde vive su familia?

–Echad a andar por aquella calle –indicó el más alto con el brazo extendido–. Se llama del Castillo. Por la mitad más o menos hay una callejuela a la derecha. La casa de la Emilia es la del huertecillo y el emparrado.

–No tiene pérdida –apostilló el otro.

Les dimos las gracias y nos marchamos de inmediato. El pueblo estaba sumido en un silencio aplastante, como al otro lado del tiempo, un animal de piedra respirando eternidad. No tardamos en encontrar la casita a la que se habían referido los dos ancianos. Se trataba de una vivienda modesta con un pequeño huerto a la entrada en el que crecían algunas hortalizas. Una parra se extendía a modo de marquesina verde sobre un diminuto porche en el que solo se veían una mesa y una mecedora.

La valla para entrar mediría un metro de altura. Era de madera, al estilo de las que tenían las granjas americanas, y estaba pintada de azul. Tras ella crecía un arbusto repleto de campanillas blancas con el embudo hacia abajo.

–Es un estramonio –dijo Alicia.

–Vaya. Cada día te pareces más a mi hermana.

Me dio una colleja.

–No seas tarugo.

Cruzamos el huertecillo, que apenas tendría cinco metros de largo. Había pequeños caballones de patatas y cebollas, unas tomateras, cuatro o cinco matas de pimientos y algunas acelgas. En uno de los laterales crecía un peral, cuajado de pequeñas frutas. La parra mostraba diminutos racimos de granos muy verdes.

No había timbre, así que golpeamos la puerta un par de veces y esperamos.

A los pocos segundos nos abrió una mujer bastante delgada, vestida de negro, pelo blanco recogido en un moño y expresión triste. Debía de estar a caballo entre los sesenta y los setenta años.

–¿Doña Emilia?

La mujer afirmó sin palabras.

–Disculpe que la molestemos. Nos gustaría hablar con usted sobre su hijo Óscar.

Emilia frunció el entrecejo, como si no comprendiera lo que habíamos dicho.

–Mi nombre es Daniel y ella es Alicia. Somos estudiantes de Periodismo. En Madrid. ¿Podría dedicarnos cinco minutos?

Los ojos de aquella mujer recorrieron mi rostro sin prisa. Luego, el de Alicia. Seguía con el ceño fruncido. Movió la boca como si masticara el aire.

–Mi hijo murió hace mucho tiempo.

Sonreí amablemente.

–Lo sabemos. ¿Podríamos charlar con usted un ratito?

Un par de gatos remoloneaban al sol, entre las hortalizas, como si formaran parte del paisaje agrario. Uno de ellos era pardo y estaba tirado sobre la tierra, agazapado frente a una mata de romero, acechando quizás a un ratón escondido. El otro era anaranjado y dormitaba en un rincón, rodeado de acelgas. La luz del sol le llegaba a través de la celosía de la parra. Doña Emilia volvió a masticar aire, seguramente el aire amargo de los recuerdos.

–De acuerdo. Sacaré dos sillas. Aquí en el porche estaremos mejor.

Por espacio de unos minutos y para granjearnos la simpatía de aquella mujer, Alicia y yo hablamos de lo bonitos que eran los pueblos de la zona, del paisaje, de las iglesias de estilo románico y de la amabilidad de la gente. Alicia es única cuando se pone a contar maravillas de los lugares que visita o conoce. Contagia entusiasmo. Yo suelo ser más parco en palabras y normalmente voy directo al grano.

–Verá, doña Emilia –dije cuando a Alicia se le agotaron todos los recursos retóricos para lisonjear aquellas tierras–. Alicia y yo queremos dedicarnos a la investigación. Mejor dicho, al periodismo de investigación. Ya sabe usted que los periodistas nos parecemos a veces a los detectives, buscando información, preguntando aquí y allá, hurgando en hemerotecas… –al decir esto, dudé de que aquella buena mujer supiese lo que era una hemeroteca–. El caso es que estamos pasando unos días en Atienza y nos hemos enterado de la historia de una mujer que murió hace poco y que, al parecer, mantuvo una relación con su hijo años atrás. Una tal Inés Molina. Nos ha parecido una historia muy triste, con muertes y desgracias sobre las que no se ha indagado mucho, y queríamos saber algo más sobre el asunto.

Emilia suspiró hondamente al oír aquellas palabras. Observé que sus ojos se ensombrecían de repente, como velados por una inesperada nostalgia.

–Mi hijo Óscar fue la razón de que yo siguiera con vida cuando murió mi marido… Serafín se me fue a los cinco años de casados. Le falló el corazón. Me quedé viuda con veinticuatro años y con un niño recién nacido. Aquí había nacido y aquí vivían mis padres, que me ayudaron a salir adelante. Aquí estaban enterrados también todos mis antepasados. Pensé en irme, pero ¿a dónde iba a ir una mujer como yo, que nunca había salido de este pueblo, y con un niño de pecho? No fue fácil, desde luego. Hasta se me pasó por la cabeza la idea de quitarme de en medio y que me enterraran con Serafín. Y si no lo hice fue por el niño, podéis estar seguros.

Emilia se había sentado en su mecedora y se columpiaba lentamente, sin darse cuenta, como si aquel movimiento de vaivén formara parte de una antigua costumbre. Por un momento pensé que el balanceo sutil de la mecedora era una metáfora del balanceo de los recuerdos, de las imágenes que iban y venían por su cerebro, y que ella convertía en palabras. Palabras heridas de añoranza. Como cicatrices abiertas en la memoria.

–Había muerto mi marido, pero mi hijo se empeñaba en vivir. Se pasaba el día mamando. Y crecía rápidamente. Era un niño lleno de vida…

La mujer detuvo el balanceo de la mecedora y se puso de pie.

Entró en la casa y volvió a salir casi al instante con dos portarretratos de mediano tamaño.

–Estos somos Serafín y yo cuando nos casamos.

Ante nuestros ojos posaban Emilia y su marido con traje de novios el día de su boda. Ella lucía el típico vestido blanco, largo, con velo de tul transparente. Era una muchacha de rasgos sencillos y sonreía llena de vitalidad y alegría. Serafín vestía de negro, con una flor blanca, tal vez un clavel, en la solapa de la chaqueta. Su pelo negro y corto estaba peinado hacia un lado, con brillantina, y su mirada era limpia y luminosa. Miraba con timidez a la cámara. Tanto Emilia como Serafín debían de tener menos de veinte años. Ambos irradiaban felicidad.

–Y esta otra es de mi hijo Óscar, poco antes de morir.

Óscar debía de tener un par de años más que yo en aquella foto. Era alto y delgado, como yo. Tenía el pelo negro, corto, y los ojos entrecerrados seguramente por la luz que le daba en la cara. Sonreía con timidez, igual que su padre en la foto de la boda. Vi que Óscar se parecía bastante a su madre, a Emilia, a aquella mujer que nos mostraba aquellos dos retratos como quien muestra un tesoro, lo último que le quedaba de una vida de fracaso. Una mujer que había perdido a su marido al poco tiempo de casarse y que perdió a su hijo con veintiún años. Una mujer vencida por la soledad. Tomé el retrato de Óscar y lo examiné largamente. Por unos instantes, sentí que Óscar me contemplaba desde el otro lado de la vida, y que su sonrisa tímida era mi propia sonrisa. Había algo en él, un aura invisible, que me inspiraba ternura y compasión al mismo tiempo. Tal vez sea la tristeza que me invade al mirar fotografías de gente que ha muerto, de personas que están criando malvas, enterradas, quizás hace mucho tiempo, y que siguen viviendo en el espíritu de las fotografías. Óscar me miraba y yo lo miraba a él. Entre ambos se establecía una corriente de luz, o de sombra, quién podría saberlo, pero percibí algo entre los dos, un vínculo invisible, una empatía especial.

–Óscar trabajaba las tierras de don Aurelio Valdivia. En Hijes, en Bañuelos, en Retortillo, en Ujados… Cereales, encinares, colmenas, maizales, viñas…, y sobre todo cuidaba los cotos. Don Aurelio siempre fue aficionado a la caza. Mi hijo no le guardaba mucha simpatía, porque don Aurelio tenía y seguirá teniendo hasta que se muera un carácter despótico. Trataba mal a todo el mundo. Yo le decía a mi hijo que su obligación era trabajar y callar, que él no era nadie para opinar sobre los demás, menos aún sobre una familia tan poderosa, porque don Aurelio, no sé si lo sabéis, era y sigue siendo un hombre muy rico, de antepasados nobles. Bueno, yo de eso no entiendo demasiado, pero aquí en estas tierras las cosas se saben…

Emilia guardó unos instantes de silencio. Cerró los ojos durante unos segundos y su boca se curvó en una triste sonrisa.

–Óscar, como decíais, estaba enamorado de la hija de don Aurelio. Se llamaba Inés…

–Hemos oído decir que Inés no era hija realmente de don Aurelio… –apunté.

–Sí. Es verdad. El padre de Inés había sido un hombre de Somolinos que se llamaba, ay Dios, cómo se llamaba aquel hombre…

–Luis Molina –dijo Alicia.

–Sí. Eso es. Luis Molina. De eso hace ya tanto tiempo que casi lo había olvidado. Bastantes desgracias tiene una como para acordarse de las penas de los demás… Sí, Luis. Pero a lo que iba. Mi hijo se puso a trabajar para don Aurelio más o menos cuando este se casó con la madre de Inés… Me acuerdo muy bien. El caso es que mi hijo estaba contento con su trabajo. Óscar siempre fue un muchacho sencillo y noble, que se hacía querer. Y guapo. Para mí que era demasiado bueno, como su padre. No pudo estudiar porque aquí en casa hacía falta trabajar, aunque en la escuela sacaba buenas notas y los maestros decían que habría servido para ingeniero o para notario porque tenía buena memoria y se aprendía las cosas en un santiamén…

Emilia se quedó callada unos instantes. La luz de la tarde se filtraba a través del emparrado, y nos sumía en una claridad anaranjada. Un par de mirlos llegaron volando hasta las ramas del peral, canturrearon un poco y se marcharon tal como habían venido, surcando el aire azul. Emilia volvió a columpiarse sutilmente con movimientos mínimos. Los dos portarretratos descansaban sobre la mesa, dos reliquias de una época lejana que solo sobrevivía en la memoria cuarteada por el tiempo de aquella pobre mujer.

–Óscar me hablaba de Inés a todas horas, pero yo le decía que no tenía que hacerse ilusiones porque él era un don nadie, un simple jornalero, un trabajador del campo, y ella era la hija de un noble, de un ricachón, una muchacha que estaba destinada a estudiar una carrera y a casarse con alguien de su categoría… Mi hijo se ponía furioso cuando yo le decía estas cosas y me llamaba anticuada. Los tiempos cambian, me gritaba. Hoy en día, las cosas no son como en tu época, mamá… Yo trataba de entenderlo, pero sabía que aquel amor suyo estaba destinado al fracaso. Una noche, recuerdo que era invierno, porque nos arrebujábamos alrededor del fuego, me contó que había pensado en estudiar, para ser alguien importante. Pero cómo vas a estudiar, le dije, si tienes que trabajar en las tierras de don Aurelio. No puedes dejar de trabajar. ¿De qué vamos a vivir? Me iré a Madrid. Estudiaré y trabajaré al mismo tiempo, y te mandaré dinero. Total, Madrid está a dos horas de aquí, tampoco es que me vaya al fin del mundo. Y yo sonreía, cómo no, y hacía cuentas, pero las cuentas no me salían. No podía pagarle los estudios a mi hijo… La pensión de viuda era demasiado pequeña. Óscar no paraba de repetirme la cantinela noche tras noche, junto al fuego: quería estudiar para maestro, y algún día se casaría con Inés Molina… Y justo entonces, justo entonces…

Emilia cerró los ojos.

Alicia y yo nos miramos.

–Justo entonces –Emilia abrió los ojos y retomó el hilo del discurso sobreponiéndose a sus emociones– tuvo el maldito accidente que le costó la vida.

–¿Óscar murió en un accidente?

Emilia nos contempló desde la lejanía de sus recuerdos.

–Sí. El coche de segunda mano que acababa de comprarse se salió de la carretera.

Un escalofrío me recorrió la espalda. Fue Alicia la que preguntó. A mí no me salía la voz.

–¿Qué coche era?

Emilia suspiró antes de responder.

–Un Alfa Romeo rojo. Maldita la hora en que lo compró.

Solo entonces me di cuenta de que los ojos de aquella mujer eran del color de las lágrimas.

Capítulo octavo

Nunca he estado en Granada

ESTABA cayendo la tarde cuando decidimos regresar a Atienza. Abandonamos Miedes con una sensación confusa. Cuando dejamos atrás la última imagen del pueblo, Alicia y yo seguíamos sin hablar, encenagados en un silencio espeso. El sol había desaparecido por el oeste dejando una estela de sangre en el firmamento.

–¿Qué piensas? –le pregunté a Alicia después de varios minutos sin que ninguno de los dos abriera la boca.

Alicia tenía la mirada perdida en el paisaje.

–Esta historia –dijo sin dejar de contemplar el bosque de sabinas a su derecha– es muy rara. Hay demasiados muertos.

Volvimos a quedarnos callados un buen rato. Yo aproveché para reordenar los datos dispersos en mi cerebro. Recapitulé mientras conducía con los ojos fijos en la carretera. Sí. Tal vez Alicia tenía razón. Demasiados muertos. Pero también era verdad que aquella historia ofrecía numerosos interrogantes. ¿Dónde había estado Inés Molina durante los veinte años que permaneció fuera de casa? ¿Por qué regresó para suicidarse después de tanto tiempo? ¿No era una casualidad que Luis Molina, el padre de Inés, y Óscar, el posible novio de la muchacha, murieran en sendos accidentes, uno de tractor y otro de coche? También estaba Serafín, el padre de Óscar, que había muerto de un ataque al corazón recién casado. Y luego, para rematar el asunto, la historia de Genoveva, que había terminado sus días en un manicomio.

Sí. Demasiada muerte.

–Me apetece darme un baño y olvidarme de todo –dijo Alicia estirando los brazos–. Al fin y al cabo, ¿qué más nos da a nosotros lo que pasara con Inés Molina y con los demás personajes de esta historia? Creo que deberíamos volver a Madrid. O mejor aún, a Gélver. ¿No te hace ilusión que vayamos a bucear a la playa del Sapo?

Sonreí.

–Tal vez tengas razón. Pero no olvides que he tenido las extrañas apariciones de Inés. En el cementerio, en la plaza del pueblo, incluso en la habitación… Todavía recuerdo cómo repetía mi nombre, y sus palabras, que me helaron la sangre…

–¿Dónde está mi hija?

–Exacto. Cuando abrí la puerta solo encontré la ventana abierta de par en par y el viento golpeando con fuerza las cortinillas blancas.

Guardé unos segundos de silencio. Alicia seguía con la mirada en el bosque de sabinas, a su derecha. El viento de la tarde que entraba por la ventanilla hacía ondear su pelo.

–Y además está lo del coche rojo –añadí–, el misterioso accidente de Óscar, que vi en aquella alucinación que tuve…

–¿A dónde quieres ir a parar?

–Pues que no podemos irnos ahora a Madrid dejando esto a medias.

–Mira, yo lo veo así… –insistió Alicia–. Mañana nos vamos a Madrid. Pasamos el día con tus padres y con Irene. Y pasado mañana nos vamos a Gélver, a que nos dé el sol, a bañarnos en el mar y a tomar helados en el paseo… Y si quieres pensamos en todo esto con tranquilidad… ¿No te gustaría volver a ver a los amigos?

Acabábamos de pasar Alpedroches. A nuestra derecha se extendía el monte bajo salteado de sabinas y pequeñas carrascas, matas de espliego, jarales y escaramujos. A nuestra izquierda había campos de cereales, a medio camino entre el verde y el amarillo, salpicados de amapolas rojas. Al fondo de los trigales se alzaba un bosque de árboles frondosos.

–Seguro que a mis padres les encanta volver a verte –argumentó Alicia–. Incluso le podemos decir a tu hermana que se venga con nosotros.

–¿A Irene? Olvídalo. Mi hermana y yo somos incompatibles. No funcionaría.

–Pues a mí me cae muy bien. Me dijo que se iba a apuntar a SOSUR.

–¿A esa plataforma que lucha contra la desertización del sureste español?

–Percibo cierto tono irónico en tu voz… Has de saber que formo parte de SOSUR desde que iba a 4.º de la ESO.

–Pero tú eres una gladiadora de la justicia social y las causas perdidas… Mi hermana Irene es solo una mosca cojonera que se pasa el día demostrándole a todo el mundo lo lista que es… No. No lo veo.

Alicia se quedó callada de nuevo con la cabeza vuelta hacia el paisaje a través de la ventanilla entreabierta. La última luz de la tarde se iba difuminando en tonalidades de color ceniza. Nubes de plomo gris cubrían el cielo. Pronto anochecería.

Justo en aquel momento me pareció oír mi nombre.

Daniel.

Daniel.

Había sonado como una voz de ultratumba que se abre paso a través del cerebro.

Giré la cabeza y la vi. A mi izquierda.

Era Inés.

Llevaba el camisón blanco, el pelo negro cayéndole sobre el rostro, en medio del trigal, justo en el lindero en el que arrancaba el bosque de árboles.

Una aparición fantasmal.

Debí de hacer un movimiento brusco con el volante, porque Alicia dejó de mirar por la ventanilla el paisaje de sabinas y monte bajo y me contempló sobresaltada.

–¿Qué pasa? ¿Otra bromita?

–¡Mira! ¡En el campo de trigo!

Señalé con la cabeza y el brazo derecho al mismo tiempo que hablaba.

–¿Qué tengo que mirar?

Volví los ojos hacia el lugar en el que había descubierto a Inés, convencido de que su presencia era inverosímil, pero real. Ella era la que había pronunciado mi nombre, como en sordina, una voz subterránea y fúnebre.

Me invadió una sensación de irrealidad y abrí la boca aturdido.

Entre el bosque y las mieses, donde había aparecido Inés, solo había una mancha de amapolas rojas.

Después de la cena salimos a tomar el fresco a la plaza. Junto a la fuente de los tritones, una cafetería con el toldo a rayas rojas y blancas que se anunciaba como bar Pedro tenía puesta una terracita con mesas y sillas de aluminio. Algunas de las mesas estaban ocupadas por visitantes ocasionales. Alicia y yo tomamos asiento y contemplamos la plaza.

–¿Qué va a ser? –preguntó el camarero.

–Zumo de piña –pidió Alicia.

–Coca-Cola –añadí yo.

El camarero se olvidó de nosotros y se marchó sorteando sillas y mesas, al mismo tiempo que atendía a otros clientes.

En aquel momento vimos salir a Beatriz del hostal. Le hicimos una señal con el brazo.

–Hola –nos saludó con una sonrisa cuando se acercó–. ¿Qué tal?

–¿Quieres tomar algo con nosotros? –pregunté amablemente.

–Iba a ver a mi amiga Rosaura –miró su reloj de pulsera–, pero es un poco pronto... De acuerdo, me tomo algo con vosotros.

Se sentó justo cuando el camarero aparecía con las bebidas.

–Otra Coca-Cola –pidió.

El camarero asintió en señal de conformidad y se marchó enseguida.

–No hay mucha gente con la que hablar en este pueblo. Rosaura es mayor que yo. Tiene treinta y nueve años y es profesora. Ahora está aquí de vacaciones. Es muy simpática. Si la conocierais, os caería genial.

–La verdad es que aquí todo el mundo es bastante simpático –observó Alicia.

El camarero trajo la Coca-Cola. Beatriz bebió un trago.

–¿Qué tal por Granada? –quise saber.

–Granada es una ciudad especial –dijo Beatriz con los ojos iluminados–. Precisamente elegí Granada porque su Facultad de Traducción e Interpretación es la más valorada de España. Yo entré por inglés como primer idioma, y me pedían un 9,2 sobre 10. ¡Una burrada!

–Confieso que nunca he estado en Granada –comenté–. ¿Es tan bonita como dicen?

Beatriz sonrió como una princesa.

–¿Bonita? ¡Es mágica! De verdad. No hay nada comparable como perderse al atardecer por el Sacromonte o el Albaicín, con sus preciosos cármenes. Hay gente de todas partes. Estudiantes quiero decir. Vas por la calle y escuchas los idiomas más extraños. Alemán, checo, polaco, portugués, chino, noruego… Son alumnos de Erasmus o de visita para conocer la Alhambra.

Beatriz se calló y durante unos segundos permanecimos en silencio.

–¿Y vosotros? Me dijisteis que estudiáis Periodismo, en Madrid…

Alicia se me adelantó.

–Ya sabemos que el Periodismo es una carrera con poco futuro y que lo más seguro es que terminemos en la cola del paro, pero a mí es lo que me pedía el cuerpo. Me entusiasman la política, la actualidad social, el estar al tanto de lo que pasa en el mundo, el combatir y denunciar las injusticias… En fin, luchar por un mundo mejor.

–Bueno, pues yo más o menos igual –dije.

Beatriz volvió a sonreír. Y en aquella sonrisa había tanta espontaneidad y tanta frescura que resultaba contagiosa.

–¿Por qué habéis venido precisamente a Atienza? Este es un pueblo bastante aburrido. Cuando llevas aquí dos días, ya no sabes qué hacer… Yo me habría marchado a Inglaterra, a mejorar mi inglés, pero tengo que echar una mano a mis padres…

Alicia y yo intercambiamos una mirada cómplice.

–La verdad es que Atienza tiene su encanto –dije sin especificar a qué quería referirme exactamente–. Te podemos asegurar que no nos estamos aburriendo en absoluto. Más bien al contrario, todo son amabilidades. Por ejemplo, tus padres son encantadores.

–Gracias. Mis padres son estupendos, os lo digo yo. Todo lo que tienen lo han conseguido a base de trabajar. Abrieron el hostal cuando yo nací, y sé que les ha costado mucho salir adelante, porque mantener un negocio así en Atienza no es fácil. Hay demasiada competencia y cada vez viene menos gente, por la crisis. Y Atienza sin turismo no es nada. Ha ido perdiendo población poco a poco, y si esto sigue así, dentro de quince o veinte años será un cementerio de casas abandonadas.

Beatriz bebió otro trago de Coca-Cola. Alcé los ojos y admiré la luna, como una bola de nieve en mitad de la oscuridad. Junto a ella se apiñaban miles de estrellas. A lo lejos pasó parpadeando lo que debía de ser un avión, cruzando la negrura con sus destellos rojos y amarillos.

–Mi padre y mi madre no tienen estudios –dijo Beatriz–. Son de esas personas que han trabajado desde que eran niños. Mi padre procede de una aldea abandonada que se llama La Miñosa, bastante cerca de aquí. De pequeño fue pastor, como mi abuelo, hasta que se vino a Atienza a trabajar para los Valdivia, y aquí es donde conoció a mi madre, que era la hija de uno de los criados de la casa. Ya veis, mi padre pastor y mi madre criada con solo quince años… ¿No os parece maravilloso que hayan levantado el hostal con su esfuerzo y que sigan manteniéndolo?

Me había quedado aturdido escuchando a Beatriz.

–Un momento –atajé–. ¿Quieres decir que tus padres trabajaron de jóvenes para don Aurelio Valdivia?

–Sí –respondió Beatriz con un gesto inocente–. La familia de mi padre era de La Miñosa, como os he dicho, pero los padres de mi madre eran de aquí, de Atienza, y trabajaban como criados en casa de don Aurelio. Mi abuelo Néstor era mayordomo y mi abuela Dionisia, ama de llaves. Yo no conocí aquella época, pero según cuentan mis padres, por entonces había más de veinte empleados trabajando para don Aurelio y doña Genoveva, que es como se llamaba su mujer. Los Valdivia siempre han sido una de las familias más ricas y poderosas de esta comarca… Pero, perdonad, os debo de estar aburriendo con mi charla…

–En absoluto –se apresuró a decir Alicia–. Me encantan este tipo de historias…

–Precisamente es una de las cosas que más valoramos los periodistas –añadí yo–; bueno, en nuestro caso, los futuros periodistas.

–Lo siento, pero voy a tener que irme –Beatriz apuró el refresco y se levantó–. Rosaura estará esperándome.

Hizo ademán de sacar dinero del bolsillo.

–No, no. Estás invitada –dije yo alzando la mano como un guardia urbano que se apresta a detener el tráfico–. Es una lástima porque era muy interesante lo que nos contabas…

–De todos modos, no sabría deciros mucho más. Esto que os relataba ocurrió antes de nacer yo.

–Tal vez tus padres puedan contarnos algo más… –propuse.

Beatriz me contempló con expresión risueña.

–Puede ser, aunque a mis padres no les gusta demasiado hablar de aquellos años… Ellos me han dicho siempre que su vida empezó de veras el día que abrieron el hostal.

Beatriz nos guiñó un ojo y se marchó como un remolino de luz en mitad de la noche. La vimos andar, esbelta, ágil, como si flotara en el aire, hacia la calle del Pozuelo, y nos quedamos unos minutos en silencio siguiendo su figura hasta que se perdió de vista.

–Curioso –dijo Alicia.

–Algo más que curioso.

–A ver si adivino lo que estás pensando –Alicia me taladraba con sus ojos–. Mañana no nos vamos a Madrid. Mañana vamos a hablar con los padres de Beatriz sobre don Aurelio Valdivia.

Hice una seña al camarero, que acudió al instante con la cuenta preparada. Pagamos y nos levantamos. Comenzamos a pasear con las manos en los bolsillos.

–A veces pienso que eres una pitonisa –bromeé.

–¿Una pitonisa? Solo soy una pobre muchacha enamorada de la persona equivocada.

Le pasé el brazo por los hombros y la atraje hacia mí. Caminamos abrazados.

–No seas protestona. Lo bien que lo estamos pasando aquí… En Gélver te estarías aburriendo, todo el día tomando el sol, como las lagartijas…

–Hombre, ahí te doy la razón –concedió Alicia–. Desde luego, contigo es imposible aburrirse. Con tanto muerto y tanto fantasma…

Nos detuvimos al pie de una farola que vertía su luz mortecina sobre una fachada en ruinas.

La miré a los ojos.

–¿Me estás llamando fantasma?

La barbilla de Alicia comenzó a temblar, señal inequívoca de su timidez y su nerviosismo cada vez que la contemplaba con ternura.

–Un poco sí que lo eres…

–Pues entonces tú eres una bruja, porque me tienes completamente embrujado…

Nos besamos sin prisa en aquel callejón solitario, mientras la luna sonreía en mitad de la negrura del cielo. El aire de la noche traía olor de monte y de verano.

Capítulo noveno

Un sueño oscuro y pegajoso

No podía dormir. El calor sofocante me impedía conciliar el sueño. La habitación se encontraba iluminada apenas por la claridad lechosa de la luna que entraba por la ventana entreabierta.

Me asomé a la plaza, que respiraba paz y soledad. La fuente de los tritones, los árboles, algunos coches aparcados, las sillas y las mesas de aluminio del bar Pedro, la fachada del ayuntamiento… Todo dormía.

Salí a la calle. Me apetecía dar un paseo a la luz de las estrellas por aquel laberinto de callejuelas angostas. Mis pies se guiaban por el azar. Crucé la plaza del Trigo, recorrí la calle de Cervantes y algunas adyacentes, bajé hasta la plazuela de San Gil y casi sin darme cuenta me vi de pronto ante la fachada de los Valdivia.

En la oscuridad nocturna, el pueblo entero parecía sumergido en una quietud fantasmagórica. La casa de don Aurelio Valdivia se alzaba como un monstruo de piedra negra. Contemplé sin prisa la puerta de madera oscura y claveteada, las ventanas protegidas por rejas negras, las grandes balconadas; en lo alto de la fachada, el escudo heráldico formado por el dragón de tres cabezas extendidas y alas de murciélago, y sobre él, el yelmo completo, girado hacia la derecha, y los ornamentos vegetales en los laterales y en la base. La negrura apenas me permitía distinguir contornos y formas, más bien intuirlos.

Un silencio opresivo me zumbaba en las sienes.

Aquella casa guardaba demasiados secretos.

Volví a contemplar las ventanas, una por una, como si pretendiera adivinar qué era lo que se escondía detrás de cada una de ellas. Las conté varias veces. Cinco. Dos a la altura de la puerta, dos en una segunda altura y otra en la parte más alta, tal vez la que pertenecía a un desván o buhardilla. De repente, me pareció que dos ojos amarillos me contemplaban desde la ventana superior. Observé con atención. Sí. No había duda. Había dos ojos clavados en mí.

Aquellas dos pupilas frías y amarillas no parpadeaban. Eran como las de un felino al acecho. Y yo sentía que aquella mirada fluorescente hablaba sin palabras. Percibía su amenaza, su odio, la violencia del depredador a punto de saltar sobre su víctima.

Sentí un escalofrío.

Atemorizado, me alejé de allí con pasos rápidos. Mis zapatos golpeaban las losas de la calle como un tambor fúnebre, al compás de los latidos de mi corazón. En mi huida, volví varias veces la cabeza porque estaba seguro de que aquella presencia me seguía por las oscuras y estrechas calles.

Debí de perder la orientación. Había comenzado a caminar sin sentido, como en un laberinto de sombras, y no encontraba el camino de vuelta al hostal. Incluso me pareció que las calles cambiaban de ubicación continuamente y diseñaban trazados nuevos.

Doblé una esquina y de modo inesperado me tropecé de bruces con una figura alta envuelta en una capa. Llevaba sombrero y su rostro estaba oculto tras una careta. Sus dos ojos amarillos estaban fijos en mí. Di un paso atrás, aterrado, con tanta torpeza que trastabillé y caí al suelo.

El desconocido avanzó un paso hacia mí. Lentamente. Me tenía a su merced y podía hacer conmigo lo que quisiera. Lo contemplé desde mi posición. Tras él, la noche extendía su negrura y la luna vertía una luz irreal.

Aquella sombra sonrió de forma demoníaca. Se inclinó y pude oler su aliento a muerte. Sus ojos amarillos me atravesaron como cuchillos.

Noté cómo sus manos heladas apresaban mi cuello, dos garras de acero aferrándose a mi piel, apretando como tenazas. Comenzó a faltarme el aire y me puse a gritar.

Abrí los ojos espantado. Y di la luz.

Eran las cuatro y diez de la madrugada. Me encontraba en la cama del hostal.

Apagué la luz de la lámpara del techo y encendí la de la mesita. Estuve sin poder dormir hasta que la claridad del amanecer asomó por la ventana. Solo entonces me abandoné al sueño. Un sueño oscuro y pegajoso del que no me desperté hasta las once y media de la mañana.

–Empezaba a preocuparme –me dijo Alicia, que estaba leyendo una novela en uno de los sofás del salón, al verme aparecer.

–Cada vez duermo peor –respondí a modo de saludo.

Nos dimos un beso rápido.

Salomé, la madre de Beatriz, asomó por allí. Iba remangada, como siempre, y una sonrisa bonachona alumbraba su rostro redondo.

–El servicio de desayuno ya está cerrado desde hace rato, pero si quieres un batido de chocolate…

–De acuerdo.

Me senté junto a Alicia.

–¿Qué andas leyendo?

Alicia me alargó el volumen.

–¿*Demian?* –leí.

–Hermann Hesse es uno de mis escritores favoritos, ya lo sabes.

–Pero ese libro ya lo has leído. Me has hablado de él. Lo recuerdo perfectamente.

–¿Y qué? Los buenos libros merecen ser leídos varias veces. ¿Acaso no lo sabes?

La dueña del hostal apareció con el batido de chocolate.

–Gracias, Salomé.

–No hay de qué, pero si me permites la confianza, me tenías preocupada.

Miré a Salomé con curiosidad. Me levanté y me acerqué a ella.

–No la comprendo.

Salomé rondaría los cuarenta y pico años, pero vestía como si tuviera ochenta: bata cómoda y zapatillas de paño de andar por casa. Daba la sensación de que era una mujer de otra época. Llevaba el pelo recogido en un moño y nunca se pintaba los ojos ni los labios. Ni siquiera se ponía coloretes en las mejillas. Aunque su rostro, redondo y rojo, y su jovialidad resultaban entrañables.

–No me extraña que hoy te hayas levantado tan tarde –dijo Salomé bajando la voz–. Anoche me desperté por casualidad hacia las cuatro de la madrugada. Me pasa a veces, sobre todo en verano. Tengo un dormir muy ligero y cualquier ruidito me sobresalta…

Yo la escuchaba con atención. Seguía con el batido en la mano.

–El caso es que estaba en la cocina, a oscuras, cuando oí un sonido raro. Me asomé y te vi entrar a toda prisa como si huyeras de alguien.

Un escalofrío me recorrió la espalda.

–¿Cómo dice? –pregunté sin poder dar crédito a lo que oía.

–Pues eso, que entraste como si te persiguieran. Cerraste la puerta y te quedaste unos momentos con la espalda pegada a ella. Yo te veía desde la cocina, pero me asusté al verte de esa manera… A juzgar por la respiración tan agitada que traías, debías de haber venido corriendo.

–¡No puede ser! –exclamé.

–Subiste a la habitación enseguida. Entonces salí de la cocina. Estaba tan intrigada que no pude contenerme. Abrí la puerta de la calle y miré fuera. Me pareció ver una figura muy alta, con una capa y un sombrero, doblando la esquina.

El batido de chocolate se me cayó al suelo.

Después de comer, Alicia se tumbó a dormir la siesta, pero yo tenía otros planes. Necesitaba hablar con los padres de Beatriz. Y pensar. ¿Qué diablos me estaba ocurriendo en aquel pueblo? Todo era una pesadilla. La realidad y la fantasía se mezclaban en una niebla de confusión permanente. Iba a terminar por no distinguir la vigilia del sueño, y no me hacía ninguna gracia.

No soy aficionado al café, pero tomé un par de tazas, mientras el comedor se vaciaba de comensales, que iban desapareciendo, supongo, camino de la siesta, como Alicia. Al otro lado del ventanal, el sol calcinaba el paisaje de trigos amarillos y las vastas extensiones de la lejanía azul. Literalmente caía fuego del cielo.

Beatriz asomó por la puerta de la cocina y al verme solo se me acercó. Estaba radiante con una camisa azul celeste sin mangas y unos vaqueros cortos, que dejaban al descubierto unas piernas largas y morenas, bien torneadas. Sus ojos lo miraban todo con curiosa alegría.

–¿Sabes? –dijo sentándose a mi lado–. He pensado que a lo mejor os apetecería conocer a Rosaura, la amiga de la que os hablé. Esta noche tenemos una velada en su casa.

–¿Una velada? ¿Qué clase de velada?

–De poesía.

Abrí unos ojos como platos.

–¿Qué pasa? –me preguntó divertida–. ¿Es que no te gusta la poesía?

–Depende –puntualicé–. Neruda o Bécquer, por ejemplo, sí que me gustan. Pero la verdad es que no conozco demasiado el género.

Beatriz volvió a sonreír y yo me sentí otra vez cautivado por aquella sonrisa tan bonita.

–A mí no me gustaba hasta que conocí a Rosaura. Es profesora de Literatura y escribe poesía como los ángeles. Pero lo que más me fascina no es lo que dice, sino cómo recita. Se pone en trance. Cierra los ojos y deja que los versos hablen solos.

–Tiene que ser muy interesante…

–Pues entonces perfecto –atajó sin dejarme terminar la frase–. Esta noche será tu bautismo poético. Podemos quedar a las diez, aquí en el hostal, después de la cena. ¿Te parece?

La mirada de Beatriz me atravesó como un rayo.

–Bueno, supongo que a Alicia le parecerá bien.

Beatriz se puso de pie. No pude evitar mirarle las piernas. Eran perfectas.

–Me voy. Tengo cosas que hacer. Luego nos vemos.

Se acercó hasta mí lentamente, sin dejar de mirarme, y me dio un beso en la mejilla. Tuve tiempo de oler su aroma a fruta fresca.

–Hasta luego –se despidió antes de marcharse y dejarme confuso.

La vi salir con los ojos clavados en su vaquero corto. Beatriz tenía un trasero espectacular.

¿Qué me ocurría con aquella chica? No podía negar que me atraía como un imán. Los pensamientos se me fueron hasta Alicia y durante unos momentos permanecí en un estado de absoluta perplejidad. ¿Estaba enamorándome de Beatriz? ¿Seguía enamorado de Alicia? ¿Podía uno enamorarse de dos mujeres al mismo tiempo?

Salomé apareció en aquellos momentos. Al verme solo, sentado en una esquina del comedor, con los ojos perdidos en la lejanía, se acercó hasta mí con una sonrisa de pan redondo.

–¿Necesitas algo?

Sonreí.

–No, no. Estaba meditando.

Aquella mujer despertaba en mí una extraña paz. Me gustaban su mirada bonachona, su gesto alegre y espontáneo, sus andares reposados.

–¿Por qué no se sienta un momento conmigo, Salomé? Me ha pillado pensando precisamente en usted…

–¿En mí? –la dueña de la pensión hizo un gesto de sorpresa. Me pareció que incluso se ruborizaba un poco.

–Siéntese, por favor.

Salomé tomó asiento a mi lado. Al otro lado de la ventana, la tarde se deshacía en una acuarela de tonos dulces. Observé a Salomé con afecto y traté inútilmente de encontrar algún parecido entre aquella mujer y su hija. Se parecían lo mismo que un gato y una lagartija.

–Verá, Salomé. He oído que usted y su marido trabajaron hace tiempo para don Aurelio Valdivia… –dejé la frase en suspenso.

Salomé asintió en silencio, pero no dijo nada.

–Y la verdad es que me gustaría que me hablara de Inés Molina.

La dueña del hostal cambió su expresión. Parecía que le hubiera mentado al diablo.

–No comprendo…

La intuición me decía que Salomé podía arrojar algo de luz sobre aquella extraña historia. Noté que se encogía dentro de la bata y que hacía un gesto imperceptible de defensa. La luz pacífica que desprendían sus pupilas habitualmente se transformó en un destello de desconfianza.

–Tengo mucho trabajo –hizo ademán de levantarse.

–Por favor… –no sé de dónde saqué el valor para poner mi mano encima de la suya, en un gesto inequívoco de que no estaba dispuesto a dejarla ir sin más–. Necesito saber algunas cosas…

Salomé me contemplaba con expresión de aturdimiento.

–¿Por qué no me cuenta lo que recuerda de Inés Molina? He oído hablar de ella y su historia me tiene muy intrigado…

Salomé había comenzado a sudar. Rescató su mano atrapada, extrajo un pañuelo y se limpió las sienes.

–No sé qué puedo contarte…

–Empecemos, si le parece, al revés. Por el final. ¿Es cierto que se ahorcó hace unas cuatro semanas?

Salomé respondió con un monosílabo delgado como un suspiro.

–Sí.

–¿No podría decirme algo más?

–Pues no sé… Eso es lo que se comentó. La encontraron colgada de una viga en el desván de la casa… Debió de volverse loca, como su madre, Genoveva, que acabó sus días en un manicomio. Dicen que la locura se hereda…

–He oído comentar que Inés estuvo lejos de Atienza durante veinte años…

Salomé hizo un gesto afirmativo con la cabeza.

–¿Y cuál es su opinión? Ya sabe, en los pueblos estas cosas se comentan… ¿Tiene idea de dónde pudo haber estado tanto tiempo?

Salomé se alzó de hombros.

–¿Quién puede saberlo? Inés siempre fue una chica muy alegre y muy soñadora. Pudo haber estado en cualquier parte…

–¿Y no le parece raro que viniera después de tanto tiempo solo para ahorcarse?

–Ya te he dicho que su madre acabó en un manicomio. A lo mejor Inés también…

–Sí, ya me lo ha dicho. La locura…

Sonreí amablemente.

–Usted trabajó en la casa de don Aurelio cuando Inés era una muchacha… Hábleme de aquella época.

Salomé se limpió de nuevo el sudor con el pañuelo. Su rostro redondo se volvió hacia la ventana para contemplar la lejanía. Durante unos instantes permanecimos en silencio. Cuando me miró de nuevo, supe que había regresado del pasado.

–Mis padres trabajaron desde siempre y hasta el día de su muerte para don Aurelio. Yo nací, como quien dice, en aquella casa. Los Valdivia fueron una familia feliz durante muchos años. Eran los dueños de media comarca. Don Aurelio era el más pequeño de cuatro hermanos. Los tres mayores murieron de forma muy extraña. Rafael, Sabino y Tadeo. Los cuatro eran aficionados a la caza. Al mayor se le disparó la escopeta accidentalmente. El segundo cayó por un precipicio. Al tercero lo encontraron devorado por los lobos. Parecía una maldición.

–Así pues, Aurelio es el único de los cuatro hermanos que vive…

–Sí. Cuando se murieron también sus padres, don Aurelio se quedó solo, y fue entonces cuando se casó con Genoveva, una mujer viuda que tenía una hija de su difunto marido…

–Inés.

–Sí. Inés.

–Por cierto, el marido de Genoveva, un tal Luis Molina, también murió de forma accidental. He oído decir que el tractor le pasó por encima.

–Sí. Eso dijeron. Pobre hombre.

–Sigamos con la historia. Don Aurelio y Genoveva se casaron. ¿Sus padres, Salomé, seguían trabajando en la casa?

–Sí, aunque murieron un tiempo después. Eran bastante mayores. Mi marido había entrado a trabajar para don Aurelio, en el campo, y como yo servía en la casa nos conocimos y al poco nos casamos. Genoveva y su hija Inés trajeron la alegría con ellas. De pronto, la casa de los Valdivia, que almacenaba muerte y sombra, se llenó de luz. Regresó la felicidad. Genoveva era una mujer muy hermosa y muy buena. La mejor ama posible. Yo la apreciaba mucho. Y la chiquilla, Inés, era un remolino. Siempre correteando de acá para allá, aunque ya tendría catorce o quince años cuando llegó. Un poco loca sí que estaba, la verdad, porque…

–¿Porque…?

–A Inés le gustaba andar sin ropa por la casa.

Salomé se calló unos instantes mientras se limpiaba el sudor por enésima vez.

–Su madre la reñía continuamente, pero ella reía y reía, era una catarata de alegría en la casa, riendo, bailando, porque no te lo he dicho, pero a Inés le encantaba bailar y cantar…

–¿Es cierto que había un muchacho llamado Óscar, de Miedes, que andaba enamorado de Inés por aquella época?

–Claro. El pobre Óscar. Qué gran muchacho. Trabajaba, igual que mi marido, las tierras de don Aurelio. Y yo creo que Inés también estaba enamorada de él.

–¿Conocían don Aurelio o doña Genoveva esos amores?

–Doña Genoveva era una romántica y una soñadora. Recuerdo que se pasaba los días sentada leyendo novelas. No creo que le importara que Inés se enamorara de un muchacho más pobre que las ratas. Al fin y al cabo, ella misma no pertenecía a la nobleza ni a la alta sociedad hasta que se casó con don Aurelio. A Genoveva esas cosas le daban igual.

–¿Y don Aurelio?

–Eso es harina de otro costal. Don Aurelio era un hombre que inspiraba temor a todo el mundo. No se relacionaba con nadie.

–Hábleme de él, por favor.

Salomé me miró con ojos acuosos.

–Ya te lo he dicho. Era un hombre muy solitario y silencioso. Aún hoy en día lo sigue siendo. No sale nunca de su casa.

–¿Es verdad que Inés fue forzada por unos desconocidos y que quedó embarazada de una criatura que nació muerta?

Salomé volvió a limpiarse el sudor y se levantó. Parecía cansada.

–Lo siento. Tengo que irme. Mi marido estará preguntándose dónde me he metido…

Me puse de pie yo también.

–Salomé, ¿podríamos charlar en otra ocasión?

–¿De qué? Ya te he dicho todo lo que sé. No quiero hablar más de este tema. Lo siento. No me gusta remover cosas pasadas… Y ahora, si me disculpas…

Vi cómo Salomé se daba media vuelta y me dejaba con la palabra en la boca. Caminaba como si huyera de una manada de lobos.

–¿Qué es lo que está pasando aquí? –me pregunté.

Capítulo décimo

Me paso el día pensando en ti

A las diez, Alicia, Beatriz y yo salimos del hostal. Caminamos hablando de cosas insustanciales hasta que llegamos ante una casa de tamaño mediano, en una de las calles de la parte baja de la población. La vivienda hacía juego con el resto de edificaciones: paredes levantadas piedra sobre piedra, ventanas con rejas, puerta oscura y tachonada. Sobre el tejado a dos bandas se elevaba una chimenea.

Beatriz se había puesto un vestido sin mangas verde muy elegante que le llegaba hasta las rodillas, y calzaba zapatos de tacón. Nosotros acudíamos a la cita más informales. Alicia, fiel a su estilo combativo, llevaba una camiseta blanca con un letrero que decía «Save the planet».

Nos abrió una mujer de unos cuarenta años, algo bajita, con gafas y pelo corto.

–¡Hola, Rosaura! –la saludó Beatriz efusiva.

Rosaura y Beatriz se dieron un par de besos.

–Estos son los dos amigos de Madrid de los que te he hablado. Daniel y Alicia.

–Encantada. Entrad.

La casa de Rosaura parecía una biblioteca. Había libros por todas partes. En el recibidor, en los pasillos, en el comedor, sobre la cornisa de la chimenea, apilados en el suelo… Resultaba innegable que la dueña de aquella vivienda era una gran lectora.

–Estaba preparándome una infusión de hierbas… Sentaos.

El comedor era alegre. Además de libros, había sillones muy cómodos. Las paredes brillaban pintadas con colores vivos y de ellas colgaban cuadros abstractos. La casa entera respiraba un aire bastante moderno.

El suelo estaba cubierto por una alfombra enorme y abundantes cojines de colores. Beatriz se descalzó y se sentó en plan indio con las rodillas dobladas. El vestido verde, replegado por la postura, dejó al descubierto parte de unos muslos magníficos.

–No hace falta que estéis tan estirados. Rosaura es una profesora bastante jipi. Podéis poneros cómodos.

Alicia y yo nos descalzamos y nos sentamos junto a Beatriz.

Rosaura apareció en aquellos momentos con una bandeja que colocó sobre una mesita baja. Se descalzó y tomó asiento junto a nosotros.

–Las hierbas son mi especialidad –dijo sirviendo un líquido verde y humeante en las tazas–. Hago una mezcla explosiva de varias plantas y luego le pongo miel, canela y limón.

Durante unos instantes saboreamos aquella pócima y hablamos de cosas intrascendentes. Así supimos que Rosaura trabajaba en el instituto de Secundaria de Jadraque, a media hora de Atienza. Daba clases de Literatura Española y de Cultura Clásica.

–Yo estoy en esto de la enseñanza por pura vocación.

Rosaura había apagado la luz de la lámpara principal y había encendido algunas velas por los rincones, de manera que nos habíamos sumergido en una penumbra cálida y agradable.

Algunas debían de ser de sándalo o incienso. En el equipo de música sonaba una melodía preciosa. Un arpegio de guitarra dulce y envolvente.

–¿Qué es eso tan hermoso?

–*Parlez-moi d'amour,* en una versión instrumental de guitarra de Howard Alden.

La música sonaba como una melodía antigua, lenta, suave, un lamento de notas de cristal. Aquella canción era tan embriagadora que durante unos momentos permanecimos en silencio, escuchando embelesados los acordes de la guitarra.

–Les he dicho que hoy había una velada especial de poesía –indicó Beatriz cuando la melodía terminó.

–¿Os gusta la poesía? –preguntó Rosaura abriendo los ojos entusiasmada.

La infusión de hierbas tenía un ligero sabor a bosque. Me serví un poco más.

–¿La poesía? –repitió Alicia–. Bueno, no somos unos grandes lectores de poesía, pero tampoco unos detractores... Yo recuerdo que en el instituto me hicieron leer algo de Antonio Machado y de Juan Ramón Jiménez...

–Neruda y Bécquer me gustan más –apunté yo.

–Por algo se empieza –sonrió Rosaura, y dejó la taza sobre la mesita para coger una carpeta azul que contenía unas hojas sueltas–. Este es mi nuevo libro de poesía. Se publicará después del verano, y hoy pensaba leerle a Beatriz algunos poemas... Si os apetece escuchar unos versos...

–Estupendo –aprobé–. Nos encantará.

–Rosaura ha publicado ya varios libros –nos informó Beatriz–. Y le han dado unos cuantos premios.

–A la gente, en general, le aburre la poesía –argumentó Rosaura mientras pasaba algunas hojas–. Los profesores de Literatura suelen preferir la novela. Los demás profesores, ni eso. España es posiblemente el país de la Unión Europea donde menos se lee… ¡Aquí está! Este es un poema que escribí hace dos semanas. Se titula «Nieve negra».

–Bonito título –alabó Alicia.

–Es uno de mis favoritos –comentó Beatriz.

Rosaura carraspeó un poco.

Nieve negra. Silencio.
En mis ojos oscuros se condensa
una noche invernal.
Aún recuerdo los días
de luz y de canciones
cuando brillaba el sol
y las tardes ardían en los campos
de trigos amarillos.
Pero tú te marchaste para siempre
y el verano ya nunca
maduró las espigas en mis ojos.
Desde entonces, eternamente nieva
sobre mi corazón.

Cuando Rosaura terminó de leer el poema nos quedamos callados unos segundos. Las palabras seguían resonando como un eco lejano.

–Me parece un poema muy triste –observó Alicia al fin rompiendo el encantamiento.

–Lo es –confirmó la autora–. Trata de la pérdida de un ser querido.

–A mí me parece hermoso –apuntó Beatriz.

Rosaura volvió a poner la melodía que habíamos escuchado antes: *Parlez-moi d´amour*.

–Escribí los versos que habéis escuchado oyendo esta melodía –confesó Rosaura con voz soñadora–. En realidad, el poema habla de un amor imposible.

Rosaura sonrió con tristeza.

–Yo estaba enamorada de un chico que murió hace mucho tiempo, cuando yo tenía dieciocho años. No albergaba ninguna esperanza de que él me quisiera, pero me conformaba con verlo, con oír su risa, con que me mirara de vez en cuando… Yo era bastante feúcha, siempre lo fui, y nunca llamé la atención de los hombres…

–¿Y por qué no albergabas ninguna esperanza de conseguir su amor? –preguntó Alicia.

–Porque él estaba enamorado de mi mejor amiga.

Rosaura volvió a llenar las tazas. Bebimos en silencio. Rosaura suspiró.

–Fueron los mejores años de mi vida –dijo con voz soñadora–. Después de aquello me marché a estudiar lejos de aquí y siempre he vivido dando tumbos de un lado a otro. Un día volví, más que nada para cuidar a mis padres, que ya eran ancianos. Pedí traslado a Jadraque y me lo concedieron. Y ahora vivo en esta casa rodeada de recuerdos. La literatura me ayuda a soportar mejor la soledad. Es un buen antídoto contra el olvido, porque yo no quiero olvidar.

–Pero tú eres joven –protestó Alicia–. Hablas como si te fueras a morir mañana.

Rosaura sonrió.

–No, no. Disculpadme. No estoy tan desesperada. A veces me pongo sentimental. No sé por qué. Pero me encuentro bien. La literatura es mi mundo. Y la docencia. Creo que tengo suerte. Ser profesor es una tarea que exige dedicación. Tienes tus malos momentos, pero también te llevas muchas alegrías. Hay demasiados jóvenes que padecen problemas en casa, con los padres, con los amigos, consigo mismos, están madurando y aún no tienen su personalidad definida. El profesor es un espejo donde la mayoría de esos jóvenes se mira todos los días. Es una gran responsabilidad…

–Me gustaría escuchar otros poemas –le pidió Beatriz.

–Por mí encantada.

Rosaura leyó durante un rato. De vez en cuando se detenía para explicar una metáfora o para aclarar alguna duda. Beatriz hacía comentarios sobre los versos, comparaba unos poemas con otros, trataba de tirar del hilo de los temas, hablaba y reía sin parar, como una locomotora. Alicia y yo éramos más comedidos y nos limitábamos a escuchar y a hacer comentarios discretos.

El tiempo se deslizaba con lentitud sin que nos diéramos cuenta, entre versos, música y olor de incienso. Rosaura tenía una voz dulce y recitaba con mucha delicadeza sus poemas.

Al cabo de una hora aproximadamente, Rosaura sacó una guitarra española.

–¿También tocas la guitarra? –quiso saber Alicia.

–Pues claro.

Sin que nadie añadiera nada, Rosaura se puso a tocar y a cantar una balada. Beatriz ayudaba en el estribillo. Alicia y yo dábamos palmas de manera muy tímida. Durante quince o veinte minutos, Rosaura hilvanó canciones con enorme desparpajo. Entonaba realmente bien.

Cuando se cansó de cantar, dejó la guitarra en un rincón.

–Algunas de las letras que habéis oído son mías también.

Alicia y yo estábamos entusiasmados. La conversación derivó enseguida hacia los libros que leíamos y ahí Alicia vio el cielo abierto. Habló de sus lecturas, de Hermann Hesse, de Khaled Hosseini, de Henry James, de George Orwell. Rosaura y Beatriz entablaron con ella una batalla de títulos y autores durante un buen rato. Yo escuchaba al mismo tiempo sus palabras y la música instrumental que sonaba en el equipo de música.

–Me apetece que recites otra vez el primer poema que has leído –dijo de repente Beatriz.

–Nieve negra –añadió Alicia.

–Vaya –señaló Rosaura–. Te acuerdas del título.

–Es muy original.

Rosaura volvió a recitarlo, esta vez de memoria, con los ojos entrecerrados. Cuando terminó nos quedamos en silencio.

–¿Por qué has escrito ese poema hace dos semanas? –observó Alicia–. ¿No decías que ese chico al que está dedicado murió hace muchos años?

–Es una historia muy larga y muy extraña –respondió Rosaura con la voz quebrada por la tristeza–. Y ahora es demasiado tarde. Tal vez otro día os la cuente…

Desviamos la conversación hacia otros temas y un poco más tarde vimos llegada la hora de poner fin a la tertulia. Beatriz, Alicia y yo salimos a la calle acompañados por Rosaura. Era tarde y corría un aire fresquito.

Rosaura nos abrazó y nos invitó a volver a su casa cuando quisiéramos. Alicia, con su alma incansable de reportera, le hizo una última pregunta.

–¿Cómo se llamaba el chico al que tú amabas?

Rosaura se miró las manos. Luego alzó los ojos hacia Alicia y sonrió dulcemente.

–Óscar –dijo con un suspiro mirando a ninguna parte–. Óscar Guzmán.

Me quedé anonadado.

A las nueve de la mañana abandonamos el hostal. Nos marchábamos de Atienza, aunque yo sabía que tendría que regresar antes o después. Necesitaba volver a hablar con Rosaura sobre Inés Molina y Óscar Guzmán. Ella tenía la llave que podía abrir el arcón de los misterios de aquella historia. Ahora debíamos hacer un pequeño paréntesis en nuestra investigación.

Por lo pronto, era el cumpleaños de mi hermana Irene y teníamos que estar a la hora de la comida en Madrid para la celebración.

Miguel, Salomé y Beatriz nos acompañaron hasta el coche, aparcado junto a la fuente de los tritones, para despedirnos. Llevábamos en Atienza tres días y parecía que nos conocíamos ya de toda la vida.

–Espero que volváis pronto –dijo Miguel con gesto campechano.

–Seguro que sí.

La historia de Inés y de Óscar no había terminado. El rompecabezas estaba incompleto. Todavía faltaban muchas piezas para reconstruirlo.

Estreché la mano de Miguel, fuerte y ruda, y me dejé besar por Salomé. Cuando Beatriz se me acercó para darme un beso, advertí algo extraño en su conducta. Alicia seguía hablando con sus padres sobre el mejor itinerario para ir a Madrid y yo oía palabras como Cogolludo, Jadraque y Huérmeces, mientras Beatriz se me acercaba y depositaba en mi mejilla un beso largo y húmedo, un beso que olía a bosque, o a paraíso, y sus ojos color avellana me contemplaban con fijeza. De repente, noté que su mano buscaba la mía, con disimulo, y dejaba un papel doblado entre mis dedos. La miré y sonrió suavemente, una sonrisa imperceptible, solo entre ella y yo. Alicia seguía hablando con Miguel y con Salomé; por la E-90 es más largo pero más seguro, la nacional tiene muchos camiones. Instintivamente guardé el papel que me había entregado Beatriz en el bolsillo y fingí naturalidad.

–Bueno, tenemos que irnos ya –apremié.

Subimos al coche y dijimos adiós con el brazo. Luego arranqué y puse la primera. El coche comenzó a deslizarse sobre el pavimento. Poco después abandonábamos Atienza.

–Antes de las doce estaremos en casa –dije mientras enfilaba hacia la autovía.

–Ya, pero habrá que parar en algún sitio.

–¿Para qué?

–Para qué va a ser… ¡Tendrás que comprarle algo a tu hermana!

–¿Y qué le voy a comprar a Irene? Lo único que se me ocurre es llevarle una botella de lejía, para que se limpie la lengua.

–No seas cafre.

–Bueno, pues espero que me ayudes. ¿No dices que mi hermanita te cae bien? A ver si se te ocurre algo.

–Eres un desastre. Las cosas son más sencillas. Lo mejor que puedes hacer es regalarle un libro…

–¿Un libro? ¿Para qué? Le compre el que le compre, seguro que ya se lo ha leído…

–Pues un perfume. ¿Cuántos años cumple Irene?

–Dieciséis.

–Perfecto. Un perfume alegre, juvenil, fresco… Le encantará. En tu barrio hay varias perfumerías. Y ahora, si te parece, voy a dormir un rato. Cuando estemos cerca de Madrid me avisas.

–Vale.

Poco después, Alicia dormía profundamente a mi lado. Yo conducía con las ventanillas cerradas para evitar el calor, con el aire acondicionado puesto al mínimo. De vez en cuando me llevaba la mano al bolsillo derecho del pantalón y tanteaba.

¿Qué diablos pondría en aquel papel que me había entregado Beatriz con tanto secreto?

Paré en la primera gasolinera que encontré, una BP. Alicia abrió los ojos.

–¿Qué pasa? ¿Ya hemos llegado?

–No. Tenemos que repostar. Voy a aprovechar para ir al baño.

–De acuerdo.

Le dije al empleado del surtidor que llenara el depósito y me metí en el lavabo. Necesitaba leer lo que Beatriz había escrito en aquel papel que me quemaba dentro del bolsillo. Lo desplegué con avidez y leí estupefacto siete palabras.

Siete palabras que se me clavaron en el corazón, como siete flechas.

«Me paso el día pensando en ti».

Capítulo undécimo

¡No metas los dedos en la mermelada!

Mi madre y mi hermana estaban en la cocina cuando entramos en casa. Al vernos aparecer suspendieron su actividad culinaria y se nos echaron encima. Irene y Alicia se abrazaron y se dieron besos como si se hubieran reencontrado después de un naufragio. Luego, mi hermana se me acercó como un erizo.

–Hola.

Le di un beso sin mucho entusiasmo.

Mi madre llevaba puesto el delantal de flores amarillas y naranjas, y tenía el banco de la cocina ocupado por botes de especias, cuchillos, cacerolas y cuencos llenos de verduras, quesos y embutidos. Parecía que estaba participando en uno de esos programas de cocina de la tele tan de moda.

–¿Qué tal las minivacaciones en Atienza?

–Genial –dije mientras cogía una fresa y me la llevaba a la boca–. ¡Hum! ¡Qué rica!

–Atienza es un pueblo muy bonito –comentó Alicia.

–¡Y lleno de sorpresas! –agregué–. ¿Y qué tal por aquí?

–Tu padre coge las vacaciones el viernes. Seguramente nos iremos unos días a Liérganes, para ver a tus tíos.

Mis tíos Juan y Rosario veraneaban en Liérganes, un pequeño pueblo de Cantabria. Mi tía Rosario era la única hermana de mi padre, tres o cuatro años más joven, y trabajaba en una editorial. Mi tío Juan era uno de los mejores arquitectos de Madrid. En los últimos tiempos andaba con la moral por los suelos a causa de la maldita crisis inmobiliaria. Había heredado una casa de sus antepasados junto a un río de aguas heladas sobre el que pesaba la extraña leyenda del hombre pez de Liérganes.

–Irene se vendrá con nosotros –añadió mi madre–. ¿Verdad, cariño?

Mi hermana había crecido bastante en el último año. Era alta y delgada como una caña de pescar. Se había dejado el pelo largo y le habían empezado a desaparecer las pecas que moteaban su cara. Parecía una *barbi*.

–No sé –dudó Irene–. Todavía no he reflexionado sobre ello.

–Nosotros nos iremos a Gélver seguramente –señaló Alicia.

Yo no tenía nada claro qué iba a hacer con mi vida. No podía quitarme de la cabeza la historia de Inés Molina y Óscar Guzmán. Las pesadillas que había tenido días atrás volvían a mi mente una y otra vez como una amenaza. Y sobre todo no podía quitarme de la cabeza la imagen de Beatriz. «Me paso el día pensando en ti». Aquel maldito papel echaba fuego dentro del bolsillo. Un fuego que se propagaba por mi cuerpo como un incendio forestal en verano.

Mi madre señaló a Irene con el índice.

–Pues si no te vienes a Liérganes con nosotros, te vas a Gélver con tu hermano y con Alicia.

La sola idea de tener que aguantar a Irene me revolvió el estómago.

–¡Qué cosas tienes, mamá! –protesté–. ¿Y vas a privar a Irene de ver a los tíos?

–¡Ya tengo dieciséis años! ¡Puedo decidir por mí misma!

Poco después llegó mi padre canturreando una melodía napolitana. Repartió besos y se sumó a la disputa sobre las vacaciones.

–¡Esto es un hogar como Dios manda! –gritó exultante mientras untaba el dedo índice en el tarro de mermelada de ciruela y se lo llevaba a la boca–. ¡Todos gritando al mismo tiempo! ¡Ah, la familia! ¡Esa santa institución romana!

–¡No seas guarro! –exclamó mi madre dándole una palmada en el culo como si mi padre fuera un chiquillo–. ¡Te he dicho mil veces que no metas los dedos en la mermelada!

–Es que dejas el tarro abierto y me provocas… Ya sabes que yo soy muy sensible a tus golosinas…

–¡Tú lo que tienes es una jeta que te la pisas!

A mí me encantaba ver a mis padres pelear en broma, como si fueran dos adolescentes enamorados.

–Bueno –corté para acudir al rescate de mi padre, que correteaba por la cocina perseguido por mi madre–. Lo mejor será que vayamos preparando la mesa.

Alicia, Irene y yo pusimos la cristalería, la mantelería y la cubertería de las grandes celebraciones familiares: copas de cristal de Bohemia, mantel de hilo blanco con bordados y servilletas a juego y cubiertos con remates de plata. Alicia e Irene colgaron globos de colores por el comedor.

La comida transcurrió con alegría. Mis padres seguían lanzándose puyas el uno al otro, como en sus mejores tiempos. Alicia e Irene intercambiaban comentarios y reflexiones sobre libros, cantantes y películas. A la hora de los regalos, todo fueron risas y exclamaciones de júbilo. A Irene le encantó el perfume, elegido por Alicia, que le habíamos comprado de camino a mi casa.

Pero yo estaba muy lejos de allí. La cabeza se me iba una y otra vez a Atienza.

Alicia e Irene habían salido de compras y mis padres se habían marchado a visitar a unos amigos. Me encontraba solo en casa, tumbado sobre la cama, con las manos bajo la nuca y contemplando el techo de la habitación. Un inexplicable desasosiego se había apoderado de mí.

Intentaba reconstruir toda la historia de Inés Molina, pero en mi afán por completar el mosaico de su vida no encontraba más que obstáculos.

Datos dispersos. Eso era lo que tenía. Datos que no encajaban en aquel galimatías absurdo. Rosaura e Inés Molina, amigas en la adolescencia y ambas enamoradas del mismo chico. Las extrañas muertes de Óscar Guzmán, de Luis Molina, de los tres hermanos de don Aurelio Valdivia. La boda entre Genoveva y don Aurelio. El embarazo de Inés Molina y la muerte de la pequeña María en el parto. Los misteriosos veinte años en que Inés Molina estuvo desaparecida. El inesperado retorno y el terrible suicidio. Beatriz Herrera: Me paso el día pensando en ti.

Y luego, las pesadillas, las apariciones, aquel inexplicable vivir entre la realidad y la fantasía. Me sentía agotado. A veces no sabía distinguir entre lo que me sucedía de verdad y lo que era producto de mi imaginación.

¿Estaría volviéndome loco?

El álbum de Inés Molina descansaba sobre la mesa de estudio. Me levanté, lo tomé y regresé a la cama. Me senté en el borde. Abrí aquel álbum maldito que había cogido de casa de don Aurelio Valdivia con alevosía.

Eran fotos macabras. Inés colgada de la viga, con la soga al cuello; Inés en el suelo, después de que alguien la hubiera descolgado; Inés de cuerpo entero, Inés de medio cuerpo, el rostro muerto de Inés; su cuello amoratado con la marca de la cuerda de cáñamo…

Contemplé su cara. Blanca como la nieve. Recordé el rostro de Inés en el cuadro que había en la casa de los Valdivia.

Sus hermosas facciones, su nariz pequeña y recta, los labios gordezuelos, los pómulos discretos, el arco de los ojos perfecto. Sí. Inés debió de ser una mujer guapa en vida. En aquella fotografía, sin embargo, estaba atrapada en la telaraña de la muerte. Intenté revivir sus últimos momentos de agonía. La imaginé subida a una silla alta, lanzar la soga a la viga, colocarse el nudo corredizo en la garganta, decir adiós al mundo en silencio y saltar al vacío, sentir la falta de oxígeno, la asfixia subiendo como una serpiente negra hasta ocupar los pulmones y reventarlos.

Los ojos abiertos en el sueño eterno.

Cerré el álbum y lo dejé sobre la mesita. Hacía calor. Un calor asfixiante. Me levanté de la cama y me asomé por la ventana. Mi reloj de pulsera marcaba las cinco y media de la tarde. Observé el tráfico, los coches que iban y venían, la gente caminando por las aceras, a la sombra de los árboles, los semáforos que cambiaban del verde al rojo. La vida.

Necesitaba darme una ducha para espantar la melancolía que se me había instalado en el alma. Entré en el cuarto de baño. Y me quedé aterrado.

El espejo no me devolvía mi imagen sino la de Inés Molina en camisón, el pelo negro, largo, cayéndole sobre el rostro y los hombros. Sus ojos me perforaron el alma.

Di un paso atrás, asustado.

–¿Qué es lo que quieres? –le pregunté con voz temblorosa.

–¿Dónde está mi hija?

La voz de Inés era oscura, apagada. Una voz que parecía provenir de los confines del infierno. Sonaba fuera del tiempo, como al otro lado de un muro de oscuridad.

–Tu hija murió al nacer.

Inés movió la cabeza levemente, de izquierda a derecha, pero su cuello y su tronco permanecieron inmóviles. Parecía el autómata de una atracción de feria. Un autómata repulsivo. Sus ojos no parpadeaban, tenían las pupilas clavadas en mí, unas pupilas que reflejaban la nada infinita.

–Mi hija no está aquí.

Me pareció que derramaba unas lágrimas diminutas, casi invisibles, pero no podría afirmarlo. Sentí un nudo en la garganta.

Poco a poco la imagen de Inés comenzó a diluirse, como borrada por un pincel invisible. Su cuerpo se convirtió en una niebla transparente cuyos contornos se difuminaban ante mí. Antes de desaparecer del todo, volví a observar sus ojos, que parecían mirarme desde una lejanía sin límites. Ojos de terror oscuro, que despertaban en mí un sentimiento confuso, una mezcla de pánico y de piedad.

Inés desapareció completamente y yo me quedé apoyado en el quicio de la puerta, preguntándome qué diablos podía hacer.

Mis padres e Irene se marcharon el viernes a Liérganes y por fortuna lo hicieron en el tren. Mis tíos irían a por ellos a la estación de Santander, que distaba de Liérganes menos de media hora en coche. De ese modo, Alicia y yo disponíamos del Opel Astra.

Cuando le propuse regresar a Atienza, Alicia montó el numerito.

–Me habías prometido que iríamos a Gélver.

–Sí, pero dando un rodeo por Atienza.

–Te advierto que la broma nos está costando una pasta. El hostal no es gratis. Se me han ido casi todos los ahorros.

–El hostal corre de mi cuenta…

–Vaya quién fue a hablar. ¿Es que te ha tocado la lotería?

La abracé.

–Escucha, Alicia. No tengo más remedio que volver a Atienza.

Le conté el encuentro con Inés en el espejo del cuarto de baño y le recordé otra vez las extrañas apariciones que había sufrido los días previos.

–Inés me preguntó por su hija.

Alicia me fulminó con la mirada. Se apartó bruscamente de mí.

–Inés está muerta. Y su hija también.

Me dejé caer en una silla. Mis experiencias paranormales no me hacían feliz. Más bien al contrario, me sumían en un abatimiento terrible, del que no sabía cómo escapar. Hacía años que las experimentaba y siempre me complicaban la existencia. No podía controlar lo que me sucedía. Era capaz de ver gente muerta o desaparecida y hablar con ella. Vivía pesadillas que bordeaban el precipicio de lo real; pero a veces era al revés, vivía en una realidad onírica, que tenía contornos de ensoñación. Apariciones fantasmales, sueños premonitorios, extrañas coincidencias… Mi vida era un carrusel de sombras espectrales.

¿Por qué no podía ser un chico normal?

Alicia se me acercó. Debió de advertir mi zozobra existencial. Se arrodilló frente a mí y me cogió las manos. Luego me hizo levantar la cabeza. Me miró con amor.

–Te quiero como eres –me tranquilizó Alicia, que parecía adivinar mis pensamientos–. Sé que sufres por tus pesadillas y tus visiones, pero tendremos que acostumbrarnos a ellas…

Alicia se puso de pie y me obligó a imitarla. Nos abrazamos con fuerza y durante casi un minuto permanecimos callados y enlazados. Le acaricié el cabello castaño y aspiré su olor a primavera. Le alcé la barbilla y naufragué en sus ojos color de caramelo.

–Necesito volver a Atienza y resolver el misterio que envuelve a Inés Molina. Hasta que ella no descanse en paz no podré hacerlo yo. Y para eso, Alicia, te necesito a mi lado. Como siempre.

La barbilla de Alicia comenzó a temblar.

Me incliné despacio y la besé. Ella enlazó sus brazos alrededor de mi cuello y me devolvió el beso. Primero con ternura, luego con pasión.

El sábado a primera hora nos pusimos en marcha. El Opel Astra enfiló hacia Guadalajara y mientras atravesábamos Madrid y sus alrededores escuchamos música. A Alicia le había dado últimamente por el *gipsy jazz*. Django Reinhardt, Stéphane Grappelli y Fapy Lafertin eran sus músicos favoritos. Antes de llegar a Torrejón de Ardoz me desvié hacia la izquierda por la M-108 hacia Daganzo de Arriba. Alicia, que iba algo adormilada a mi lado, me miró con el ceño fruncido.

–Oye, ¿a dónde me llevas? Esta no es la carretera de Guadalajara…

–Premio para la señorita. Nos hemos desviado.

–¿Es que has descubierto un atajo?

–Más o menos.

Alicia apagó la música justo cuando Fapy Lafertin hacía temblar su guitarra con *All of me*. Una explosión de ritmo. Me contempló como si yo fuera el hombre de hojalata.

–Suéltalo.

Me conocía demasiado bien para saber cuándo se ponían a hervir mis neuronas.

–He pensado que podíamos echar un vistazo a Ribatejada.

–¿Ribaqué?

–Ribatejada. He oído que es un pueblo muy bonito. Está justo en la frontera entre las provincias de Madrid y Guadalajara.

Alicia sacó un lacito naranja del bolsillo, sujetó su melena con la mano derecha y se ató con él el pelo.

–Así con coleta voy más cómoda –me explicó; y luego se volvió hacia mí–. Conque Ribatejada... ¿Y se puede saber qué es lo que te traes entre manos?

Sonreí.

–Eres mejor que Sherlock Holmes. ¿Cómo sabes que me traigo algo entre manos?

–Lo llevas escrito en la cara. Vamos. ¿Lo sueltas ya o te tengo que dar un par de capones?

–Vamos al hospital donde estuvo encerrada Genoveva.

Durante unos segundos Alicia me contempló entre sorprendida y alucinada.

–¿He oído bien? ¿Me llevas a un hospital psiquiátrico?

–Exacto.

–¿Y puedo saber para qué?

–No sé. Será una intuición, pero la historia de Genoveva me tiene intrigado.

Habíamos dejado atrás un par de aldeas y a lo lejos se veía Ribatejada, un pueblo de piedra situado en un valle de trigales y árboles desperdigados. A juzgar por las apariencias, debía de tener aproximadamente los mismos habitantes que Atienza, medio millar. Detrás del pueblo se levantaba una serranía de montes no demasiado altos, con algo de vegetación y grandes roquedales.

–No sé si fiarme mucho de tus intuiciones –dijo Alicia al fin.

Entramos en Ribatejada y recorrimos sus calles con el coche, a fin de hacernos una idea lo más rápida posible de la situación geográfica y urbanística. Vimos la iglesia, el ayuntamiento, una plaza donde jugaban algunos niños mientras los ancianos tomaban el sol de la mañana. Y finalmente, cuando nos cansamos de dar vueltas, paramos el Opel frente a un local que tenía una cortinilla de canutillos de plástico de colores en la puerta y el nombre pintado a mano sobre la fachada de color arcilla. Bar Casimiro.

–Te invito a un zumo.

–De piña.

Entramos y de pronto nos vimos transportados varias décadas atrás en el tiempo. Una bandera de España del tamaño de una sábana de matrimonio, un escudo del Real Madrid, varios carteles de toros y diversos retratos de futbolistas famosos por las paredes ambientaban el lugar. Olía a aceite frito y a zotal a partes iguales.

Era media mañana, pero el local estaba bastante concurrido por clientes que, a juzgar por su comportamiento, debían de ser fieles parroquianos.

–¿Qué va a ser?

–Un zumo de piña y una Coca-Cola.

El camarero nos sirvió sobre la marcha. Era un tipo que podría pasar por extra en *Curro Jiménez*, una serie de los tiempos de mis abuelos ambientada en la época de la invasión napoleónica, que estaban reponiendo estos días en la tele: metro y medio, barba de una semana, largas patillas, pelo grasiento y manchas de sudor en las axilas.

El suelo necesitaba una escoba y una fregona con carácter de urgencia. En una mesa, cuatro hombres jugaban al dominó. Un viejo con gorra y bastón metía dinero en una tragaperras, cuya musiquilla impedía escuchar el programa de la tele que nadie miraba. Dos individuos que parecían albañiles o pintores almorzaban en silencio en una esquina.

Alicia y yo bebimos rápidamente los refrescos y salimos a la calle. Dos mujeres vestidas con ropa de andar por casa conversaban en una esquina. Una de ellas llevaba un carrito de la compra.

–Perdonen –dije con la mejor de mis sonrisas–. ¿Podrían decirnos dónde está la clínica psiquiátrica de Santa Águeda?

Las dos mujeres hablaron al mismo tiempo.

–Por esa carretera, todo recto. A unos tres o cuatro kilómetros.

–Vale, muchas gracias.

Nos dimos la vuelta con intención de largarnos, pero la voz de una de aquellas mujeres nos detuvo en seco.

–El hospital está cerrado.

Alicia y yo parpadeamos. Aquella contingencia no la habíamos previsto.

–¿Cómo que está cerrada?

–Sí. Desde hace cinco años –dijo la más alta.

–¿Y no hay nadie allí?

–Pues claro que no. ¿Para qué?

Me quedé durante unos instantes sin saber qué decir. Alicia, como siempre, salió al rescate.

–¿Hay alguien en el pueblo con quien podamos hablar? Ya saben, una persona que haya trabajado allí. Un conserje, un celador, algún médico...

Las dos mujeres se miraron un momento.

–Esa gente era toda de fuera... –comentó la más bajita.

–Ah, no, espera –comentó la alta–. Josefa la Loca trabajó de limpiadora unos años... ¿No te acuerdas?

–Sí que me acuerdo. Las vecinas le decíamos que iba a terminar como los que había allí dentro... Por eso la llamamos la Loca...

La mujer se rio de su propio chiste.

–¿Saben dónde vive esa señora?

–¿La Josefa? –repitió la más alta–. Claro. En la plaza de la Fuente, que es aquella –señaló con el brazo–. Al lado de una tienda de ultramarinos, en una casa que tiene la fachada de color verde.

Les dimos las gracias y partimos de inmediato.

Capítulo duodécimo

Parecéis buenos chicos

LA casa tenía el timbre roto, así que golpeamos con el puño varias veces. Mientras nos abrían, contemplamos el aspecto de la vivienda. Se trataba de una planta baja, no más de cinco metros de ancho, con una puerta pequeña y una ventana. El zócalo era de ladrillos rojos y la fachada, pintada de verde, ofrecía un variado repertorio de desconchones. La acera estaba sombreada por árboles de mediano tamaño. En el lugar en que se cruzaban varias calles se alzaba una fuente circular rodeada de algunos arbustos quemados por el sol. Un poco más allá, la torre de la iglesia dominaba los tejados de las casas.

La puerta se abrió con un chirrido suave.

Una mujer de sesenta y bastantes años, vestida con un batín granate, mandil, babuchas y gafas de alambre, nos preguntó qué queríamos. Entre sus pies, un perrito de raza callejera nos escudriñaba con las orejas levantadas.

–¿Es usted doña Josefa la…?

No me atreví a decir el apodo.

–¿La Loca? –completó la mujer que tenía ante mí.

Sonreí tontamente.

–Nos han dicho que usted trabajó en la clínica psiquiátrica de Santa Águeda…

–Sí.

–Mi nombre es Daniel. Ella es Alicia. Somos estudiantes de Periodismo en Madrid, y nos gustaría hablar con usted unos minutos, si no le importa. No la molestaremos mucho. Estamos haciendo un trabajo sobre la sanidad española.

La mujer sonrió al fin. Su dentadura era perfecta, por lo que deduje que debía de ser postiza. Se hizo a un lado y nos invitó a pasar.

–Pasad, pasad. ¿Cómo me va a importar si estoy sola todo el día?

El perrito correteaba entre las piernas de su dueña, moviendo el rabo.

–¡Diablo de perro! ¡Trufo! ¡Vete a tu rincón!

El perrito se acurrucó en una esquina del comedor. La casa era pequeña, tal como nos había parecido desde fuera, y tenía muy poca iluminación natural. Una ventana interior daba a un patio de luces diminuto. El saloncito disponía solo de una mesa camilla, cuatro sillas, un sofá y el mueble con la tele. En la pared, un cuadro de la Virgen María.

Josefa se sentó en el sofá, frente a la tele, que permanecía encendida, aunque sin voz. En la pantalla aparecían varios personajes discutiendo en uno de esos programas matinales de cotilleos. Sobre la mesa había una revista de crucigramas y un bolígrafo. Alicia y yo tomamos asiento en dos sillas. Por una puerta entreabierta se veía la cocina. Josefa debía de estar hirviendo coliflor porque la casa entera olía a ella.

–Verá, doña Josefa, Alicia y yo estamos recogiendo datos sobre el sistema de salud mental español para un trabajo de la universidad… –sonreí lo más amablemente que pude–. ¿Le importa si tomo nota?

–Claro que no.

Extraje una libretilla de bolsillo y un bolígrafo. Alicia se había acercado hasta Trufo haciéndole carantoñas, y se dedicaba a acariciarle el lomo y el cuello. El perrito lamía la mano de Alicia y movía el rabo.

–Es muy cariñoso –celebró Alicia.

–¡Y muy pesado! –añadió la mujer–. ¡Si quieres llevártelo, te lo regalo!

–No lo diga en serio, doña Josefa –apunté–. Alicia es ecologista y defensora de los animales hasta extremos enfermizos…

–Hay gente para todo –dijo doña Josefa.

No pude evitar una sonrisa ante aquella salida. El tono había adquirido rápidamente un carácter familiar que favorecía las confidencias.

–¿De qué trabajaba usted exactamente en Santa Águeda?

–¿Yo? Pertenecía al personal de limpieza. Barría y fregaba las habitaciones, hacía las camas, cambiaba las sábanas, lavaba la ropa…, todo eso.

–¿Y cuánto tiempo estuvo trabajando en la clínica?

–Entré en el año… –meditó un poco– 1995, hasta que cerraron el hospital en el 2011. O sea…

–Dieciséis años –observó Alicia.

–Pues eso, dieciséis años. Que se dice pronto.

–¿Conoció a una mujer llamada Genoveva?

Los ojos de Josefa se iluminaron.

–¿Genoveva Lorente? ¡Claro!

–¿Y se acuerda de ella?

–¿Cómo no me voy a acordar de Genoveva?

Alicia y yo cruzamos una mirada.

–¡Podría hablarnos de ella y de la clínica!

Josefa se repantigó en su sofá de escay marrón con una sonrisa blanda.

–El hospital de Santa Águeda había sido creado para tratar enfermos mentales, desequilibrados, esquizofrénicos agudos y, en general, gente con trastornos. Me acuerdo de cuando se inauguró. Se montó un gran revuelo. Hubo manifestaciones porque la gente no quería que pusieran aquí un manicomio.

–Querrá decir una clínica de salud mental…

–Bueno, ahora se llama así, pero antes todos decían *manicomio.* El caso es que al final se construyó el hospital y yo tuve la suerte de entrar a trabajar, porque aquí en Ribatejada ya me explicaréis de qué iba a trabajar una mujer como yo, soltera y sin compromiso, de más de cuarenta años. Pero os hablaba de la clínica. A los enfermos los clasificaban por salas. Había médicos de diversas especialidades, psiquiatras, neurólogos…, en fin, esas cosas que vosotros sabréis mejor que yo. Todos los pacientes tenían en común alguna enfermedad relacionada con la mente. Todos menos Genoveva.

–¿Qué quiere decir? –preguntó Alicia.

Josefa nos miró alternativamente. Primero a Alicia. Luego a mí. Parecía que estaba examinándonos por dentro. Sacó una gamuza del bolsillo de la bata y limpió los cristales de sus gafas de alambre. Cuando terminó, guardó la gamuza y se colocó las gafas sobre la nariz. Volvió a examinarnos con curiosidad.

–Genoveva lo que tenía era… melancolía.

Pensé que no había oído bien.

–¿Melancolía?

–Bueno, oficialmente se decía que padecía una depresión *psiconosequé.* Se negaba a hablar, a comer, a salir de su cuarto… No conversaba con nadie, excepto conmigo, porque yo me di cuenta enseguida de que aquella mujer había decidido morirse de tristeza. Nos hicimos amigas.

–¿Y por qué dice usted que tenía melancolía?

Josefa señaló el retrato de la Virgen María que colgaba de la pared, frente a nosotros.

–Como que la Virgen nos está mirando, que lo que os voy a contar es verdad. Y os lo voy a contar porque la pobre ya hace diez años que se marchó al cielo –hizo una breve pausa como para tomar impulso– y estará al lado del Señor.

Josefa cogió el mando de la televisión y pulsó el botón rojo. La pantalla se apagó.

–Tengo la tele siempre puesta, aunque sea sin voz, así me parece que tengo compañía.

Suspiró.

–A Genoveva la instalaron en el sótano, al lado de los almacenes, las salas de lavado y planchado y los cuartos del personal sanitario que pernoctaba en la clínica. Era un caso excepcional. Los demás enfermos ocupaban las plantas superiores. En la planta primera estaban los que sufrían delirios, alucinaciones y trastornos bipolares. En la segunda, los depresivos profundos. En la última planta teníamos a los considerados peligrosos por su conducta violenta, gente con tendencia a autolesionarse, hipotéticos suicidas… Genoveva, como os decía, estaba en el sótano, al final, junto a las calderas de la calefacción y el depósito de abastecimiento, apartada de todo el mundo. Recuerdo que los médicos habían decidido molestarla lo menos posible. Decían que Genoveva volvería a recuperar la cordura solo si ella quería. A los demás pacientes les aplicaban terapias de todo tipo… En especial a los conflictivos y peligrosos. Con Genoveva no había terapia alguna. A ella simplemente la dejaron en paz.

–¿Quiere decir que no sufría ninguna enfermedad?

–Exacto.

Alicia se envaró en su silla.

–¿Genoveva no estaba enferma de nada?

Josefa afirmó asintiendo con la cabeza.

–Tú lo has dicho. Pero su marido debía de ser alguien muy importante y muy rico, porque pagaba generosamente la estancia de Genoveva, así que para los dueños de la clínica el tener en régimen de interna a una paciente sana, pero que había decidido autorrecluirse por propia voluntad, no constituía ningún problema. Más bien era una solución a la maltrecha economía del hospital. Cuando Genoveva murió y el sanatorio dejó de ingresar la gran cantidad de dinero que su marido pagaba todos los meses, la situación financiera de la clínica se agravó hasta tal punto que pocos años después los dueños se vieron obligados a cerrar. Además, coincidió con la crisis. Las subvenciones del ministerio y de la comunidad autónoma desaparecieron. Ya habréis oído hablar de los recortes en sanidad.

–Sí, los conocemos… Volviendo a Genoveva, ¿se acuerda usted de cuándo ingresó en la clínica? –inquirió Alicia.

Josefa puso una mirada de gran concentración.

–Pues, a ver, déjame que piense… Sí. Ella debió de entrar en 1998 o en 1999, un poco antes del año 2000, de eso sí me acuerdo, porque justo cuando llegó el nuevo milenio hicimos una gran fiesta, que vino un circo y todo, y Genoveva llevaba ya un tiempo en la clínica.

–O sea… –recapitulé yo, después de anotar las fechas en mi libreta y sacar las cuentas–, que Genoveva entró en 1998 y estuvo hospitalizada hasta el año 2006, que es el año de su muerte.

–Sí.

Alicia había dejado tranquilo a Trufo, entretenido en roer un hueso de goma. Contempló a Josefa con simpatía. Por el brillo de sus pupilas yo sabía que estaba atrapada en la magia de aquella historia. Al igual que yo.

–¿Cómo murió? –le preguntó.

–Dejó de comer y de hablar, eso ya os lo he dicho, y un buen día dejó también de respirar. Su marido no venía a verla. Se limitaba a pagar de manera escrupulosa el internamiento de la esposa, pero nunca le vimos el pelo. Ni a su hija. No sé si sabéis que tenía una hija, que se llamaba Inés. Ella repetía su nombre sin parar, día tras día, noche tras noche, Inés, Inés… Pero Inés no vino nunca a verla. Genoveva estaba completamente sola. La única persona que venía a verla, una vez al año, era una mujer muy callada. Le traía cartas.

–¿Una mujer le traía cartas una vez al año? –repitió Alicia incrédula.

–Sí. Yo nunca supe quién era ni cómo se llamaba. Esa mujer estaba diez minutos con Genoveva y luego se marchaba. Jamás le pregunté a Genoveva ni ella me dijo nada al respecto. Esa extraña parecía una sombra.

Desvié los ojos hacia Alicia y vi que había fruncido los labios. Signo inequívoco de que estaba meditando profundamente.

–¿Podría describirnos a esa mujer? –preguntó de improviso Alicia.

–Pues no sé. Si sigue viviendo tendrá cuarenta años largos... Ni alta ni baja, un poco robusta, silenciosa, ¡ah!, y el pelo recogido en un moño...

–¿Y no sabe usted qué relación guardaba esa extraña mujer con Genoveva?

–Ya os he dicho que yo nunca pregunté y Genoveva tampoco la mencionó nunca.

–¿Y sabe algo de las cartas? ¿De quién eran? ¿Qué decían?

–Genoveva jamás habló de ello. Se pasaba los días sin salir de su cuarto, oyendo la radio, mirando las fotografías o releyendo una y otra vez las cartas que os he mencionado. Las guardaba en una caja de latón, como las de las galletas antiguas. Nada más.

–Pero usted ha dicho que se hicieron amigas –insistió Alicia con cierta vehemencia–. Algo le tuvo que confesar. Los amigos se cuentan sus cosas...

–En realidad era yo quien hablaba. Ella escuchaba, respondía con monosílabos. A veces se quedaba ensimismada, mirando las musarañas, cantando una nana, o se dormía en el sillón. Yo no estaba nunca mucho rato con ella, no podía, porque el trabajo me obligaba a ir de arriba abajo, pero sé que a mí me apreciaba. De hecho, yo era la única que tenía trato con ella. ¿Ya os lo había dicho?

–Sí, doña Josefa.

–Pues eso. Poco antes de morir dejó una nota escrita de su puño y letra. Decía que quería ser enterrada junto a su primer marido.

–Luis Molina.

–Tú lo has dicho. Luis. Había muerto en un accidente de tractor, muchos años atrás, cuando la niña, Inés, tenía solamente cuatro o cinco añitos…

De repente, Josefa se levantó como impulsada por un resorte.

–¡Dios mío! ¡La coliflor!

Se metió en la cocina con una agilidad sorprendente. Trufo salió tras ella. Oímos maldiciones y ruidos de cacerolas. La mujer volvió a salir a los pocos segundos con el perrito correteando entre sus piernas.

–No sé ni cómo me he acordado. Me pongo a hablar y se me olvida la olla. Cuando veo la tele me pasa lo mismo… ¡Trufo! ¡Vete a tu rincón!

El perrito obedeció al instante. Fue hasta la esquina, se tumbó sobre su camita de espuma y se quedó mirándonos con expresión de aburrimiento y el hueso de goma entre las patas delanteras.

Alicia y yo nos levantamos.

–No la molestamos más, doña Josefa… Gracias por habernos atendido. ¿Podría decirnos dónde está enterrada exactamente Genoveva? –le pregunté.

–En Atienza.

–Gracias de nuevo –repetí ya de camino a la puerta–. Ha sido usted muy amable. Es posible que vengamos otro día a visitarla. Es decir, si a usted no le importa.

–Venid cuando queráis. Si no fuera por Trufo, estaría más sola que la una.

–¿Entones no nos lo regala? –bromeó Alicia mientras volvía a acariciar el lomo del perrito, que daba saltos alrededor de ella.

–¿Y qué iba a hacer yo sin Trufo?

Josefa nos precedió. El perrito caminaba junto a nosotros, moviendo el rabo.

–¿Dice usted que la clínica está cerrada? –preguntó Alicia ya en la calle.

–Tú lo has dicho. A cal y canto.

–¡Qué lástima! –exclamó Alicia haciendo un gesto gracioso con la cara–. ¡Cuánto me habría gustado echar un vistazo a ese sanatorio!

Josefa nos contempló con una mirada picarona.

–Eso no es ningún problema –afirmó con mucho misterio.

Alicia y yo parpadeamos.

–¿Qué quiere decir?

–Pues que yo tengo todavía mis llaves. Me quedé con el juego completo cuando se cerró la clínica y nos mandaron a todos al paro. ¿Para qué lo iba a devolver? Lo guardé como recuerdo…

Mis ojos brillaron entusiasmados ante la posibilidad de visitar la clínica de Santa Águeda.

–¿Y sería usted tan amable…?

Josefa nos miró de arriba abajo y de abajo arriba. Finalmente asintió.

–Parecéis buenos chicos.

La visita a la clínica psiquiátrica de Santa Águeda se presumía larga, así que decidimos comprar dos bocatas de fiambre y una botella de agua en el bar Casimiro y sentarnos en la plaza del pueblo, a la sombra de dos ficus enormes.

Mientras comíamos, reflexioné sobre los últimos acontecimientos. La conversación que habíamos mantenido con Josefa y los encuentros previos con Emilia, Aurelio, don Servando y Patricio… Yo mismo me asombraba de nuestra capacidad para inventar razones que justificaran nuestro interés por Inés Molina y su historia delante de todas aquellas personas. Y era también sorprendente el que todos, en mayor o menor medida, se prestasen a contarnos lo que sabían, a facilitarnos datos e incluso llaves, como había hecho Josefa. Tal vez era por lo que nos dijo esta última: «Parecéis buenos chicos». Yo pensaba que nuestras pequeñas mentiras tenían un fin noble: saber qué impedía a la pobre Inés Molina descansar al fin en paz. Y para eso necesitábamos desenmarañar aquella historia de muerte… y fantasmas.

Me preguntaba si Inés Molina seguía viva en algún mundo paralelo al nuestro.

–¿Tú crees en la vida después de la muerte? –pregunté con la mirada fija en la lejanía.

Alicia se había colocado una gorra con visera y parecía una vendedora de helados.

–Yo ni creo ni dejo de creer. Cuando me toque el turno, ya te lo diré.

Yo masticaba con la mente extraviada en aquella historia.

–Mi hija no está aquí, dijo Inés. Lo recuerdo muy bien.

–Inés está muerta. No puede haberte dicho nada.

Tragué un bocado y me supo a pólvora.

–Sabes de sobra que sufro experiencias paranormales que no puedo controlar. Ya quisiera yo ser una persona normal. Como tú. ¿Te crees que me invento todo lo que te digo?

Alicia me miró con compasión. Puso su mano derecha sobre mi hombro y me dedicó una sonrisa cómplice.

–Sí. Claro que lo sé. Y yo sufro contigo. Pero deberíamos ceñirnos a los hechos empíricamente demostrables; si no, nunca sabremos cuándo estamos pisando tierra firme.

–Empíricamente demostrables… –repetí en tono sarcástico–. Hablas como una persona racional, lo acepto. Pero en mis visiones hay algo más que racionalidad. Está la parte irracional del mundo, que me desborda… El lado onírico de lo que no admite demostración científica.

Nos quedamos callados hasta apurar los bocadillos. Bebimos un trago de agua. Eran las tres y media de la tarde y en las calles de Ribatejada no se veía un alma.

–Todo parece trenzado por la mano de un loco –dije al tiempo que me levantaba–. Pero es evidente que tantas muertes no pueden ocurrir por casualidad. En alguna parte ha de haber un denominador común.

Alicia también se levantó. Me puso los brazos alrededor del cuello, enamorada.

–Sea lo que sea lo averiguaremos.

Justo cuando nos estábamos besando sonó mi móvil. Solo aparecía el número, no el nombre del remitente, por lo que no figuraba en mi lista de contactos.

Pulsé la tecla verde pensando que iban a ser los de alguna compañía telefónica haciéndome una oferta irrechazable.

–¿Sí?

–Hola, soy yo –me saludó una voz femenina.

Me quedé desconcertado. ¿Quién era «yo»?

–Lo siento. No sé quién eres.

–Beatriz. La del hostal de Atienza.

¡Beatriz Herrera! Tragué saliva mientras notaba que un fuego abrasador me subía por el esófago, quemándome por dentro, como un volcán. Alicia me preguntó con la mirada y yo le dije por señas que no era nada importante. Recordé en décimas de segundo el papel aquel que seguía guardando en el bolsillo de mi pantalón. Me paso el día pensando en ti.

Reaccioné como un idiota.

–Se ha equivocado de número.

Y corté.

–¿Quién era?

–¡Yo qué sé!

–¿Y por qué te pones tan nervioso?

Guardé con rapidez el móvil porque me quemaba en las manos y sonreí.

–¡Bueno, vamos a ver el hospital! –dije.

En aquel momento el teléfono volvió a sonar. Sospechaba que era Beatriz de nuevo, así que me hice el tonto.

–Alguien te está llamando –me avisó Alicia–. ¿Es que no oyes el móvil?

–¿Qué? Ah, sí. ¡Será el capullo de antes!

Saqué el móvil y pulsé la tecla verde sin mirar en la pantalla.

–¡Le he dicho que se ha equivocado! ¿Es que no me ha oído?

–¿Qué dices, Daniel? Soy mamá.

–¿Mamá? Perdona –me separé un poco del móvil y me volví a Alicia–. Es mi madre…

–Ya, ya te he oído.

Me coloqué de nuevo el móvil en la oreja.

–¡Qué sorpresa! ¿Cómo estáis?

–Muy bien. Disfrutando de Liérganes. Tus tíos te mandan recuerdos. ¿Y vosotros?

–Lo estamos pasando estupendamente, mamá. Ya te contaré.

–Muy bien. Dice tu padre que vayas con cuidado con el Opel.

–Sí, mamá. No te preocupes.

–Tu hermana ya anda por el pueblo con las primas y con una pandilla de amigas…

Pensé en Irene. No albergo ninguna duda de que su futuro está en el mundo de las relaciones sociales.

–Ya, ya…

–Haz el favor de no comer guarrerías –me advirtió mi madre–. Que te conozco…

–No, mamá. Me paso el día comiendo frutas y verduras…

–Hijo, no seas borde con tu madre.

Me quedé callado.

–Un beso, cariño. Y otro para Alicia. Cuidaos mucho.

–De acuerdo. Lo mismo digo.

Pulsé la tecla roja y guardé el móvil en el bolsillo.

Mientras íbamos hacia el coche, volví a pensar en Beatriz. ¿Qué querría de mí? A lo mejor me había comportado como un estúpido engreído. A lo mejor Beatriz solo quería saber si íbamos a regresar a Atienza. A lo mejor me estaba montando yo solo una película en la mente… Me paso el día pensando en ti. La llamaría, sí. La llamaría cuando me hallara solo, para no tener que darle demasiadas explicaciones a Alicia.

Así saldría de dudas.

Capítulo decimotercero

Estoy empezando a sentir claustrofobia

La clínica psiquiátrica de Santa Águeda se alzaba en la ladera de una montaña, a tres kilómetros del pueblo, rodeada por un espeso bosque de árboles altos y frondosos.

El edificio estaba cercado por una tapia de unos cuatro metros de altura, tras la cual asomaba una hilera de cipreses negros. La puerta era una verja de hierro enorme, y tenía una gran cadena trenzada entre las rejas con un candado que parecía oxidado. Nos asomamos a través de la verja y vimos el patio que se extendía ante el edificio. Las malas hierbas crecían por todas partes como un ejército invasor.

–Bueno –dijo Alicia sacando el manojo de llaves–. Habrá que probar hasta dar con la buena.

Cinco minutos nos costó dar con la llave del candado, que por fortuna cedió enseguida. Desenrollamos la cadena y empujamos la verja.

Caminamos pisoteando arbustos mientras admirábamos la edificación.

El sanatorio semejaba un monstruo de hierro y cemento en ruinas. Tenía el aspecto de un edificio de otra época, muy antiguo, y parecía el escenario de una película de terror. Puertas y ventanas permanecían cerradas y en algunos puntos se notaba el deterioro debido al abandono. Constaba de tres plantas, tal como nos había dicho Josefa, y en cada una de ellas llegué a contar diez ventanas. El paso del tiempo había ido borrando el color de sus paredes, que de un azul celeste, perceptible aún en varios sitios, había degenerado en un gris ceniza. La puerta principal era enorme y para acceder a ella había que subir una pequeña escalinata de cuatro peldaños. La flanqueaban dos rampas, supuse que para las camillas o las sillas de ruedas.

Volvimos a echar mano del juego de llaves y probamos hasta dar con la que abría la puerta principal, que cedió sin problemas, aunque con un ligero chirrido de sus goznes.

El vestíbulo no era demasiado grande. Estaba envuelto en una penumbra claustrofóbica porque apenas entraba luz del exterior. El polvo se acumulaba sobre los muebles abandonados y en las paredes había manchas de humedad. Por las esquinas colgaban miles de telarañas.

De pronto oímos un zumbido.

–¿Qué es eso? –gritó Alicia asustada.

Varias palomas aletearon sobre nuestras cabezas y desaparecieron en el interior del edificio. Debían de haber entrado por algún orificio o por el hueco de una ventana rota.

Las paredes eran blancas con cenefas en tonos ocres. El estilo de los muebles casaba con el de las puertas y los techos, al modo de los balnearios del siglo XIX que yo había visto en algún documental. Puertas acristaladas rematadas en un arco con tiradores dorados. Techos altos, decorados con motivos y filigranas de color marrón claro. Lámparas en forma de candelabros…

Durante media hora recorrimos el lugar. Pasillos largos y oscuros en los que se ubicaban las antiguas habitaciones de los pacientes, pequeñas y con ventanucos que apenas permitían el paso del aire y la luz del sol.

En una estancia que parecía un laboratorio descubrimos lavabos y armarios de aluminio con material quirúrgico. En el centro de aquella pieza había un mueble en forma de silla con respaldo y reposapiés. Se parecía a las sillas de las clínicas dentales.

Vimos duchas, aseos, habitaciones grandes que debieron de servir como comedores o como salas de reunión, cocinas, almacenes… Teníamos los pelos de punta, no tanto por el efecto del paso del tiempo sobre aquel lugar y por su abandono, sino por la certeza de que en un tiempo no muy lejano había albergado un mundo de dolor y sufrimiento.

Bajamos al sótano, lóbrego y oscuro como una cueva subterránea, y nos dirigimos hasta el fondo, como dos sombras en un laberinto de tinieblas. Apenas podíamos distinguir nada. Vimos, o más bien intuimos, las calderas de la calefacción y, un poco más allá, una nave que tal vez habría sido el lugar donde se almacenasen los alimentos.

Junto a las calderas había un pequeño cuarto.

–Esa debía de ser la habitación de Genoveva –señalé con la mano.

No había error posible. Por la descripción que nos había hecho Josefa, aquel cuarto que teníamos ante nuestras narices era el lugar donde Genoveva había pasado los últimos años de su vida, hasta dejarse morir.

Puse la mano en el picaporte, giré suavemente y abrí.

Una vaharada de aire pútrido se abalanzó sobre nosotros.

–Puaf –gritó Alicia tapándose la nariz con la mano–. Esto huele a cloaca.

Aguanté las náuseas como pude.

La tiniebla que reinaba en aquella habitación era comparable a la de una cripta.

De repente vimos que algo revoloteaba en aquella semioscuridad.

–¿Qué es eso? –preguntó alarmada Alicia al tiempo que se aferraba a mi brazo.

Una turba de aves negras salió volando en desbandada sobre nosotros.

–¡Ahhh!

–¡Murciélagos!

Con el susto, ambos nos hicimos atrás y tropezamos con la puerta con tanta fuerza que casi la destrozamos.

Los murciélagos pasaron chillando y abanicando el aire con sus alas negras, espantados con nuestra inesperada presencia, y desaparecieron en un remolino de oscuridad.

Alicia seguía aferrada a mí.

–Lo mejor sería que nos largáramos de aquí –me susurró–. Esto no me gusta nada.

En medio de la negrura que nos envolvía, me pareció que su rostro estaba más blanco que la cal. Le acaricié el pelo y le di un beso suave en los labios.

–Ni lo sueñes –dije convencido–. Vamos a echar un vistazo.

–No sé cómo –protestó–. Aquí no se ve nada. Podríamos haber traído una linterna o una caja de cerillas.

Cuando nuestros ojos se acostumbraron a la oscuridad del lugar, pudimos distinguir un camastro, una cómoda, una mecedora, una silla, un pequeño armario y una percha de pie. Del techo colgaba una lámpara de araña y en una pared había un ventanuco entreabierto.

Aquella abertura diminuta parecía la de un camarote de barco. Supuse que por ella entraban y salían habitualmente los murciélagos. A través de ella nos llegaba una claridad fantasmal de algún patio interior, que debía de estar también a oscuras.

Poco a poco empezamos a reconocer con mayor detalle el resto de objetos que había en la habitación.

–¡Mira! –gritó Alicia exultante–. ¡Dos palmatorias!

Sobre la cómoda descansaban dos palmatorias, pero sin velas. Empezamos a buscar por los cajones y enseguida dimos con una cajita que contenía cirios y cajas de cerillas. Alicia puso cirios en ambas palmatorias. Intentó encender los fósforos, pero estaban estropeados.

–Es normal –dijo Alicia–. Después de tanto tiempo…

–Voy al coche –señalé–. Ahora que recuerdo, mi padre tiene en la guantera una caja de cerillas. Supongo que esas sí estarán en buen estado.

–No se te ocurrirá dejarme aquí sola.

–Vuelvo enseguida.

–Yo voy contigo.

Suspiré.

–De acuerdo.

Fuimos hasta el coche, cogimos los fósforos y regresamos hasta el cuarto de Genoveva. Encendí una cerilla, prendí los dos cirios, y al momento la estancia se vio iluminada por una luz espectral.

Lo que vieron nuestros ojos nos dejó estupefactos.

Las paredes estaban comidas por la humedad. El color y la pintura habían desaparecido de ellas. El camastro era estrecho, de hierro forjado, sin sábanas, con un colchón roído por las ratas. La mierda de los murciélagos aparecía diseminada por suelo, paredes y muebles, lo que provocaba aquel hedor insoportable.

–Busca tú en el armario –le dije a Alicia, que daba signos de empezar a marearse–. Yo miraré en la cómoda.

–¿Qué tenemos que buscar?

–No tengo ni idea. Lo que sea.

Alicia se olvidó de mí y se puso a husmear en el armario. Yo empecé a abrir cajones de la cómoda. No había nada interesante. Una caja de música, un pequeño costurero, unas gafas a las que les faltaba una lente, unos guantes… Y poco más.

A los cinco minutos habíamos finalizado la inspección.

Alicia y yo nos miramos a la luz quebradiza de las llamas.

–¿Podemos irnos ya? –preguntó Alicia con voz cortante–. Te advierto que estoy empezando a sentir claustrofobia. Esto es un cementerio lleno de mierda.

Yo sospechaba que aún no habíamos terminado nuestro trabajo.

–En algún lugar debe de haber algo…

–¡Estás como una cabra! –protestó Alicia realmente enfadada–. Genoveva murió. Todas sus pertenencias personales se las llevaría el marido. ¿No crees? ¿Por qué iban a quedarse aquí?

–¿No recuerdas que fue enterrada con Luis Molina, su primer marido? Don Aurelio no vino a verla nunca a esta clínica, ¿no te acuerdas? Así que no me los imagino como una pareja feliz. ¿Para qué iba a llevarse él los objetos personales de Genoveva si demostró que no le importaba nada?

–Para prenderles fuego.

Por un momento Alicia me hizo dudar. ¿Y si tenía razón? ¿Y si no quedaba nada de la presencia de Genoveva Lorente en aquel cuarto?

–No sé. Es una intuición. Déjame mirar por última vez.

Alicia habría deseado fulminarme con un rayo.

–¡Está bien, pero yo no vuelvo a poner mis manos en ese armario!

Me quedé mirando el armario, la mecedora, la silla, la percha y la cómoda que yo había registrado sin encontrar nada de provecho.

Observé con detenimiento aquella cómoda. Saqué todos los cajones, uno por uno, y los coloqué encima del polvoriento y sucio colchón.

Uno de los cuatro cajones era más pequeño que el resto.

–¡Fíjate!

–¿Qué?

–Ese cajón… Apenas mide la mitad que los otros tres.

A la luz fantasmal de las velas, el rostro de Alicia parecía el de una bruja medieval. De repente, sus ojos se abrieron como platos.

–¡Ostras! ¡Es verdad!

Invadido por una repentina emoción, tanteé en el interior de los cajones. En los tres de arriba metí el brazo hasta el hombro, pero el hueco inferior no me dejaba meter más allá de la mano. El corazón comenzó a latirme con fuerza. Tanteé y tanteé. Mis dedos dieron con una pequeña argolla; tiré de ella y conseguí arrastrar algo, una especie de segundo cajón. Lo saqué con cuidado y lo puse encima de la cómoda, junto a la palmatoria encendida.

–¡Una caja oculta! –exclamó Alicia tan sorprendida como yo.

La ansiedad por abrir aquella caja era tanta que mis dedos comenzaron a temblar. Me disponía a apartar la tapa cuando oímos un ruido.

–¿Qué ha sido eso?

Por un momento pensé que había ratas cerca. Tal vez las palomas de antes. Un perro sin dueño. Volvimos a oír otra vez el ruido, como de objetos que caen o de pisadas sobre azulejos rotos. Salimos con la caja de Genoveva fuera del cuarto y nos enfrentamos a la oscuridad que reinaba en todo el sótano. Apenas se veía con tan poca luz.

–Será mejor que nos marchemos –sugirió Alicia muy asustada. Sus dedos se aferraban a mis brazos como garfios.

Agucé el oído. Los ruidos se escuchaban al fondo, no había duda.

–Vamos a ver qué hay en aquel montón de cajas…

Alicia me contempló aterrada.

–¡Ni pensarlo! ¡Larguémonos!

Yo no estaba dispuesto a irme así como así. Aunque tenía miedo y no sabía qué había causado el ruido, no quería dejar las cosas a medio resolver.

–Coge la caja de Genoveva y espérame fuera. Enseguida estoy contigo.

–¿Qué vas a hacer?

–Echar una ojeada a este lugar.

–¡No! –suplicó Alicia–. ¡Puede ser peligroso!

Traté de calmarla.

–Tranquila, solo será un momento –le sonreí para infundirle confianza.

El ruido volvió a sonar, más fuerte que antes. Era más que evidente que algo se movía entre las sombras de aquel sótano.

–Vamos, Alicia. Debe de ser una rata o un gato. Espérame en el patio.

Alicia obedeció a regañadientes. La vi subir como una gacela las escaleras hasta la primera planta y yo me preparé para enfrentarme a lo desconocido.

Cogí una de las dos palmatorias y avancé casi a tientas en medio de la oscuridad que me envolvía como un sudario, alumbrándome con la escasa luz que derramaba la vela encendida. Caminaba con mucho cuidado para no tropezar y caerme. La adrenalina se me había disparado. Mi corazón golpeaba con fuerza la caja torácica de mi pecho.

–¿Quién anda ahí?

Me respondió el silencio más absoluto. Solo se escuchaba el ruido seco de mis zapatos al golpear el suelo. Seguí avanzando despacio moviendo a derecha e izquierda la palmatoria. Pisoteé plásticos, cuerdas, cables, trozos de cosas rotas… Intenté repetir la pregunta, pero la voz no me salía de la garganta. El miedo me atenazaba. Estaba temblando de pies a cabeza. Empecé a pensar que aquello había sido una pésima idea y que me estaba metiendo en la boca del lobo.

De repente los vi.

Dos ojos amarillos me contemplaban desde otro lado de la oscuridad.

Con el sobresalto, la palmatoria se me cayó al suelo y la vela se apagó. Me quedé completamente a oscuras y comencé a sudar.

Los ojos estaban fijos en mí. Parecían los de un depredador a punto de saltar sobre su víctima. Yo estaba paralizado por el miedo y sin saber qué hacer.

La figura empezó a moverse. Una sombra entre las sombras. Vi aterrado que avanzaba hacia mí sin prisa. Aquellas dos pupilas amarillas me tenían hipnotizado. Acerté a distinguir que se trataba de alguien muy alto, vestido con capa y sombrero, y que llevaba el rostro cubierto con una careta horrible. Una aparición espantosa.

–¿Quién… quién es usted?

Mi pregunta era completamente absurda. Quienquiera que fuese el que se ocultaba detrás de aquella careta no pensaba delatar su identidad. Aquel individuo seguía avanzando sin prisa hacia mí y yo me sentía incapaz de moverme, de echar a correr o de defenderme. Seguía paralizado por el terror.

Poco a poco el desconocido se había situado a escasa distancia de mí y seguía sin decir palabra. Por debajo de la careta, su boca se curvaba en una sonrisa siniestra y sus ojos amarillos me observaban con fijeza.

–¿Qué… qué quiere?

Una voz como de otro mundo salió de la garganta del desconocido.

–Quiero lo que me pertenece.

–¿Có… có… mo?

Aquella sombra fantasmagórica pareció erguirse hasta ocupar todo el espacio que había frente a mí. Sentí que podía engullirme en cualquier momento.

–Olvídate de Inés y dame lo que es mío.

Un sudor frío empezó a bajar por mi espalda. Había sido un temerario, un inconsciente por haberme quedado en aquel sótano sabiendo que corría peligro.

–¿Inés? ¡Pero si yo no la conozco! ¡No la he visto nunca! ¡No sé qué es lo que quiere de mí!

De pronto, vi que entre las manos de aquel individuo aparecía un arma. Una escopeta o un rifle. Quién podía saberlo.

El desconocido me apuntó con el arma.

–Esto es lo que les pasa a los que se cruzan en mi camino.

No esperé a que apretara el gatillo. Iba a dispararme a bocajarro y yo no tenía ninguna posibilidad de salir con vida si no actuaba con celeridad. Di un salto desesperado hacia mi derecha y caí rodando al suelo, mientras la bala pasaba silbando junto a mi oreja con un sonido macabro y se estrellaba contra un cristal que saltó hecho añicos a mis espaldas.

La oscuridad jugaba a mi favor, así que comencé a correr; tropecé con sacos, palas, plásticos, cajas y sillas rotas; caí al suelo y volví a levantarme presa del pánico, en tanto el desconocido seguía disparando sobre mí, a ciegas, las balas silbando a mi alrededor, rebotando contra las paredes, rompiendo cristales, sin dejar de repetir la palabra «maldito». Por fin encontré la escalera y comencé a subir peldaños sin tocar el suelo, como si volara. Escuché una carcajada siniestra a mis espaldas y supe que aquel individuo iba a disparar a placer y me iba a atravesar sin piedad, así que corrí como un loco, salté y caí de bruces sobre el último peldaño al mismo tiempo que otra bala pasaba rozando mi cabeza e impactaba contra una ventana, sacando astillas de la madera. Corrí y corrí hasta la puerta como si me persiguiera una turba de demonios, oyendo detrás de mí los pasos de aquel demente, la risa macabra; maldito, maldito, repetía una y otra vez, y sin saber cómo abrí la puerta de un empujón y salí al exterior. Llegué hasta Alicia, que estaba en mitad del patio rodeada de arbustos, con la caja de Genoveva abrazada al pecho, y sin tiempo para explicaciones le cogí una mano y tiré de ella. Salimos del patio, cruzamos la verja, y sin detenernos a poner la cadena y cerrar el candado llegamos hasta el coche, el corazón en la boca, exhaustos. Y solo entonces, cuando entramos en el vehículo, Alicia se me quedó mirando con ojos asustados.

–¡¡¿Qué pasa?!!

Yo no encontraba las llaves del coche y no podía arrancar el motor. El pánico me tenía bloqueada la mente.

–¡Hay un loco con un arma!

–¡¡¿Dónde?!!

–¡Viene hacia nosotros! ¡Tenemos que irnos! ¡No encuentro la llave!

–¡Daniel!

Las manos de Alicia me zarandearon por los hombros.

–¡¡Daniel!!

Parpadeé aturdido. Ante mí, Alicia parecía haberse calmado.

–¡Tranquilízate! No hay ningún loco armado.

Miré hacia la clínica. No. No se veía rastro de ningún asesino con una escopeta o un rifle. El hospital permanecía tranquilo, sin presencia humana alguna. El portón de la verja abierto de par en par, el patio con malas hierbas, la puerta principal también abierta… Nadie amenazante a la vista que supusiera un peligro para nosotros.

–¿Qué te ha pasado?

Estaba perplejo. ¿Qué había ocurrido en aquel maldito sótano? ¿Era falso que hubiera visto a un tipo alto, con capa y sombrero y el rostro oculto tras una horrorosa careta? ¿No era verdad que ese mismo individuo me había estado disparando?

–Un momento –dije convencido de mis argumentos–. ¿No has oído disparos?

Alicia me acarició la mejilla derecha, como una madre comprensiva.

–¿De qué disparos hablas? Me he quedado en medio del patio todo el rato, hasta que has salido, y no he oído nada.

–Había un tipo alto con una careta. Quería matarme.

Alicia me contempló sin ocultar su preocupación.

–¿No me crees? –insistí.

Sin decir nada, me cogió de la mano y tiró de mí hacia la casa.

–Vamos a comprobarlo.

Sentí un escalofrío.

–¡¡¿Estás loca?!! ¡No pienso entrar en ese sótano! ¡Ya te lo he dicho! ¡Hay un tipo con un arma…!

–Pues vamos a preguntarle qué es lo que quiere.

Casi sin querer me vi otra vez entrando en aquel sótano, aterrado como un cervatillo que otea el olor del tigre. Regresamos a la parte baja del edificio y comprobamos que todo estaba tranquilo. Ni rastro del loco que me había intentado matar unos minutos antes. Ni siquiera había astillas de ventanas ni cristales rotos ni rastro de balas o de violencia.

Me quedé estupefacto.

–Te aseguro que había un tío aquí…

Alicia volvió a cogerme de la mano y me condujo hasta llegar al exterior. Cerró la puerta principal. Luego cruzamos de nuevo el patio, pasamos la cadena de la verja del portón y cerramos el candado.

No sentamos en el coche. Alicia tenía la caja de Genoveva sobre las piernas.

–¿Podemos irnos? –pidió con la voz muy serena–. Tengo ganas de ver lo que hay en la caja, pero prefiero que abandonemos este lugar cuanto antes.

Volví a meter la mano en el bolsillo del pantalón y ahora sí que encontré las llaves del vehículo. Arranqué en silencio y enfilé hacia Ribatejada. Le devolvimos las llaves a Josefa la Loca y le prometimos que volveríamos algún día a verla. Montamos en el coche, cruzamos el pueblo sin hablar y a los pocos minutos circulábamos por la M-113, camino de Madrid.

Capítulo decimocuarto

Médicos Sin Fronteras

ANOCHECÍA cuando llegamos a casa. Durante el viaje apenas habíamos abierto la boca. Alicia se quedó dormida con la caja de Genoveva sobre las rodillas y yo conduje con la cabeza hecha un avispero.

Ahora estaba en la cocina buscando provisiones, cuando oí los pasos de Alicia a mis espaldas. Me volví. Acababa de ducharse y se había vestido con una camiseta sin mangas y unos pantaloncitos cortos. Iba descalza.

–Tienes cuerpo de modelo –la piropeé mientras la abrazaba con intenciones amorosas.

–Y tú de saltamontes –dijo empujándome sin mucha convicción–. Déjame tranquila.

–Necesito cariño –le susurré–. Estoy huérfano de amor…

Me puse detrás de ella y la rodeé con mis brazos al tiempo que le daba besos y mordisquitos en el cuello.

–Nos vamos a caer…

–Se me ha ocurrido una idea genial –dije dándole la vuelta y hablándole mientras le besaba los labios–. ¿Y si nos tumbamos en el sofá bien juntitos?

–¿Eso es una proposición de matrimonio?

–Eso es una declaración de amor.

Sus ojos color de caramelo me miraron intensamente. Su barbilla comenzó a temblar.

–Tendrás que ser más convincente –musitó.

La levanté en volandas y crucé con ella media casa hasta llegar al salón y colocarla con cuidado sobre el sofá.

–Conque tengo cuerpo de saltamontes, ¿eh?

No había nada para cenar en casa y teníamos un hambre atroz.

–Habrá que salir a tomar una *pizza* por ahí –propuse–. Cuando se va de viaje, mi madre no deja en la nevera ni una botella de agua.

La caja de Genoveva seguía intacta sobre la mesa del comedor. Alicia se sentó frente a ella.

–¿Estás insinuando que nos vayamos a cenar por ahí antes de abrir esto?

Me situé junto a ella y coloqué mi mano derecha sobre su hombro izquierdo.

–La caja de Pandora –dije.

Tomé asiento junto a Alicia.

–¿Quién la abre? –preguntó con una sonrisa traviesa.

–Te concedo el honor.

La caja era de una marca antigua de chocolates, *Chocolates Jaime Boix, Barcelona,* y tenía dibujos: una gran fábrica con chimeneas que expulsaban humo, ramilletes de flores, una familia feliz comiendo chocolatinas… Dominaban los tonos rojos, marrones y verde oscuro. A un lado se podía leer: «Marca Registrada. Despacho: Hospital, 46».

Alicia quitó la tapa con gran ceremonia y ante nuestros ojos asomaron los restos de una vida condenada al silencio: un manojo de cartas atadas con un lazo azul, un sobre que contenía un puñado de fotografías y un anillo de matrimonio. Nada más.

–Tenemos trabajo –dije sin apartar los ojos de aquel material.

–Sí. Pero tienes razón. Antes necesitamos esa *pizza* de la que hablabas. Me rugen las tripas

Cerramos la caja y salimos de casa. El hambre es una mala compañera de viaje y después del bocadillo en Ribatejada no habíamos metido nada en el estómago. Había que reponer fuerzas cuanto antes.

Eran las once y media de la noche cuando regresamos a casa. La caja seguía intacta sobre la mesa. Había llegado la hora de desentrañar el misterio que envolvía la vida de Genoveva Lorente.

Comenzamos por las fotografías.

Aquello constituía el tesoro particular de una mujer que había decidido morir de melancolía. Me vinieron a la mente las palabras de Josefa la Loca, que instalaron en mi alma un sentimiento de compasión.

Fotos de una vida. Genoveva joven, adolescente, Inés de niña, Inés ya una muchacha con pelo largo y rostro alegre, Genoveva y Aurelio Valdivia, Genoveva ya madura pero conservando la belleza de su juventud, Inés con dieciséis o diecisiete años, hermosísima, posando con un biquini rojo junto a un río, riendo llena de vida…

Siempre me ha provocado una especial tristeza contemplar fotografías de gente que está muerta. Su sonrisa atrapada en el tiempo me transmite una íntima piedad. Pasábamos las fotografías una y otra vez, hasta convencernos de que tanto Genoveva como Inés habían sido dos mujeres muy guapas con cierto parecido: la misma expresión soñadora, el rostro ovalado… Era fácil encontrar el parentesco entre las dos. Don Aurelio Valdivia, sin embargo, tenía un aspecto diferente. Alto como un gigante, barbilla pronunciada, nariz aguileña, mirada amenazadora, bigote fino, labios delgados, buena mata de pelo peinado con la raya a un lado… Valdivia vestía ropas oscuras en todas las fotos y tenía el empaque y el porte típico de la gente aristocrática. Genoveva posaba con ademanes lánguidos y risueños, seguramente había sido una mujer de una gran sensibilidad. Inés reía en todas las fotos, una fuente de alegría, seductora, sensual, irresistible… Había una foto de Luis Molina y de Genoveva el día de la boda. Genoveva era muy joven y sonreía llena de vida. Luis era un hombre alto, bien parecido, de ojos claros y expresión decidida.

Dejamos las fotos y desatamos el lazo azul que anudaba las cartas. Debía de haber más de cien, remitidas por Inés Molina Lorente.

Alicia y yo cruzamos una mirada.

–¿Tienes sueño? –me preguntó.

–Ni pizca.

–De todos modos prepararé una cafetera.

Mientras Alicia se encargaba del café, me quedé meditando en lo que nos había ocurrido en Ribatejada. Curioso día. Josefa la Loca, el hospital psiquiátrico, el desconocido del sótano…

¿Había sucedido realmente lo de aquel tipo con la máscara y los ojos amarillos o me lo había imaginado? ¿Era el mismo tipo que me había asustado noches antes en Atienza?

Volví a mirar las fotos. En una de ellas aparecía Inés con diecisiete o dieciocho años en compañía de un muchacho. Lo reconocí por la foto que nos había enseñado Emilia. Era Óscar Guzmán. Debía de ser verano, porque ambos vestían ropas ligeras. Detrás de ellos se extendía una lejanía de montes y el cielo azul. Inés y Óscar se cogían de la mano y sonreían felices. Se notaba que estaban enamorados. Los dos desprendían un aura de felicidad sin límites.

La voz de Alicia me devolvió a la realidad.

–El café –dijo mientras colocaba la cafetera sobre la mesa.

Nos servimos en las tazas y bebimos un pequeño sorbo.

Contemplé el montón de cartas.

–No podemos leerlas todas. Son muchísimas. Mira, llevan matasellos con el año de envío. Podemos leer unas cuantas a ver si nos ayudan a entender la historia de Inés. Esta es del 96, el año en que se fue de casa, si no me fallan los cálculos.

Leí en voz alta:

«*Querida mamá:*

Espero que cuando recibas esta carta te encuentres bien de salud. No debes preocuparte por mí. Confío en que ya me hayas perdonado por haberte abandonado. No podía seguir viviendo en Atienza después de la muerte de Óscar y de mi hija. Necesitaba salir de ese pueblo donde he sido tan feliz y tan desgraciada. Si me quedaba, corría el peligro de asfixiarme para siempre. No. Mi corazón quería volar, visitar otros lugares, cruzar otros horizontes, conocer otras gentes... Eso no significa olvidar, porque yo nunca podré olvidaros. Ni a ti, ni a Óscar, ni a la gente que he querido.

Mamá, no sabes cuánto te echo de menos. Pero sé que me comprendes y que en el fondo apruebas mi decisión. Hay cosas que no pueden decirse ni siquiera por carta, y yo quiero enterrar ciertos recuerdos que me atormentan y que no deseo compartir con nadie.

No sé qué será de mí, pero quiero que sepas que saldré adelante como sea. Discúlpame, mamá, y bendíceme.

Siempre te llevaré en mi corazón.

Inés Molina Lorente

Madrid. Mayo de 1996»

Cuando terminé la primera carta, guardé unos instantes de silencio. Alicia y yo nos miramos.

–Corta pero directa –dijo Alicia.

–Sí –afirmé conmovido–. ¿Lees tú la siguiente?

–Vale.

«Querida mamá:

Espero que estés bien y seas feliz. Yo sigo adelante, que ya es mucho. Mi vida ha cambiado bastante en los últimos meses. Me marché de Madrid a Barcelona y empecé a estudiar en la Escuela de Enfermería. He terminado el primer curso con notas más que aceptables. Conocí a un par de chicas de mi edad, y conseguí que una de ellas, que se llama Andrea, me encontrara trabajo en el taller de su padre, así que he podido compaginar el trabajo y los estudios. Es un taller de pasamanería. Debe de ser de los pocos que quedan todavía en España. Como el trabajo acaba a las tres, me permite estudiar por las tardes. Vivo en un piso con otra compañera de estudios. Se llama Vanesa y es de Girona, simpática y buena persona, aunque habla el castellano a trompicones.

Pienso en ti todos los días, pero el recuerdo de los momentos dolorosos me persigue como una sombra y a veces sufro pesadillas. Duermo mal, eso lo reconozco. Muchas noches me despierto, en mitad del sueño, sudando y creyendo que las cosas vuelven a repetirse. No puedo regresar a Atienza. Y no me preguntes por qué. No podría decírtelo porque el horror me impide pronunciar ciertos nombres y ciertos hechos. Solo la muerte podrá liberarme.

Yo vivo con mis cicatrices. Te añoro mucho. Y también me he dado cuenta de cuánto quería a Óscar y cuánto sufrí y sigo sufriendo por su accidente y su muerte.

Y echo de menos a la pequeña, que nunca debió morir. Sí. Habría sido mejor para todos que Dios se me llevara a mí y respetara la vida de mi hija.

Soy una mujer que vive entre las sombras de una pesadilla y la esperanza de una paz que tal vez llegue algún día.

Confío en que seas feliz.

Tu hija, que te adora,

Inés Molina Lorente
Barcelona. Junio de 1997»

Alicia puso el punto final a la lectura y se quedó callada. Ambos suspiramos.

–Bueno –exclamé–. Más información sobre Inés.

–Sí. Ahora sabemos que se marchó de Madrid a Barcelona y que empezó a estudiar Enfermería.

–Y que su compañera de piso se llamaba Vanesa, era de Girona y hablaba el español como un checoslovaco –dije sin alegría.

Alicia puso la mano en el asa de la cafetera.

–¿Un poco más de café?

Asentí.

Tomamos un pequeño sorbo.

–Leo yo la siguiente –cogí otra carta y dejé la taza sobre la mesa.

–Adelante.

«*Querida mamá:*

Confío en que te encuentres bien de salud y de ánimo. Cada día que pasa me siento un poco mejor, aunque te echo mucho de menos. Sigo con los estudios de Enfermería. Este año he terminado el segundo curso con notas estupendas. Te preguntarás por qué decidí estudiar esta carrera. Yo no lo sé, pero después de lo de Óscar y la niña solo puedo aspirar a mejorar el mundo de los demás. Perdí al hombre que amaba y a mi hija. Pero si yo no puedo ser feliz, al menos puedo aspirar a que otros lo sean. He aprendido cosas de Farmacología, de Fisiología, de Anatomía humana... En fin, de muchas cosas que me vendrán bien en el futuro.

El trabajo en el taller sigue como siempre. Rutinario. Me levanto a las seis y media porque entramos a trabajar a las siete y media. Terminamos a las tres. Me sobra tiempo para comer y preparar mis cosas, porque en la facultad comienzo a las cuatro de la tarde.

Nunca volveré a Atienza. Sigo con mis pesadillas. Paso las noches en vela como si una maldición hubiera caído sobre mi alma.

Espero que entiendas mi decisión de no regresar.

Te quiero.

Inés Molina Lorente
Barcelona, Navidad de 1998»

Apuramos el segundo café, que se había enfriado en la taza.

–¿Seguimos?

–Por supuesto –dijo Alicia abriendo la siguiente carta.

Leímos varias cartas, de modo alternativo. Alicia y yo nos turnábamos en la lectura. De vez en cuando, tomábamos un sorbo de café o nos quedábamos meditando sobre su contenido.

Alicia carraspeó antes de ponerse a leer otra de ellas.

«Querida mamá:

Espero y deseo que te encuentres con salud. Yo estoy bien. Más delgada que nunca. Sigo en Barcelona. He terminado Enfermería con una nota media de 8,6, y ahora estoy haciendo prácticas en el Hospital de la Universidad Autónoma. Seguro que te sientes orgullosa de mí, ¿verdad? Cada vez me siento más satisfecha de haber tomado esta decisión, porque sé que mi vida tendrá a partir de esto un sentido: ayudar a los demás. Quiero que sepas que te echo mucho de menos.

He conocido a alguien especial. Es un médico que trabaja en mi hospital y con él he hecho algunas prácticas. Es un buen hombre, de unos cuarenta años, viudo y sin hijos. Se llama Joaquim Furió y está muy vinculado a una ONG de la que habrás oído hablar: Médicos Sin Fronteras. Tienen reuniones de vez en cuando. Me invitó a asistir. Lo hice y me quedé impresionada. En ellas se habla de los problemas sanitarios, económicos, sociales y políticos del Tercer Mundo. Te sorprenderías si supieras muchas de las cosas que yo he aprendido. Hay cientos de lugares en el planeta que necesitan ayuda humanitaria. No te puedes imaginar cuántos niños mueren todos los días por falta de vacunas o de agua. Y yo sé que María y Óscar, dondequiera que estén, se sentirán orgullosos de mí, porque cada vez tengo más clara mi vocación de entregar mi vida a alguna tarea altruista.

Hay otras organizaciones como Cruz Roja, Cáritas, Oxfam..., pero yo estoy entusiasmada con Médicos Sin Fronteras. El doctor Furió es lo que se suele decir un alma caritativa. Una vez, tomando café en el bar de la facultad, me comentó que estaba pensando en abandonar Barcelona y marcharse a un campo de refugiados de los muchos que hay en África o en Asia: Kenia, Tanzania, Uganda, Etiopía, Pakistán, India, Turquía... La lista es interminable...

El doctor Furió dice que desde que murió su mujer su vida ya no tiene sentido. Y en cierta medida es lo mismo que me pasó a mí con Óscar y con mi hija. Me siento completamente identificada con él.

Sigo viviendo en el piso con Vanesa, la de Girona. Somos bastante diferentes, pero nos llevamos bien. Vanesa tiene un novio de un pueblo llamado Olot que está estudiando una ingeniería y se quieren casar y tener muchos hijos. Cuando le digo que a lo mejor me voy a África o a Asia para cuidar niños enfermos, me dice que estoy loca.

¿Tú crees que me he vuelto loca por pensar así?

Yo creo que no. Y espero que tú me comprendas, mamá. Siempre que me siento deprimida, que es muy a menudo, hablo contigo, como si rezara. Y tú me respondes que sí, que me quieres y que me apoyas en todo lo que hago. ¿Verdad que sí?

Te quiero, mamá.

Un beso de tu hija,

Inés Molina Lorente

Barcelona. Abril de 2000»

Alicia guardó silencio cuando terminó de leer. Yo me había quedado rumiando aquellas palabras.

–Médicos Sin Fronteras… –dije.

–Una ONG.

–De cualquier modo, era solo una idea que barajaba Inés. Habrá que ver en qué termina todo esto. Me toca.

Tomé la siguiente carta, saqué el pliego y me puse a leer en voz alta.

«Mamá querida:

Espero que estés bien cuando recibas esta carta. Yo me encuentro estupendamente. La vida me va abriendo algunas puertas por las que entran la luz y el aire: ya he decidido lo que voy a hacer con mi futuro.

Recordarás al doctor Joaquim Furió, el médico que me ha introducido en Médicos Sin Fronteras. Te ha-

blé de él en la carta anterior. Los dos estamos decididos a marcharnos a algún país de África o de Asia. Aún no lo hemos pensado bien, pero a ambos nos hace ilusión. Hay otros compañeros en la organización que ya han estado en Nepal, en Uganda, en Etiopía... y sus experiencias nos parecen aterradoras y maravillosas al mismo tiempo. Aterradoras porque han presenciado mucho sufrimiento y la muerte de miles de inocentes. Maravillosas porque también han contribuido a salvar muchas vidas, sobre todo de niños y de mujeres que no tienen nada de nada.

Ojalá cuando te vuelva a escribir esté ya en algún país remoto, algún país que tal vez no sepamos ubicar en el mapa ni tú ni yo y en el que esté ayudando a gente que sufre a vivir mejor.

Mamá querida, no te preocupes por mí. Estoy bien de veras. Es muy probable que deje el trabajo en el taller de pasamanería un día de estos, pues voy a hacer lo imposible para marcharme con Joaquim, que es ahora mismo lo que más deseo.

Un beso y mi amor incondicional.

Inés Molina Lorente
Barcelona. Junio de 2001»

–Esto se pone interesante –dijo Alicia.

Durante más de una hora seguimos leyendo cartas cortas, largas… que iban jalonando las experiencias de Inés. Su trabajo, sus amigos, su inmensa soledad y sus deseos de huir hacia algún lugar en el que pudiera encontrar algo que la salvara de su tragedia interior. Cartas y más cartas. Todas con una letra lenta, ordenada, minuciosa. Una caligrafía preciosista, de pulso firme, de convicciones profundas

Como un testamento.

«Querida mamá:

Espero que te encuentres bien. Yo me debato entre la felicidad y la desdicha como siempre. Se ve que es mi destino.

Estoy en Kenia, un país del este de África, desde hace un mes. Los papeleos han sido bastante complicados y nos han tenido ocupados casi medio año. Pero al final lo hemos logrado. He conseguido formar parte de una expedición de Médicos Sin Fronteras al campamento de refugiados de Dadaad, que es el más grande del mundo. En la expedición, además del doctor Joaquim Furió, de quien ya te hablé, hay otras personas de diversos países a las que yo no conocía, y lo que nos une a todos es el deseo de ayudar a miles de personas sin hogar, sin alimentos y sin esperanzas de futuro, abandonadas por la comunidad internacional.

En realidad, Dadaad se divide en tres campamentos: Hagadera, Ifo y Dagahaley. A mí me han colocado en este último, en la sección de maternidad. Llevo aquí apenas un mes y ya me he hecho a la idea de que voy a convivir con la miseria y la muerte.

El avión nos llevó de Barcelona a Atenas, de allí a El Cairo y luego a Nairobi, que es la capital de Kenia. Al bajar del avión me encontré con un país africano muy verde y bonito. Esa fue la primera impresión. Nairobi es una ciudad espectacular, a medio camino entre África y Europa. Los colores son diferentes, todos muy vivos. Estuvimos dos días allí, resolviendo más papeles, y al tercer día nos subieron a unos camiones y partimos rumbo al campamento.

El paisaje al principio era hermoso y con mucha vegetación. Se veían elefantes, jirafas, ñus, gacelas y otros animales que no sé cómo se llaman. Era la imagen de África que siempre había tenido en mi mente. Pero a las tres o cuatro horas el paisaje comenzó a cambiar. Los árboles, los elefantes y las jirafas desaparecieron y en su lugar surgió el desierto, sin vida, como una extensión de árida y roja arena.

Al cabo de siete u ocho horas llegamos a Dadaab, ya casi en la frontera con Somalia, al noreste del país.

Los primeros días fueron de enorme confusión. Nos encontramos con un desierto lleno de tiendas improvisadas aquí y allá, todas rotas, sucias, hechas con palos, plásticos, trozos de cartón, desperdigadas sin orden, sin un árbol. Miles y miles de personas hacinadas como ganado, muriéndose de hambre, de sed, azotadas por las epidemias y las enfermedades.

¿Sabes cuántos refugiados hay en Dadaab, mamá?

Casi medio millón.

La mayoría son somalíes, que han huido y siguen huyendo de la guerra de su país. Algunos no están ni siquiera registrados, porque se les niega la entrada y pasan la frontera como alimañas aterrorizadas.

Llevo todavía poco tiempo aquí, mamá, pero ya he visto nacer y morir a demasiados niños como María.

Esto me anima a seguir luchando por un mundo mejor.

Como comprenderás, no tengo tiempo de pensar en mí. Hay gente que está muchísimo peor que yo y quiero ser solidaria con ella.

Reza por mí, para que las fuerzas no me abandonen y pueda cumplir mi misión humanitaria. Hay muchos niños y muchas mujeres que dependen de nosotros. No podemos fallarles.

Un beso muy grande desde el otro lado del mundo.

Tu hija, que te quiere,

Inés Molina Lorente
Campamento de refugiados
de Dagahaley, Dadaab,
Kenia. Marzo de 2002»

Capítulo decimoquinto

Dagahaley

CUANDO dejé de leer, Alicia, que había estado conteniendo la respiración, al igual que yo, soltó un resoplido.

–¡Voluntaria en un campo de refugiados de Kenia! –exclamó admirada Alicia.

–Eso explicaría los años que estuvo desaparecida. ¡Quién iba a saber nada de ella!

Nos quedamos en silencio mientras rumiábamos las palabras de Inés Molina.

–Por favor –apremié a Alicia.

Alicia no necesitó que se lo repitiera. Se puso a leer de inmediato.

«Querida mamá:

Confío en que te encuentres bien al recibir esta carta. Yo sigo en Dadaab, estoy bien, aunque lo que me rodea es una pesadilla infernal.

Después de un año y medio en este asentamiento para refugiados de guerra puedo hablarte con mayor conocimiento. Creo saber cómo funciona el horror en la Tierra.

Yo pensaba que el mundo terminaba en Atienza. Como mucho, en Madrid. Y que más allá de nuestro pequeño mundo nada importaba. Vivía en mi burbuja sin ser consciente de que mis problemas no eran nada comparados con los de otros muchos seres humanos.

Salí de Atienza, que para mí se había convertido en un pequeño infierno, y me di de bruces con... el gran infierno.

¿Por dónde podría empezar sin abrumarte?

Dadaab es un asentamiento que pertenece al ACNUR, Alto Comisionado de las Naciones Unidas para los Refugiados. Está al este de Kenia, cerca de la ciudad de Garissa, a cien kilómetros de Somalia, que es el país en guerra que aporta la mayor parte de los refugiados. Lo que rodea Dadaab es un desierto de arena roja bajo un cielo increíblemente azul. El paisaje es una extensión sin nada. De vez en cuando se puede ver alguna acacia raquítica, como un espectro sin hojas y sin vida.

La guerra de Somalia dura ya casi veinticinco años, y según cuentan los hombres y las mujeres que vienen huyendo de allí, en Somalia ya no queda nada por destruir. La enorme sequía que azota la zona ha hecho el resto.

El ochenta por ciento de los que llegan aquí son mujeres y niños. Casi todos los hombres han muerto en una guerra estéril. La mayor parte de esta gente eran campesinos o pastores, que lo han perdido todo, cosechas, animales y esperanzas.

Cada día llegan mil personas nuevas buscando ayuda. Se asientan en el extrarradio del campamento y tienen que construir tiendas con palos, plásticos o cartones que les prestan los demás. Hay tanta gente aquí y tan pocos recursos, que muchos deben permanecer en las colas dos semanas para recibir su primera ración de ali-

mentos o su primera atención sanitaria. No hay suministros suficientes para tanta gente. Las ayudas llegan tarde, en mal estado y son escasas.

Los que llevan más tiempo tienen tiendas que facilita el ACNUR. Son tiendas de plástico para diez personas, pero se meten en ellas más de veinte. Es difícil convivir en un campamento así. A pesar de todo, tenemos hospitales, escuelas, mercados, talleres... La vida diaria se convierte en una lucha desesperada por la supervivencia. Es como una ciudad absurda en medio del desierto. Una ciudad de medio millón de refugiados que se mueren de hambre y que dependen de las ayudas que el mundo desarrollado envía con cuentagotas.

En la época húmeda, llueve tan fuerte que es casi peor que la sequía. Todo se llena de barro y lodo, y por un tiempo parece que regresa la vida, pero es solo un espejismo. Por lo general, las lluvias intensas forman torrenteras que se llevan todo a su paso, incluidas las tiendas y a veces hasta a los niños. El agua estancada se pudre, se llena de mosquitos y bichos, pero la gente bebe agua sucia, en la que flotan los muertos. Tenemos continuos brotes de cólera y de otras epidemias, y resulta muy difícil atajar la mortandad.

Y luego están los animales salvajes del desierto que rondan a cualquier hora. No es raro que las hienas capturen a algún niño del campamento y se lo lleven para comérselo.

Miles de mujeres vienen cargadas con sus hijos a través del desierto, algunas tardan dos o tres semanas en cruzar la frontera y llegar hasta aquí, y sufren violaciones de soldados y abusos de todo tipo. Muchas tienen que enterrar a los hijos que mueren por el camino o abandonar a los maridos o hijos que enferman, con tal de seguir adelante, hasta llegar al campamento, si es que llegan, para encontrarse con este infierno.

Sin embargo, en medio del horror hay muestras de solidaridad, y es hermoso, porque es lo único que nos permite no perder la fe en el ser humano. Algunas madres, que apenas reciben unas exiguas raciones de leche para alimentar a sus hijos, las comparten con las madres que acaban de llegar y no tienen nada. Es aterrador y tierno al mismo tiempo.

Tenemos pozos de los que se extrae agua a muchísimos metros de profundidad, y las mujeres hacen colas de seis o siete horas. Pero debemos racionarla porque no hay suficiente. Como los alimentos. Poca harina para muchos. Poco pan. A veces, una familia de cinco miembros tiene que subsistir con un pedazo de pan duro al día.

A pesar de todo lo que te cuento, mamá, yo estoy bien. Los médicos, los enfermeros, los maestros, los diplomáticos, el personal que pertenece a las organizaciones internacionales… Todos somos necesarios y hay una gran camaradería entre nosotros. He oído decir muchas veces que en Kenia hay un grave problema de corrupción y que el cuarenta por ciento del presupuesto para las ayudas a los refugiados se pierde por esta lacra. ¿No te parece absurdo?

Entre tanto, el horror sigue. Diariamente mueren mujeres y niños. Ellos son los más frágiles. Ya no caben en el cementerio. A veces las hienas, los cuervos y los buitres escarban en las tumbas para desenterrar cadáveres.

¿Y qué hacen los países ricos, mamá?

Yo me he hecho esta pregunta en infinidad de ocasiones. Y ya sé la respuesta: nada.

El doctor Furió también está conmigo aquí en Dagahaley. Es un hombre que transmite paz y energía al mismo tiempo. Duerme apenas cinco horas y se pasa el resto del tiempo atendiendo partos, amputando piernas y brazos gangrenados, vacunando, incluso dando ayuda espiritual. Lo mismo que yo, mamá. No sabes el cariño que necesita esta gente. Sobre todo los niños que se quedan huérfanos, que son muchos, por desgracia.

Aquí en el hospital de Dagahaley tenemos cien camas y dos puestos de salud. Abundan los casos de tuberculosis, de cólera, de sida, de tifus, de desnutrición... Los fondos que recibimos son cada vez menores, lo que unido a la inseguridad política y militar hace que la asistencia humanitaria se vea afectada de forma trágica.

Sin embargo, y a pesar de todas las desgracias, mamá, sé que hago lo correcto. Y sé que desde la distancia me estás bendiciendo y apoyando, como siempre hiciste.

Te quiero mucho.

Un beso de tu hija,

Inés Molina Lorente

Campamento de refugiados de Dagahaley,
Dadaab, Kenia. Agosto de 2003»

Alicia dejó de leer y guardamos silencio, hondamente impresionados. Abrí la cafetera y vi que quedaba para una taza. Me lo puse, añadí un poco de azúcar y tras removerlo se lo acerqué.

–Toma, compartiremos lo que queda antes de seguir leyendo.

Alicia dio un sorbo al café.

–Está frío.

Apuré la taza y volví a quedarme sumido en un silencio espeso.

–Es una historia increíble –dije al cabo de un momento.

El reloj marcaba las tres menos cuarto de la madrugada.

Leímos algunas cartas más, todas ellas referidas a las experiencias de Inés en el campo de refugiados. Poco a poco nos íbamos haciendo una idea bastante exacta de todo el horror que se viviría en Dagahaley. Eran casi las cuatro de la madrugada cuando nos enfrentamos a la última.

–Falta el capítulo final –dijo Alicia alargándome el pliego correspondiente–. Vamos, adelante. Yo no me voy a la cama sin saber cómo acaba esta historia.

–Allá voy.

«*Querida mamá:*

Espero que estés bien. Yo me encuentro muy desanimada. La vida aquí en Kenia es durísima. Vivo rodeada de muerte y de dolor.

Mucha de la gente que conozco aquí en el campamento de Dagahaley se muere en mis manos, sin que yo pueda hacer nada por ella, aparte de cerrar sus ojos, rezar unas oraciones y cavar su tumba. Ayer enterramos a Abden, un somalí de mi edad. Era viudo y deja cinco hijos, ahora huérfanos. Hace unos días hemos enterrado también a Mahomour, a Fátima, a Jawahir, a Anfi, a los hermanos Ahmed y Salmihd..., y así podría continuar hasta que se me acabara el papel...

Estoy llorando mientras te escribo, mamá. Me siento muy triste. Pienso que el trabajo infatigable que hacemos no sirve para atajar esta hemorragia de muerte. La guerra en Somalia no es la única. Hay conflictos armados en todos los países que nos rodean: Sudán, Chad, el Congo, Uganda... África entera se desangra en una guerra sin sentido. Y los países desarrollados no hacen nada. Los políticos solo dicen palabras y palabras y palabras. Pero el horror no se detiene, mamá.

Las temperaturas llegan a los 50 grados en las tiendas de plásticos y cartones. A menudo se levantan polvaredas del desierto y la arena se mete en los pulmones. Cada vez sacamos menos agua de los pozos, cada vez tardan más en llegar las ayudas de alimentos de la ONU, cada vez las hienas están más cerca del campamento...

Se suceden las infecciones respiratorias, los brotes epidémicos, las diarreas... Es imposible vacunar a todo el mundo porque la mayoría de los días no tenemos jeringuillas, ni algodón, ni alcohol, ni desinfectantes, ni antibióticos... No tenemos más que la desolación en nuestro corazón.

Dicen que a lo mejor abren otro campo, pero creo que solo son rumores. El gobierno de Kenia no quiere continuar con esta situación. Ponen muchas trabas y problemas, porque les gustaría que estos campamentos desaparecieran de su país. La guerra de Somalia no termina nunca y aquí cada vez hay más refugiados que nadie quiere ver. Es una realidad incómoda.

Hay una mujer somalí, Jiwi. Llegó la semana pasada desde una ciudad llamada Sirko. Salió de su pueblo porque su marido había sido asesinado por unos soldados y se llevaron lo poco que tenía, hasta la cabra. Jiwi cogió a sus seis hijos y salió de Sirko, dispuesta a atravesar ciento cuarenta kilómetros de desierto para llegar aquí. El hijo más pequeño tenía seis meses y lo llevaba atado a la espalda. Por el camino, tenían que esconderse para no ser atacados por animales y por bandoleros. No pudo evitar que tres de sus hijos murieran en el desierto, uno de ellos el más pequeño. Los tuvo que enterrar sobre la marcha. Siguió caminando para salvar a los otros. La han vio-

lado varias veces los soldados del desierto, incluso en presencia de sus hijos. La historia de Jiwi es la de miles y miles de mujeres que hay aquí en Dagahaley. Sus ojos son un pozo de lágrimas sin fondo.

También estoy triste por Sandra, una de mis compañeras enfermeras. Ha contraído la tuberculosis y la han evacuado. Todavía no sé nada de ella.

El doctor Furió ha adelgazado más de veinte kilos. No duerme nunca y se pasa la vida atendiendo a los pacientes. Para muchos, más que un médico es un sacerdote que reparte alimento espiritual.

Lo siento, mamá. La desolación se ha apoderado de mí. Solo te cuento malas noticias. Reza por mí y dame fuerzas desde Atienza para que pueda soportar todo este horror sin volverme loca.

Me despido con un abrazo y un beso.

Tu hija, que te quiere muchísimo,

Inés Molina Lorente
Campamento de refugiados de Dagahaley,
Dadaab, Kenia. Navidad de 2005»

El reloj marcaba las cuatro y veinte de la madrugada cuando terminamos de leer la última carta. Alicia y yo nos quedamos sumidos en un silencio profundo. Me levanté y llevé la cafetera y las tazas a la pila, lo fregué todo y lo puse a escurrir en el fregadero. Luego volví a la mesa, donde Alicia continuaba con la expresión perdida.

–¿Qué piensas? –le pregunté poniendo mi mano derecha sobre la suya.

Ella sonrió con tristeza.

–Inés… –Alicia me miró con tristeza y en sus ojos había una lagrimita que pugnaba por caer–. Esas cartas… Me han emocionado.

Alicia es un espíritu altruista y humanitario. La historia de Inés Molina le había llegado al corazón. Lo sé. La conozco bien. A Alicia le gustaría acabar con las guerras, los abusos, las injusticias, las desigualdades, el hambre, el dolor… Acabar con las grandes lacras de la humanidad.

–Me habría encantado estar allí con ella –dijo en un susurro apenas audible–, ayudando a toda esa pobre gente a vivir un poco mejor…

Le acaricié los dedos uno por uno. Temblaba. Alcé su barbilla y la obligué a enfrentar su mirada a la mía. Sus ojos estaban húmedos. Le sonreí.

–Vamos, vamos… Levanta ese ánimo.

Alicia se limpió las lágrimas con la mano.

–Lo malo es que no sabemos cómo terminó esta historia –observó de pronto, recuperando la serenidad y el aplomo–. Es la última carta, fechada en Navidad del año 2005. Sabemos que Genoveva murió en 2006. Por lo tanto, no podemos…

–Un momento –atajé, con la voz alterada–. ¡Claro! ¡Ya lo tengo!

–¿Qué es lo que tienes?

–Una de dos: o Inés no volvió a escribir porque se enteró de que su madre había muerto…

–Inés no pudo enterarse de la muerte de su madre –Alicia cortó mi razonamiento–. Ni siquiera sabía que estaba encerrada en el sanatorio de Santa Águeda, porque las cartas iban dirigidas siempre a la calle de Puertacaballos en Atienza. ¿Cómo podía saber Inés que su madre había muerto? Nadie tenía su dirección ni su teléfono para avisarla…

–Pues en ese caso Inés tuvo que seguir escribiendo, y las cartas posteriores… ¡Claro! La mujer que iba a ver a Genoveva al sanatorio y le llevaba las cartas era Úrsula, la criada de don Aurelio. No puede ser otra persona… ¿Recuerdas que nos dijo Josefa que era una mujer silenciosa que llevaba siempre moño?

Tiene que ser ella. Las cartas de Inés llegaban a la mansión de los Valdivia…

–Por tanto, si Inés siguió mandando cartas hasta el día de su regreso, es Úrsula quien las tiene –remató Alicia.

–Si no las ha quemado…

Ambos nos miramos intensamente.

–Pues solo hay una forma de averiguarlo.

Capítulo decimosexto

No acabo de verlo claro

ERAN las once de la mañana cuando aparcamos junto a la fuente de los tritones, al lado de una camioneta de reparto. No hacía ni cuatro días que habíamos abandonado Atienza y, sin embargo, parecía que había pasado un siglo.

Había destruido el papel que me diera Beatriz la última vez que nos habíamos visto. Me paso el día pensando en ti. No hacía falta conservar aquella frase escrita que seguía quemándome porque recordaba las palabras una por una. Durante el viaje no paraba de preguntarme qué ocurriría cuando Beatriz y yo estuviéramos frente a frente.

Salomé y Miguel nos recibieron como si fuéramos los hijos pródigos de una parábola bíblica.

–¡Otra vez en Atienza! –exclamó exultante Miguel mientras nos abrazaba.

La cara de Salomé parecía un pan redondo y recién horneado.

–Lo que se va a alegrar Beatriz cuando se entere… –sonrió, y yo tuve un acceso de vértigo.

–Solo estaremos un par de días –puntualicé yo.

–Pues nada, nada… Esta es vuestra casa. A ver… –Miguel buscó en el cajón de la mesa de la recepción–, sí, aquí tenéis las llaves. La 16 y la 22.

–¿Dónde está Beatriz? –preguntó Alicia.

–La he mandado a la tienda del Benito a por jabón y detergente. No tardará en volver.

–Luego la veremos. Primero dejaremos las cosas.

–Claro, claro.

Subimos a los cuartos. Coloqué mi ropa en el armario en un periquete y luego me asomé a la ventana desde la que se veía la plaza de España. Contemplé la fuente de los tritones abisales, la terraza del bar de Pedro, el ayuntamiento, los pocos vecinos que iban y venían atareados en sus quehaceres diarios. Volví a pensar en Inés Molina, en Genoveva, en Óscar y en todos los protagonistas de aquella historia delirante que no había forma de saber cómo había empezado y cómo terminaría. Rememoré mis sueños, el cementerio de Atienza, el accidente del Alfa Romeo en el que Óscar Guzmán perdió la vida, las extrañas apariciones de Inés, el relato de sus experiencias en el campo de refugiados de Dagahaley, el misterioso individuo de los ojos amarillos y la terrorífica careta… Y, sobre todo, me martirizaba la pregunta que le había escuchado pronunciar al espectro de Inés con aquella voz de ultratumba: ¿Dónde está mi hija?

Cogí el álbum de las fotos con las imágenes de Inés muerta. Tanto Alicia como yo nos habíamos quedado espantados al verlas. El contenido nos parecía a los dos realmente macabro.

En algún momento tendríamos que devolverlo.

Justo en ese momento llamaron a la puerta. Abrí y me encontré con Alicia.

–¿Qué hacemos con esto?

Le puse en las manos el álbum de Inés Molina.

Alicia entró y se sentó sobre la cama.

–Habrá que devolverlo –dijo.

–Pues con toda franqueza, creo que tú eres la persona idónea para hacerlo.

–Te recuerdo que fuiste tú quien lo robó.

–Gracias por la ayuda.

–A mí no me pases el marrón.

–Seguro que se te ocurre algo; tienes mucha más imaginación que yo.

–Pues sinceramente no se me ocurre nada. Así que ya sabes.

–¿Por qué no vas tú a la casa de don Aurelio y lo devuelves?

Alicia me perdonó la vida con la mirada.

–¡Claro! ¿Cómo no se me había ocurrido? Llamo a la puerta, toc, toc, sale la criada con su aspecto funerario y le digo, perdone, doña Úrsula, pero nos llevamos este álbum sin darnos cuenta. Por cierto, Inés está muy guapa en las fotos. Muchas gracias y disculpen las molestias…

La observé desde la ventana.

–Me encanta tu sentido del humor. Eres una buena actriz, pero en esta ocasión tendrás que superarte.

–¿Qué quieres decir?

–Es verdad que yo cogí ese álbum, pero yo soy incapaz de montar una historia que justifique por qué lo hice. Me pillarán seguro. Sin embargo tú eres una maestra de la interpretación…

Alicia se puso de pie y se acercó hasta mí. El álbum de las fotos de Inés parecía un arma arrojadiza en su mano derecha.

–¿Me estás diciendo de verdad que devuelva esto yo sola?

–Tienes recursos dramáticos de sobra para salir airosa. Yo, entre tanto, iré a hablar con el señor cura.

Alicia pestañeó.

–¿Vas a pedirle a don Servando que nos case?

Celebré su ocurrencia con una sonrisa y le guiñé un ojo.

–Nos vemos dentro de una hora aquí en el hostal. ¿Vale?

–No acabo de verlo claro.

–Andando.

Salimos del cuarto, atravesamos el salón y el vestíbulo, donde Miguel estaba atareado haciendo el registro a un matrimonio con dos hijos pequeños, y a los pocos minutos pisamos la calle. El sol de la mañana nos dio de lleno en la cara.

–Dame un beso –le pedí a Alicia.

–Un bofetón es lo que te voy a dar…

Vi partir a Alicia en dirección a la calle de Puertacaballos con paso decidido y el álbum que guardaba las macabras fotografías de Inés bajo el brazo. Permanecí observándola hasta que dobló la esquina y me quedé con un regusto amargo en la boca. La amaba. La amaba más que a mí mismo, y sin embargo tenía aquella espina de Beatriz Herrera clavada en el centro de mi corazón, aquella espina que no hacía sino sangrar, cada vez que recordaba sus ojos, sus piernas sinuosas y su impresionante trasero.

Me encaminé hacia la parte baja de la población. En mis paseos por las calles de Atienza había visto varias veces el rótulo de la tienda de Benito, la típica tienda en la que se vende de todo, desde escobas y cacerolas hasta calcetines o libretas.

Estaba a veinte o treinta metros, cuando vi salir a Beatriz cargada con dos bolsas llenas de productos. Alta, esbelta, radiante. Le sonreí desde la distancia, antes incluso de que reparara en mí. Al reconocerme, soltó las dos bolsas y echó a correr con los brazos en alto mientras gritaba mi nombre.

–¡Daniel!

Al llegar ante mí, frenó la carrera. Se me acercó despacio y me dio dos besos. Su cuerpo exhalaba un aroma de flores nuevas.

No podía apartar de mi mente las siete palabras incendiarias: Me paso el día pensando en ti.

–¿Cómo estás, Beatriz?

–¡Has vuelto! ¡Lo sabía! ¡Sabía que regresarías!

Sonreí mientras buscaba las palabras.

–Verás, Beatriz, *hemos* vuelto… Alicia y yo…

–¿Alicia?

Percibí la decepción en su voz. El brillo de sus ojos se apagó de repente. Bajó la mirada como una niña que ha sido reprendida por su maestro.

Cogí las dos bolsas y eché a andar. Ella me imitó.

–Beatriz, Alicia y yo somos pareja. Estamos saliendo juntos y nos queremos.

Nos sentamos en un poyo de piedra, al pie del cual brotaban varias parras pequeñas. Las hojas verdes trepaban como las de una enredadera. La sombra de un caserón enorme nos protegía.

–No sé lo que sientes por mí –dije–, pero…

–Estoy enamorada de ti –me cortó Beatriz–. Pienso en ti a todas horas.

Le cogí la mano.

–Beatriz, eres una chica estupenda, pero apenas nos conocemos. No puedes estar enamorada de mí… El amor es otra cosa. Esto es algo pasajero, ya verás como dentro de poco lo ves de otra manera.

Beatriz me atravesó con la luz de sus pupilas.

–No. Estoy segura.

–¿Cómo puedes estar tan segura?

–Te quiero desde el primer momento en que te vi.

Intenté tragar saliva, pero descubrí que tenía un estropajo seco en la garganta.

–Escucha, Beatriz…

Me contempló como una niña desvalida.

–¿No sientes nada por mí?

–Sí, claro que sí… –mi garganta estaba tan seca que apenas podía respirar–. Me gusta cómo eres, pero el amor es otra cosa, no sé cómo explicártelo…

–Me parece que te conozco de toda la vida. Tienes una mirada tan limpia que se te ve el alma.

Me ruboricé un poco.

–No sabes cómo soy –protesté blandamente–. A lo mejor descubres en mí a un psicópata…

Beatriz volvió a sonreír.

–¡Pero qué dices! Si tienes cara de catequista…

Era lo último que habría esperado oír de alguien acerca de mí y no pude evitar reírme. Ella también lo hizo, lo que ayudó a relajar la tensión que se había establecido entre nosotros. Nos pusimos de pie y reanudamos la marcha. Cogimos una bolsa cada uno.

–¿Sabes? –dijo Beatriz al cabo de medio minuto de silencio–. El año que viene voy a pedir la beca Erasmus. Me encantaría irme a Italia. Es un país que me fascina. Por eso cogí el italiano como tercer idioma en la Facultad de Traducción.

–¿Italia? –repetí–. Sí. Es un país muy bonito. Estuve en Roma y en Florencia hace años, con mis padres y con mi hermana. Aún me acuerdo. Irene y yo nos pasamos el viaje entero comiendo raviolis y *pizzas*.

–De Italia me gusta todo, no solo la pasta –rio Beatriz–. El idioma, la música, el arte…

La conversación ya no giraba en torno a los sentimientos de Beatriz, ni a mi relación con Alicia, lo cual me hizo sentir más cómodo. Llegamos a la plaza del Trigo.

–Me quedo aquí –dije dándole la bolsa que llevaba yo–. Quiero hablar un momento con don Servando, el cura.

–¿Vas a pensar en mí? –me susurró con picardía.

Hice un ademán de resignación.

–Me temo que sí.

Ella se acercó lentamente y me dio un beso en la mejilla. Sus labios parecían desprender lava volcánica en erupción.

Beatriz se separó un par de pasos de mí, me miró entrecerrando los ojos, como si quisiera contemplarme a través de una cortina de humo, y sonrió maliciosamente.

–¿Nos veremos luego?

–Nos veremos luego.

Y dándome media vuelta me dirigí a la iglesia, que, como siempre, estaba abierta.

Vi la figura de don Servando al fondo, junto al altar mayor, arreglando un ramo de gladiolos y lirios. Al verme, sonrió beatíficamente.

–Hola, don Servando.

–Hola… –dudó unos instantes–, ¿cómo dijiste que te llamabas?

–Daniel Villena.

–Ah, sí. ¿Y tu amiga?

–Alicia se ha quedado en el hostal…

Don Servando terminó de manipular los arreglos florales y guardó el cubo y el trapo en la sacristía. Entré con él.

–Perdone, pero me gustaría pedirle un favor.

La sacristía era una estancia bastante grande, con armarios para guardar sotanas, casullas y demás vestuario litúrgico, además de un par de cómodas en donde imaginé que se conservaban lienzos, sábanas, mantos de santos y vírgenes… También había una pila con un grifo y un espejo, una percha de pared y, al fondo, un retrete. Junto a él arrancaba un pasillo estrecho y oscuro que debía de dar a alguna galería interior o a un almacén de trastos y reliquias. El aire olía a aceite de lámparas y a humedad.

–Dime, hijo mío –el cura me observaba a través de sus gafas de miope.

–Verá, don Servando. Es un asunto delicado, y si usted prefiere guardar silencio, lo entenderé…

El sacerdote no modificó su gesto seráfico. Debía de estar acostumbrado a todo tipo de confesiones y revelaciones, y seguramente pensó que me atribulaba una gran congoja.

–Abre tu corazón, hijo mío.

Sonreí por dentro.

–No, no es de mí de quien quiero hablar, padre, sino de Inés Molina…

El sacerdote compuso una mueca de conmiseración cristiana.

–La pobre Inés…

–Sí, la pobre Inés, que fue enterrada, si mal no recuerdo, hace cuatro semanas. Concretamente… –eché mano de la libretilla roja que llevaba en el bolsillo del pantalón y consulté los datos–, concretamente el día 19 de junio.

–Sí, bueno, no recuerdo la fecha exacta, pero sí, debió de ser en esa fecha, sí…

–Usted mismo me dijo que se suicidó.

El párroco afirmó con ademán compungido.

–El Señor la haya perdonado.

–Supongo que se le realizaría la autopsia.

–¿La autopsia? Pues… no lo sé.

–Recuerdo que me dijo que la primera vez que la vio fue el día de su propio entierro, dentro del ataúd.

–Así es, hijo mío. Yo llegué a este pueblo hace doce años. Ya para entonces Inés llevaba ocho o nueve años fuera de Atienza. Cuando regresó, todo el mundo habló de ello, sí, pero ella nunca vino a visitarme. A su padre solo lo he visto dos o tres veces en estos años, porque don Aurelio es un hombre que no pisa la iglesia ni sale de casa.

Me pareció recordar que ya había mantenido aquella misma conversación.

–Sí, ya me habló usted sobre esto la otra vez. ¿Podría enseñarme el registro de las defunciones?

–¿El registro de las defunciones?

–Bueno, no sé si se llama así, pero imagino que cada vez que muere alguien del pueblo se celebra una misa y se le entierra. Y de todo ello habrá constancia en algún libro de actas. Como de los bautizos, las comuniones, las bodas… No sé si se llamará registro o de otra manera…

Don Servando se levantó y se dirigió al armario. Buscó entre un montón de librotes grandes, que parecían del tiempo de Maricastaña, viejos y apolillados, y extrajo uno. Lo puso sobre la cómoda y abrió por donde estaban las últimas anotaciones, realizadas con una exquisita letra de molde.

–Echa un vistazo tú mismo…

No esperé a que me repitiera la orden.

«Día 19 de junio de 2016. Defunción, misa y enterramiento en el cementerio parroquial. Inés Molina Lorente, nacida el 22 de mayo de 1978, muerta con 38 años. Hija de Luis Molina Girón y de Genoveva Lorente Castillo».

Fui pasando revista con los ojos hasta que cuatro páginas más atrás di con Genoveva.

«Día 3 de noviembre de 2006. Defunción, misa y enterramiento en el cementerio parroquial. Genoveva Lorente Castillo, nacida el 2 de marzo de 1948, muerta con 58 años. Hija de Martín Lorente López y de Concepción Castillo Vega».

Seguí pasando nombres y fechas, hasta que me remonté más allá de lo razonable, sin encontrar el nombre de María Molina Lorente. Parpadeé. Había sacado las cuentas varias veces. Según mis cálculos, Inés debió de dar a luz en 1996. Releí varias veces las defunciones de 1996, que no eran muchas, habida cuenta de que Atienza era un pueblo relativamente pequeño, pero no di con el nombre de ninguna María. Eché un vistazo también a los fallecimientos de 1994, 1995, 1997 y 1998 por si acaso. Pero nada.

–¡Qué extraño! –exclamé.

–¿Qué es extraño?

–Mire, padre. No aparece la defunción de la pequeña María Molina por ninguna parte…

–¿La hija de Inés?

Alcé la mirada y la posé en el rostro bonachón del párroco. Sus ojos refulgían miopes detrás de las lentes de las gafas.

–Inés Molina dio a luz a una niña con dieciocho años y la niña murió al nacer –lo informé.

–Recuerdo perfectamente cuando enterramos a Inés, porque hace poco tiempo de eso. Estaba lloviendo. Parecía que el cielo se había puesto a llorar. Al sepelio acudió muy poca gente. Todos con ropas negras y paraguas. En la fosa había un pequeño ataúd blanco, que debía de ser de la pequeña María y que llevaría allí unos veinte años. Yo mismo vi aquella caja blanca. Como llovía tanto, los sepultureros colocaron al lado el féretro de Inés y taparon el sepulcro deprisa y corriendo. Nunca he visto un entierro más triste.

Don Servando cerró aquel libro, lo guardó en el armario y se quedó mirándome.

–Pero sí. Es raro que la pequeña no conste en este registro. Si fue enterrada, como así he podido comprobar yo mismo, debería figurar aquí su nombre. No lo entiendo. Habría que preguntarle al anterior párroco, pero me temo que eso será imposible. Don Augusto murió hace un par de años.

Fuimos hasta la puerta sin dejar de hablar.

–¿Y es normal que sobre la lápida no se haya escrito ni el nombre de la madre ni el de la niña? ¿Es lógico que ni siquiera haya una cruz?

Don Servando movió la cabeza.

–No, desde luego. Pero en estos casos, la familia es la que paga y la que manda.

Habíamos llegado al punto final de la conversación.

–Le agradezco mucho su atención, don Servando.

–No hay de qué, hijo mío. Espero haberte ayudado con lo que te he contado.

Sonreí.

–Sin duda.

Don Servando me contempló con bondad.

Me marché de allí con la sensación de que acababa de extraviarme en un océano de sombras.

Capítulo decimoséptimo

Cerezas rojas

LLEGUÉ al hostal pasadas las doce y media. El bueno de Miguel andaba por la recepción moviendo muebles y cajas.

–Miguel, ¿ha regresado Alicia?

–¿Eh? No, no la he visto.

–¿Me da mi llave, por favor?

Miguel me alargó la llave con una sonrisa.

–Toma.

–Si la ve llegar, dígale que la espero en mi cuarto.

–Descuida.

Lo dejé con su atareada labor de mover muebles y subí a mi habitación. Iba a meter la llave en la cerradura cuando oí una voz conocida.

–Daniel, ¿puedes ayudarme?

Beatriz estaba en el quicio de la puerta de otro cuarto, diez o doce metros más allá, hacia el final del pasillo.

–Tengo un problema –añadió.

Me acerqué hasta ella preguntándole con los ojos. Ella me hizo pasar con un gesto a la habitación. Entramos. Era un cuarto parecido al mío.

–Me ha pedido mi padre que cambie las bombillas de la lámpara. Están fundidas.

La lámpara estaba sobre la cama de matrimonio, a unos tres metros del suelo.

–He de apartar la cama y subirme a una silla, pero yo sola no puedo. La cama pesa demasiado y tampoco creo que llegue con la silla. Tú que eres un poco más alto, a lo mejor…

–No te preocupes.

Apartamos la cama entre los dos, acercamos la cómoda hasta el centro de la habitación y, después de descalzarme, me subí sobre ella.

El plafón tenía dos bombillas de 60 vatios de rosca ancha. Por fortuna, se trataba de una lámpara sencilla y no era preciso desmontar la pantalla. Desenrosqué sin dificultad las dos bombillas y, tras comprobar que efectivamente estaban fundidas, se las pasé a Beatriz, que seguía mis movimientos con los ojos. Me dio las nuevas y las enrosqué enseguida.

–Dale al interruptor –le pedí.

Beatriz obedeció y la lámpara se encendió al instante.

–Estupendo.

Bajé de un salto y volvimos a colocar la cómoda y la cama en sus sitios respectivos. Íbamos a salir de la habitación cuando noté que Beatriz me cogía de la mano. Me volví pensando que necesitaba algo más.

–¿Sí?

Beatriz me miraba sin pestañear.

–Daniel…, yo…

Beatriz era una muchacha bellísima. Cualquier chico del mundo habría deseado estar en mi lugar.

–Yo… no sé lo que me pasa cuando estoy contigo –me dijo poniéndose ligeramente roja.

Aquellos titubeos me desarmaron. Sentí una ternura infinita.

–Beatriz…, no empecemos de nuevo…

Ella bajó la cabeza.

–Lo siento, Daniel. No puedo evitarlo.

Le di un beso en la mejilla. Volví a sentirme embriagado por su aroma a fruta fresca.

–El que lo siente soy yo, Beatriz. Tal vez si nos hubiéramos conocido en otras circunstancias…

Beatriz era incapaz de mirarme a la cara. Seguía con las mejillas arreboladas. Le levanté la barbilla con las yemas de mis dedos para ver sus ojos color avellana.

–Vamos, Beatriz. Eres una chica estupenda. Tendrás montones de admiradores…

–A mí solo me gustas tú –susurró.

Sus labios parecían cerezas rojas.

Tuve que hacer un esfuerzo para no dejarme seducir por la intensidad del momento.

–Soy hombre de una sola mujer, Beatriz. Jamás me perdonaría engañar a Alicia.

Ella apartó la mirada, avergonzada de sus propias insinuaciones.

Salimos al pasillo y caminamos sin hablar hasta la puerta de mi habitación. Nos detuvimos y volvimos a mirarnos.

–Tú también me gustas, Beatriz –le dije con la mano en el pomo de la puerta–. Pero no estoy enamorado de ti. Mi corazón le pertenece a Alicia.

Ella pareció querer decir algo, pero guardó silencio.

Se acercó despacio y posó sus labios sobre los míos en un beso suave y fugaz. Su boca estaba ardiendo.

Luego se separó de mí y me miró desde la lejanía de su deseo.

De súbito, se dio la vuelta y se marchó sin decir adiós.

Estaba llorando.

Esperé hasta las dos del mediodía en la habitación, leyendo una y otra vez las cartas de Inés Molina, ordenando los datos dispersos de que disponía, asomándome a la ventana y mirando el reloj cada cinco minutos.

El móvil de Alicia repetía siempre la misma cantinela: *El número al que usted llama está apagado o fuera de cobertura. Deje su mensaje después de oír la señal.*

¿Qué podía hacer?

Decidido a poner fin cuanto antes a aquella angustiosa situación, salí a la calle y en cinco minutos me encontraba ante la puerta de la casa de los Valdivia, dispuesto a inventar cualquier cosa para averiguar su paradero.

Iba a llamar a la puerta cuando vi venir a Alicia por el fondo de la calle con Rosaura, la profesora de Literatura. Ambas venían hablando muy animadamente sin reparar en mí.

En aquel momento recordé que teníamos pendiente una conversación con aquella mujer.

Salí a su encuentro.

–Hola, Rosaura.

Nos dimos dos besos.

–Hemos dado un pequeño paseo hasta la iglesia de Santa María del Val para admirar la vega –me contó la profesora alegremente.

–Estupendo –dije, y luego me volví hacia Alicia–. ¿Cómo has quedado?

–Bien.

Alicia no añadió nada más y yo no quise insistir en el tema delante de Rosaura. Seguimos caminando hacia el hostal.

–¿Os apetece comer conmigo? Soy una pésima cocinera, pero sé abrir latas.

Alicia y yo nos reímos.

–De acuerdo –dijo Alicia antes de que yo abriera la boca para aceptar encantado la invitación.

Media hora más tarde estábamos sentados alrededor de una mesa con varias latas de conservas abiertas, una ensalada de lechuga, un trozo de queso blanco y una jarra de agua.

Rosaura cuidaba más la estética que el contenido. La austeridad gastronómica se compensaba con un mantel de lino blanco con volantes, servilletas de tela a juego, copas de cristal esmerilado y cubiertos de diseño. En los rincones ardían palitos de incienso y en los altavoces camuflados entre los miles de libros sonaba una música de *bossa nova*. La reconocí de inmediato: *Recado* de Djalma Ferreira.

Durante algunos minutos bromeamos sobre todo un poco. Hablamos de libros, de cine, de música, de periodismo, del sistema educativo español –en eso Rosaura era una especialista–, incluso de la situación política y social –ahí Alicia se llevaba la palma.

Cuando Rosaura nos preguntó por qué estábamos en Atienza, dijimos que nos habíamos dejado llevar por nuestro afán investigador.

–Estudiamos Periodismo y nos atraen los casos extraños –añadí yo–. En alguna parte oímos contar la inesperada muerte de Inés Molina y nos llamó la atención.

Rosaura se limpió los labios con la servilleta.

–Pues poco os puedo ayudar. No había vuelto a ver a Inés desde que se marchó del pueblo…, hasta el día de su entierro.

–Dijiste que las dos andabais enamoradas del mismo chico… –recordó Alicia.

Los labios de Rosaura se curvaron en una media sonrisa. A sus ojos afloró la nostalgia.

–La muerte de Inés activó mis recuerdos dormidos. Por eso escribí «Nieve negra», el poema que os leí el otro día –hizo una breve pausa para tomar aliento–. Óscar era un muchacho maravilloso. Yo estaba enamorada de él, pero a él le gustaba Inés. La verdad es que al lado de Inés yo tenía pocas posibilidades de éxito. Ella era guapísima, y yo, lo que se dice un retaco. Nunca tuve suerte con los chicos.

–Háblanos de Óscar, por favor.

Rosaura entrecerró los ojos, como si de ese modo pudiera atrapar más fácilmente los recuerdos.

–Óscar era inteligente y guapo, pero lo mejor de él era su sencillez. Su sonrisa te cautivaba enseguida. Tenía una mirada clara y unos labios carnosos, el pelo negro, la piel muy morena, porque andaba siempre trabajando al aire libre las tierras de los Valdivia… Vivía con su madre en Miedes, que es una aldea cercana, a unos veinte minutos de aquí. Recuerdo que estuvo ahorrando varios años para comprarse un coche de segunda mano y poder venir a ver a Inés con más facilidad. El maldito Alfa Romeo que le costó la vida.

–Si Óscar vivía en Miedes y trabajaba en Atienza, lo lógico era que tomara la carretera que va por Alpedroches…

–Sí.

–Sin embargo, su coche se salió en una curva de la carretera que pasa por Casillas, Romanillos y Bañuelos… Por esa ruta, la distancia entre Atienza y Miedes se duplica. ¿No es un poco extraño? ¿Por qué iba a coger Óscar la ruta más larga y a las tantas de la noche?

Rosaura se alzó de hombros

–¡Quién puede saberlo! ¡A lo mejor eran cosas del trabajo! –se quedó meditando sus propias palabras–. Aunque no creo… Él siempre usaba vehículos de los Valdivia para el trabajo: furgonetas, tractores, camionetas… Además, tenía el coche recién comprado, no sé, desde hacía un mes o mes y medio, y él no era de los que solían ir por ahí dando vueltas como un tonto y quemando gasolina sin más ni más… No. Era un chico pobre, que aspiraba a ser alguien en la vida. Inés me contaba algunas de las cosas que Óscar le decía cuando estaban a solas… Bueno, solamente me contaba cosas sin importancia, claro. Lo que había entre ellos se lo callaba –sonrió–. Óscar quería estudiar para ser maestro…

–Lo sabíamos –dijo Alicia–. Fuimos a ver a su madre y nos lo contó.

Rosaura se quedó mirando a Alicia con expresión de sorpresa.

–¿Su madre? ¿Habéis conocido a la madre de Óscar?

–Sí, se llama Emilia. Y el padre de Óscar, que en paz esté, Serafín.

–Vaya. Si que os habéis informado, ¿eh?

Alicia y yo sonreímos. La canción de Djalma Ferreira había finalizado. Ahora comenzaba a sonar otra balada que no conocía. *Bossa nova* pura.

–Inés y Óscar habían nacido el uno para el otro, estoy segura. Ella era una chica extraordinaria, llena de buenos sentimientos, que lo colmaba todo con su alegría y su belleza, y que había nacido para triunfar. Le gustaba mucho bailar y cantar. Fue por entonces cuando yo aprendí a tocar la guitarra. Las dos componíamos letras y cantábamos sin parar. Recuerdo una noche de verano en que Óscar se había quedado en el pueblo. Salimos los tres a dar una vuelta con la guitarra. Había luna llena y el aire olía a trigo maduro. Fuimos caminando hasta las afueras del pueblo, hablando de nuestras cosas. Inés y Óscar se abrazaban y se besaban de vez en cuando. A mí me comía la envidia, como os podéis imaginar, pero en el fondo me sentía feliz de verlos a ellos tan dichosos. Me acuerdo de que empecé a tocar y a cantar con la guitarra canciones de la época y ellos dos se pusieron a bailar como si estuvieran en un palacio encantado, bajo los chopos. Parecían un príncipe y una princesa dentro de un cuento… Óscar, apuesto y soñador, fuerte y tierno al mismo tiempo. Inés, la alegría personificada, siempre riendo, siempre feliz, desprendiendo luz solo con su presencia. Eran la pareja perfecta.

Rosaura tenía los ojos extraviados en un claroscuro de recuerdos. De repente, regresó a la realidad.

–Será mejor que retiremos los platos y los vasos –propuso.

Intuí que la nostalgia le había estrangulado el corazón. Durante un par de minutos recogimos la mesa. Rosaura preparó una de sus infusiones con miel, canela y limón, y volvimos a tomar asiento alrededor de la mesa. El olor del incienso combinaba a las mil maravillas con la música que sonaba en aquellos momentos, una balada de los años ochenta, de las que le encantan a mi madre.

–Inés era de esa clase de personas que quieren solucionar los problemas del mundo. Siempre hablaba de que no debería haber pobres ni ricos, de las injusticias, de las guerras, del hambre en los países menos desarrollados… Tenía conciencia política –miró a Alicia con simpatía–. Como tú…

Alicia no pudo evitar una sonrisa tímida.

–También tenía cosas raras, como todo el mundo –nos miró entre divertida y nostálgica.

–¿Cosas raras?

–A veces decía que era capaz de comunicarse con personas muertas.

Alicia y yo intercambiamos una mirada de sorpresa.

–Sobre todo con su padre. Inés decía que en alguna ocasión se le había aparecido y que él le pedía que ella y su madre no se olvidaran nunca de él.

–¿Luis Molina se le aparecía a su hija Inés después de muerto?

Rosaura sonrió.

–Bueno, eso decía ella, pero yo nunca le hice mucho caso.

Aquella revelación me dejó aturdido durante unos segundos. Al parecer, Inés tenía una capacidad especial para atravesar las fronteras entre la vida y la muerte. Como yo.

–Cuando Inés dio a luz a su hija, que nació muerta, yo no me encontraba en el pueblo. Estaba cursando segundo de Filología en Madrid.

Rosaura bebió un sorbo de la infusión. Alicia y yo permanecimos en silencio.

–A Inés la habían violado unos desconocidos. Aquello debió de ser horrible. Lo mejor que pudo pasarle es que la niña naciera muerta, supongo. Pero encima Óscar acababa de matarse con el Alfa Romeo. De repente, todo su mundo se vino abajo. Su madre era una mujer débil de carácter y completamente sometida por su marido, don Aurelio Valdivia. No fue capaz de ayudar a su hija. Un buen día Inés desapareció del pueblo, sin decir a nadie adónde se marchaba.

–¿Ni siquiera a ti? –pregunté.

–No. Ni siquiera a mí –reconoció con la mirada clavada en el mantel–. Y no le guardo rencor. Creo que yo habría hecho lo mismo. Nunca me gustó la casa de los Valdivia. Parece un mausoleo. Yo entraba a veces allí, cuando vivía Inés, y me daban escalofríos al recorrer esos pasillos tétricos, o cuando entraba en las habitaciones, oscuras, grandes, llenas de muebles antiguos, o cuando me quedaba mirando los cuadros de las paredes, que eran retratos de antepasados, todos muertos… Solamente me sentía a gusto en la habitación de Inés, que estaba justo encima de la cocina. Era un oasis de luz en medio de un bosque de sombras. Tenía una ventana grande que daba al jardín, donde crecían varios árboles. El favorito de Inés era el nogal. A mí me gustaba el cerezo. En aquella habitación nos quedábamos horas escuchando música o leyendo libros, hablando de nuestras cosas… Ella adoraba a su madre, pero odiaba a su padrastro.

Durante unos momentos Rosaura guardó silencio.

–¿Y no supiste nada de Inés hasta que volvió? –preguntó Alicia.

Rosaura alzó la mirada y la posó en Alicia. Sus ojos brillaban.

–Me enteré de que había vuelto el mismo día del entierro. Fue todo demasiado rápido. Al parecer, Inés regresó sin avisar a nadie y estuvo varios días encerrada en la casa con su padrastro y con la única criada que aún permanece allí, una mujer que viste siempre de negro. Se llama Úrsula.

–La conocemos –precisé.

Rosaura me contempló con admiración.

–Vaya. Decididamente vais a ser dos buenos periodistas.

–Visitamos un día la casa para darle el pésame a su padre.

–¿Y os dejaron entrar?

Asentí con la cabeza.

–Pues estáis de enhorabuena, porque en esa casa no entra ni el sol.

–Estuvimos apenas diez minutos –informó Alicia.

–Como os iba diciendo, yo me enteré de que Inés había regresado al pueblo el mismo día de su entierro. Imaginad cómo me quedé. Por fortuna, yo estaba ya de vacaciones y pude asistir al sepelio. Recuerdo que llovía a mares y que éramos cinco personas quienes acompañamos el duelo.

–¿Solo cinco personas? –repetí incrédulamente.

–Inés hacía veinte años que se había marchado sin avisar a nadie. Volvió de la misma manera. A los pocos días se ahorca, la entierran, y punto final. Una historia terrible.

Sí. Una historia terrible, pensé.

–Y recordarás quiénes eran las cinco personas que acudieron al funeral…

–Por supuesto: el cura, el sacristán, los padres de Beatriz y yo. Bueno, y los dos sepultureros, Toribio y su ayudante, un muchacho que tiene un poco de retraso mental y que no sé cómo se llama.

Creí que no había oído bien.

–¿Ni don Aurelio Valdivia ni Úrsula, su criada, asistieron al entierro de Inés Molina?

Rosaura nos miró con ojos de lástima.

–Así es. Tan cierto como que me he de morir.

Durante unos segundos me quedé sin capacidad de reacción. ¿Cómo era posible semejante monstruosidad?

–¿Y dices que Miguel y Salomé, los padres de Beatriz, sí asistieron al entierro? –recordó Alicia.

–Hasta que metieron el ataúd en el sepulcro. A pesar de la lluvia. Allí estaban, a mi lado, protegiéndose los dos con un solo paraguas.

En aquellos momentos la música había llegado a su final. Tanto Rosaura como Alicia y yo nos habíamos quedado en silencio, como sellando un pacto tácito por la memoria de Inés Molina, por el recuerdo de Óscar Guzmán, por la niña muerta y por lo absurdo de toda esta historia sin pies ni cabeza.

Capítulo decimoctavo

No se permiten licencias amorosas

CUANDO abandonamos la casa de Rosaura, un rato más tarde, Alicia y yo seguíamos abatidos, dándole vueltas en la cabeza a lo que acabábamos de escuchar.

Era media tarde y hacía calor en la calle. Entramos en la iglesia de San Juan y tomamos asiento en uno de los bancos del final. La penumbra fresca del templo resultaba placentera. Ni rastro de don Servando, ni de Patricio el sacristán, ni de ningún fiel parroquiano. Aquella iglesia siempre abierta pero siempre vacía.

–Cuéntame cómo te fue en tu visita al «mausoleo» –dije en alusión a las palabras de Rosaura. ¿Lograste devolver el álbum?

–Claro.

Alicia se quedó callada.

–¿Cómo que claro? ¿Y qué?

–¿Y qué de qué?

–¡Alicia! ¡Por Dios! ¿Qué es lo que pasó? ¿Cómo lo has conseguido? ¿Has hablado con Úrsula, la criada?

–Pues claro, ya te lo he dicho.

–Entonces, ¿no me vas a contar cómo lo has hecho?

Alicia me contempló con sorna.

–No te lo mereces. Por capullo. Me hiciste volver sola a ese lugar… Pero, en fin, para que veas que no soy rencorosa te lo contaré.

Guardó unos segundos de silencio, haciendo teatro, para captar toda mi atención.

–Llamé a la puerta y, tal como esperaba, salió a recibirme la criada. Puse cara de muerta y le comenté que había salido a pasear, pero que acababa de darme un mareo y que había incluso perdido la consciencia. Le dije que era diabética y que necesitaba un vaso de agua con azúcar, antes de que me volviera a dar el mareo… Tambaleé y me dejé caer sobre ella. La mujer no tuvo más remedio que cogerme para que no me diera con la cabeza en el suelo. Me hizo pasar al vestíbulo, me sentó en una silla y fue corriendo a por el agua con azúcar. Tardó medio minuto, pero a mí me bastó para deshacerme del álbum de fotos. Lo puse detrás de la cómoda, en el suelo, para que pareciera que se había caído. Cuando Úrsula regresó yo me hice la moribunda. Me bebí el agua con azúcar de un trago. Por cierto, estaba fresquita, de la nevera. Y enseguida hice como que recobraba la energía. Le di las gracias y salí a la calle, mientras ella me decía que anduviera por la sombra. Caminé unos pasos como una borracha para dar mayor verosimilitud a mi actuación teatral, y cuando oí cerrar la puerta a mis espaldas, dejé de hacer la tonta y me alejé con paso ligero. Luego me tropecé con Rosaura y ya conoces el resto…

Yo la observaba con la boca abierta.

–Nunca dejarás de sorprenderme.

–Me debes una gorda.

–¿Te bastará con un beso? –pregunté acercándome con mirada pícara.

Alicia me rechazó.

–Quieto *parao*. Estamos en la casa de Dios. Aquí no se permiten licencias amorosas.

–Está bien. Pero esta noche te devolveré el favor.

–¿Esta noche? ¿Es que piensas invitarme a un paquete de pipas?

–Frío, frío.

Abrí los ojos. Era noche cerrada. La luz de la luna entraba por la ventana esparciendo sobre la habitación una claridad fantasmal.

Había oído pronunciar mi nombre. ¡Daniel…! Era una voz de ultratumba que ya conocía. Me llamaba una y otra vez como un eco lejano.

Me había extraviado en un bosque de grandes árboles oscuros, cuyas raíces y ramas me salían al paso como una maraña impenetrable. Avanzaba casi a tientas, tropezaba y caía al suelo, un tremedal cubierto de frutas caídas, insectos, troncos, hojas muertas, ramas podridas y agua estancada en el que mis pies se hundían.

Alguien repetía mi nombre en la distancia con un sonido opaco, fúnebre, Daniel, Daniel, y yo me guiaba por aquella voz a través del follaje.

Pero eso había sido un sueño del que me había despertado. Me levanté y me asomé a la ventana. La plaza dormía en la quietud nocturna, envuelta en una oscuridad de sombras plateadas. Reconocí el Opel Astra aparcado junto a los tritones de piedra, las sillas y las mesas de aluminio del bar Pedro, perfectamente recogidas y apiladas bajo el soportal, la fachada del ayuntamiento, los árboles como centinelas dormidos, la luna allá en lo alto sobre los tejados de las casas…

De pronto, escuché que alguien volvía a pronunciar mi nombre. Una voz lejana, apagada… Miré en todas direcciones.

Allí en el cuarto no había nadie más. Abrí la puerta de la habitación y me encontré con el pasillo vacío y oscuro.

Serán figuraciones mías, me dije.

Volví a la habitación y me senté en la cama.

Y de pronto la vi, mirándome desde la parte exterior de la ventana. Como si flotara en el aire.

Era Inés Molina.

Me levanté de un salto, pero tropecé con algo y caí al suelo, llevándome en mi caída la mesita de noche y lo que había sobre ella, incluida la lámpara. Armé tanto alboroto que debió de despertarse el hostal entero.

Encendí la luz. Me levanté y me asomé a la ventana.

No había nadie.

Después de recoger todos los objetos desperdigados por el suelo, volví a meterme entre las sábanas, pero ya no tenía sueño. Me quedé con los ojos abiertos mirando el techo de la habitación. Conté los minutos sintiendo el paso lento del tiempo, hasta que oí de nuevo la voz opaca diciendo mi nombre, Daniel, Daniel, como una pesadilla interminable, y ya no supe si estaba despierto o dormido. Me levanté otra vez, casi como un sonámbulo, fui al baño y me contemplé en el espejo a través de la oscuridad, porque no quería encender luces. Pero al posar la mirada en el cristal no vi mi imagen, sino la de Inés Molina, en camisón, con su pelo oscuro cayéndole sobre el rostro, la tez pálida, los ojos vacíos, Daniel, Daniel…

–¿Qué quieres de mí?

–¿Dónde está mi hija?

Ya había vivido aquella escena y tenía la sensación de que no podría descansar hasta que respondiera a aquella pregunta desesperada.

–Tu hija murió.

–Mi hija no está conmigo.

Aquella voz subterránea me heló la sangre.

De repente, la imagen de Inés comenzó a diluirse hasta que desapareció por completo. En su lugar apareció la mía. Me quedé apoyado en el lavabo y me miré: mi rostro estaba abatido, cansado, tenía los ojos de proscrito, el pelo alborotado y una honda sensación de naufragio.

Me pasé el resto de la noche en un rincón de la habitación, sentado en el suelo, con la espalda apoyada en la pared.

Nos sentamos al lado del ventanal. Beatriz vino con la bandeja del desayuno y una sonrisa de oreja a oreja. No había vuelto a verla desde el día anterior tras la conversación en la habitación de las bombillas fundidas. Me preguntaba cómo iba a encontrarla después de nuestra charla. Enfadada, ausente, irónica, borde… Esperaba cualquier actitud displicente. Todo menos aquella sonrisa angelical.

Beatriz dejó la leche, el café, las tostadas y la mermelada sobre la mesa y se sentó junto a nosotros.

–Mis padres no quieren que me siente con los clientes, pero vosotros sois especiales –explicó–. Y si os parece, me tomaré un café con vosotros.

–Estupendo –aprobó Alicia.

Yo no las tenía todas conmigo. Miré a Beatriz de reojo, mientras servía el café, pero parecía otra persona. Actuaba como si no me hubiera dicho nunca que estaba enamorada de mí.

–¿Sabéis? He decidido irme unos días a Murcia –comentó después de tomar el primer sorbo–. Tengo una compañera murciana en la facultad que se llama Mati. Su familia posee un apartamento en Mar de Cristal, una localidad playera junto a La Manga del Mar Menor, y me ha insistido para que vaya a pasar unos días con ella.

Mientras Beatriz hablaba, me dediqué a untar dos tostadas con la mermelada. Le pasé una a Alicia y yo mordisqueé la otra.

–Mis padres dicen que me vaya. Aquí no hay mucho trabajo este año y no me necesitan. Esto está cada vez peor.

–¿Y cuándo piensas irte? –preguntó Alicia.

–Pronto –los ojos de Beatriz buscaron los míos–. Pero primero tengo que terminar un asunto pendiente…

La tostada se me cayó de la mano.

–¡Estas tostadas parece que tienen vida!

Alicia soltó una pequeña carcajada.

–Te pasas la noche despierto. No me extraña que se te caigan las cosas de las manos.

Beatriz aprovechó para meter una pulla.

–Vaya, así que no duermes bien… A lo mejor es que no tienes la conciencia tranquila.

Me limpié los dedos con una servilleta y tomé un sorbo de café con leche para tener las manos y la boca ocupadas porque no sabía qué hacer ni qué decir. Luego le dediqué a Beatriz la mejor de mis sonrisas.

–Tengo entendido que las playas de Murcia son muy bonitas –dije estúpidamente.

–Te echaremos de menos –añadió Alicia.

Beatriz me dio un suave pisotón mientras me miraba intensamente.

–Yo también os echaré de menos.

Disimulé como pude.

–Nosotros nos iremos a Gélver, en Almería, cualquier día de estos, ¿verdad, Daniel?

–¿Eh? Sí, sí, claro…

Beatriz apuró el café, volvió a sonreír y se levantó.

–Bueno, me voy, que mi madre me estará buscando…

La vimos marchar y meterse en la cocina.

–Bueno, ¿y cuál es el plan? –me preguntó Alicia.

–Por lo pronto, habrá que hacer una visita a don Aurelio. Mejor dicho, a su criada.

–¿A Úrsula?

–Tendríamos que conseguir que nos mostrara las cartas que Inés envió después de la muerte de su madre. Úrsula debió de quedárselas. Si lográramos echar un vistazo a esas cartas, seguramente conoceríamos el final de la historia de Inés. Sabríamos por qué decidió regresar y qué la impulsó a suicidarse.

–¿Y cómo vamos a conseguir que esa mujer nos enseñe las cartas? Imagina la cara que va a poner cuando le digamos que hemos leído las que Genoveva guardaba en la cómoda de su habitación de la clínica y que nos hemos quedado con las ganas de conocer el final.

–Pues tendremos que aguzar el ingenio.

Alicia y yo permanecimos en silencio un rato. Terminamos el café con leche, que se había enfriado, como siempre nos sucedía, en la taza.

–Y además –recordó Alicia como volviendo en sí–, está don Aurelio Valdivia. Si me parece difícil convencer a la criada, más difícil será convencerlo a él. O sea, imposible.

No podía olvidar lo que nos había narrado Rosaura. Ni don Aurelio ni Úrsula habían acudido al funeral de Inés Molina. ¿No resultaba inverosímil? Al fin y al cabo, don Aurelio era el padrastro de Inés. Sí. Todo resultaba bastante extraño.

–Tal vez –dije abandonando mis cavilaciones–, pero estoy convencido de que en esas cartas se esconde el núcleo del misterio. Habrá que echarle valor.

–Miedo me das.

El día estaba nublado y era posible que lloviera. Alicia había subido a por el móvil a la habitación. Mientras la esperaba apoyado en la pared del hostal con el paraguas sin abrir a modo de bastón, vi salir a Miguel por la puerta de la cochera con un Renault.

Al reconocerme, abrió la ventanilla con el motor en marcha y me saludó.

–Voy a un recado –me explicó.

–Miguel, me gustaría hacerle una pregunta…

–Dime.

–¿Sabe usted quién es Toribio el enterrador?

–Claro.

–¿Dónde vive?

–En la plazuela de San Gil.

–He oído decir que tiene un ayudante, un chico que no rige demasiado bien de la cabeza, y que le ayuda en ocasiones…

–Ah, sí. Ese es Juan Blas, pero no vive en Atienza. Vive en Casillas. No sé si sabes…

–Sí, sí –lo atajé–. Sé dónde está Casillas. Por la carretera que hay tras el castillo, hacia Bochones y Bañuelos.

–Eso mismo.

En aquellos momentos apareció Alicia.

–¡Hola, Miguel!

–Hola, bonita, y adiós, que ya voy con retraso.

El Renault se marchó y dejó en el aire un revuelo de humo y ruido. El cielo estaba cada vez más oscuro.

–Va a llover –pronosticó Alicia.

–Pues no perdamos tiempo.

Llegamos a la calle de Puertacaballos justo cuando comenzaban a caer las primeras gotas. Abrí el paraguas y ambos nos cobijamos bajo él.

–¿Tienes algún plan? –me preguntó Alicia.

–Hay dos opciones –dije con la mirada puesta en el escudo blasonado del dragón con tres cabezas y las alas abiertas de murciélago–. La primera es llamar por la cara y entrar con cualquier excusa. Una vez dentro, nos inventamos lo que sea.

Para eso contamos con tu capacidad de improvisación y tus dotes teatrales… y con mi arrojo.

Alicia me contempló como si yo fuera un marciano de color azul.

–Descartado –dijo lacónicamente.

–Lo sospechaba.

–¿Y la segunda opción?

–La segunda es encontrar la manera de entrar en la casa sin que nadie nos vea, y una vez dentro ponernos a husmear.

–Eso es un delito.

–Es un delito si nos pillan.

–Te recuerdo que la casa es bastante grande y que hay dos perros de presa sueltos: don Aurelio y Úrsula.

La lluvia arreciaba. O tomábamos una decisión o nos íbamos a empapar.

–Bueno, entonces, ¿qué hacemos? –la apremié.

Alicia soltó un soplido.

–Cada vez que te pones a pensar nos metemos en algún lío gordo –dijo con cara de pocos amigos–. ¿Te has dado cuenta?

–¿De qué?

–De que tus ideas no se sostienen. No me gusta ninguna de las dos opciones.

–Pues a ver qué se te ocurre a ti.

Alicia estuvo un rato en silencio hasta que desistió y sacó una moneda.

–Tus ideas son una locura…, pero no se me ocurre nada mejor si queremos encontrar las cartas de Inés. Dejémoslo al azar: cara, opción A; cruz, opción B. ¿De acuerdo?

–De acuerdo.

Alicia lanzó la moneda al aire y la agarró al vuelo. La puso sobre el dorso de la mano izquierda, dejó pasar un par de segundos mientras me fusilaba con los ojos y finalmente retiró la palma derecha.

–Cruz.

Alcé la mirada hacia la fachada de la casa. Tres plantas. Dos ventanas en la primera, a la altura de la puerta, dos en la segunda y una en la tercera.

–Demos una vuelta a la casa –propuse–. Tal vez podamos encontrar un lugar por el que entrar sin que nos vean.

Capítulo decimonoveno

Odio los ratones

La parte trasera de la casa tenía un patio enorme rodeado por un muro de tres metros de altura. Al otro lado se veían las copas de algunos árboles.

La lluvia seguía cayendo sin violencia, mortecina, suave como una cantinela de lágrimas. Vi un poco más allá una especie de vertedero con algunas cajas rotas, ladrillos, montones de grava y piedras, tablones astillados…

Olvidándome de la lluvia y bajo la atenta mirada de Alicia, me dediqué a amontonar cajas y tablones para improvisar un andamio. Cuando terminé de apilar, estaba completamente empapado.

Salté sobre aquel andamio que amenazaba con venirse abajo de un momento a otro, y una vez arriba le tendí la mano a Alicia.

–Vamos.

–¿Te he dicho alguna vez que estás como una cabra? –me preguntó desde debajo del paraguas sin mostrar ninguna intención de moverse.

–Todos los días.

–¿Y te parece normal esto que hacemos? ¡Tengo complejo de quinqui!

Sonreí.

–Pareces Mary Poppins. Anda, dame la mano.

Alicia cogió la mano que le tendía y haciendo gala de una agilidad felina se colocó a mi lado en un santiamén.

Nos encaramamos al muro. El patio era, en realidad, un jardín interior bastante grande. Había varios árboles de clases distintas y arriates con flores por los laterales. Reconocí el nogal y el cerezo a los que se había referido Rosaura. En una esquina se veía un montón de leña bajo una marquesina rústica, seguramente para la chimenea en invierno.

–Vamos por ahí, Alicia –le señalé con los ojos la leñera.

Tardamos poco en alcanzar la marquesina y bajamos enseguida al patio, con cuidado de no resbalar sobre los troncos de leña apilada.

Estábamos en el jardín de los Valdivia. En el centro de aquel patio, a modo de glorieta, había cuatro bancos de madera, enfrentados entre sí como los cuatro puntos cardinales, y en medio se alzaba una pequeña mesa de piedra con azulejos.

Fuimos andando por un lateral hasta que llegamos a la parte de la casa que estaba cubierta con los salientes de los tejados. Allí no nos daba la lluvia.

Había un cuartucho arrimado a la vivienda con varias puertas y una galería, a modo de pasillo cubierto, que conducía hacia el interior de la casa. Vimos que el cuartucho tenía la puerta entreabierta, así que nos metimos por allí. Aquella pieza servía para guardar maquinaria agrícola, objetos de jardinería y bricolaje casero. Había máquinas de fumigar, regaderas, sierras, podadoras, varias jaulas pajareras, cestas de mimbre y un montón de objetos de diversa catalogación. Cruzamos aquel cuarto y salimos por la puerta contraria.

Habíamos dado con la cocina.

Reinaba el más completo silencio en la casa. Lo único que escuchábamos era el soniquete de la lluvia que caía sin parar sobre el jardín y los tejados golpeando ventanas y puertas. Cruzamos la cocina y llegamos al salón oscuro e inmenso en el que estaban la chimenea y los retratos de los antepasados. Entre ellos, los de Genoveva y de Inés.

Toda la casa permanecía en tinieblas, silenciosa, inmóvil, llena de objetos y muebles anacrónicos, como un museo cerrado al público.

Oímos pasos. Alguien bajaba la escalera.

Nos escondimos detrás de unas cortinas. Asomé un poco la cabeza y vi a Úrsula, que se dirigía precisamente a la cocina, donde Alicia y yo habíamos estado un par de minutos antes. Oí que abría el grifo y manipulaba en las alacenas y en la nevera. Al menos eso me pareció. Alicia y yo permanecimos sin movernos, escuchando, hasta que tres o cuatro minutos más tarde, vimos salir a Úrsula con una bandeja en la que portaba algo. Me pareció que eran una tetera, una taza y un azucarero. Desde la distancia no podía distinguirlo bien.

Úrsula se dirigió por el pasillo hasta el despacho de don Aurelio, en el que nos había recibido la primera vez que pisamos la casa, así que disponíamos de unos segundos para subir a la parte superior de la casa. Tiré de Alicia.

–Vamos.

Sin pérdida de tiempo, subimos por una escalera de madera que ascendía en una suave espiral hasta el primer piso. Doblamos a la izquierda y dimos enseguida con la habitación que quedaba justo sobre la cocina, frente al jardín.

Giré el pomo y descubrí con alegría que la puerta estaba abierta. La empujé despacio. El cuarto se mostró ante nosotros como sumergido en una penumbra azulada. Una cortinilla de tul blanco velaba la ventana a través de la cual entraba la claridad plomiza del exterior. Seguía lloviendo, y el agua sonaba contra los cristales como una musiquilla líquida. El cuarto olía a limpio y todas las cosas reposaban ordenadas, como si Inés no se hubiera marchado nunca y siguiera habitando la casa. Sí. Era el cuarto de Inés, no había duda. Sobre una cómoda, junto al espejo, descansaba un portarretratos con una fotografía suya. La reconocimos de inmediato, porque era la imagen de Inés que había servido de modelo para el retrato que colgaba en el salón. Inés con dieciséis o diecisiete años.

–Mira –dijo Alicia, y señaló con el brazo hacia la pared.

Sobre la cabecera de la cama pendía un enorme crucifijo bocabajo.

Un escalofrío recorrió mi espalda.

–El crucifijo invertido es el símbolo del demonio –musité en voz baja.

Alicia estaba con la mirada fija en aquel crucifijo. Parecía bajo los efectos de la hipnosis.

–Esto no me gusta nada –comentó.

Recorrí con los ojos la habitación. Paredes claras, plafón sencillo en el techo… Me quedé suspendido en el tiempo, intentando aspirar el olor de Inés Molina, pero solo pude percibir el aroma del olvido.

–No tenemos tiempo que perder –me recordó Alicia.

Comenzamos a buscar por los cajones, de la mesita, de la cómoda, del armario, en las estanterías repletas de peluches y figuras de porcelana, entre los libros…

No había rastro de aquellas cartas.

–Deben de estar en el cuarto de Genoveva o de Úrsula –me susurró Alicia.

Asentí con un ligero cabeceo.

–La habitación de Genoveva tiene que ser la alcoba de matrimonio –le dije–. Yo buscaría antes en la de la criada.

–¿Y dónde suelen estar las habitaciones de las criadas? –replicó Alicia–. En mi casa no tenemos de eso.

Le recriminé con los ojos la mala oportunidad del chiste y puse el índice sobre mis labios. Señalé con un gesto la habitación de enfrente.

Abrimos con sigilo. Era una habitación grande, como de huéspedes, sin retratos ni cuadros, pocos muebles, entre ellos una palangana y una percha de pie. Sobre la cabecera de la cama, en la pared, como en la habitación de Inés, había un crucifijo invertido. Alicia y yo intercambiamos una mirada significativa. Sin preocuparnos de quién podría ser el morador de aquel cuarto, nos dedicamos a buscar en cajones y muebles, teniendo cuidado de dejar las cosas como las habíamos encontrado. Al cabo de quince minutos nos miramos desalentados.

Buscamos en un par de habitaciones más, con idéntico resultado. Todas tenían en común lo del crucifijo colgado bocabajo sobre la cama y, como en el segundo cuarto, la ausencia de fotografías o de objetos personales que pudieran revelar la identidad de sus habitantes.

–Los cuartos de las criadas suelen estar en la parte baja –le susurré al oído–. Al menos, eso es lo que yo he visto en las películas.

Íbamos a bajar por la escalera cuando volvimos a oír pasos. Nos agazapamos junto a un mueble. Desde allí, vimos a Úrsula dirigirse de nuevo hacia la cocina.

–Ahora –susurré.

–Bajamos deprisa los escalones de madera y vimos una habitación en la parte posterior de la escalera. Le hice un gesto a Alicia, que entendió a la primera.

Antes de que la criada tornara sobre sus pasos, nos metimos en aquel cuarto.

La habitación estaba en tinieblas, como toda la casa. Una pequeña ventana orientada al jardín permanecía semicerrada y apenas entraba luz del exterior. A diferencia de las demás habitaciones, en esta el crucifijo no aparecía invertido. La imagen de

Cristo tallada en madera de color marrón oscuro, con la corona de espinas y la actitud piadosa, nos contemplaba con severidad desde la cruz. Las paredes rebosaban de estampitas de santos y de vírgenes. Sobre la cómoda descansaba un portarretratos con una fotografía en la que se veía a Genoveva y a Inés. Madre e hija sonreían y parecían felices. Genoveva era una mujer de una gran belleza, mirada serena y expresión de dulzura contenida. Inés, una explosión de alegría.

De repente se abrió la puerta y alguien encendió la luz.

Los ojos de Úrsula no despedían fuego. Ni siquiera incredulidad. Tal vez hastío. Un profundo hastío. No parecía asombrada de vernos en su habitación.

–¿Qué estáis haciendo aquí?

La sorpresa nos había paralizado a Alicia y a mí. Yo me sentía como la gacela acorralada por el tigre. Sabe que de un momento a otro le van a arrear el zarpazo salvaje y definitivo. Me quedan segundos de vida, pensé.

–Nos hemos perdido –dijo Alicia.

Aquella frase sonó tan estúpida y fuera de lugar que por un momento pensé que Úrsula se iba a echar a reír.

La criada avanzó unos pasos y le cruzó la cara a Alicia de una bofetada.

–No te hagas la graciosa. Voy a llamar a la policía.

–¡Espere! –grité.

Úrsula me observó como si yo fuera un microbio. No se molestó en preguntarme qué quería.

–Espere, por favor. Déjenos que se lo expliquemos.

–No hay nada que explicar. Avisaré a don Aurelio.

Alargué mi mano en actitud suplicante, pero la criada me miró de nuevo con acritud.

–Sois un par de ladronzuelos y pagaréis por esto.

Luego volvió la cabeza hacia el exterior.

–¡Don Aurelio! –gritó con todas sus fuerzas–. ¡Don Aurelio!

La voz de la criada retumbó por los pasillos de la casa como un grito de guerra.

Sentí un terror indescriptible.

Alicia se adelantó un paso. Todavía tenía la marca de la bofetada en la cara.

–No somos ladrones, doña Úrsula. Solamente queríamos saber dónde están las cartas que Inés Molina mandó desde el extranjero –confesó con voz serena; pensé que el bofetón recibido la había trastornado–. Estamos investigando qué fue de Inés durante los veinte años que estuvo lejos de Atienza y qué le ocurrió. Sabemos que usted le llevaba las cartas a Genoveva a la clínica de Santa Águeda, en Ribatejada. De hecho, hemos leído esas cartas. Pero faltan las que debió de mandar después de que Genoveva falleciera.

Los ojos de la criada delataban un profundo estupor. Después de unos segundos de silencio, cargado de electricidad, su voz sonó como un gemido.

–¿Quiénes sois vosotros?

Oímos pasos apresurados por la casa. Debía de ser don Aurelio, que acudía a los gritos de la criada.

–Somos estudiantes de Periodismo en Madrid –respondió Alicia con firmeza–. Sabemos que Inés estuvo en un campamento de refugiados en Kenia, ejerciendo de enfermera para Médicos Sin Fronteras durante muchos años, pero no sabemos qué ocurrió con ella tras el fallecimiento de su madre. Necesitamos saber qué pasó después, por qué decidió volver para poner fin a su vida en Atienza… Déjenos leer esas cartas, por favor.

–¿Qué ocurre, Úrsula? –oímos la voz de don Aurelio, que ya debía de estar a mitad de pasillo.

El dueño de la casa no podía vernos. Ni nosotros a él. Úrsula taponaba con su cuerpo el hueco de la puerta y nosotros permanecíamos aún dentro de la habitación.

De pronto, sucedió algo completamente inaudito.

Úrsula cerró la puerta, dejándonos dentro del cuarto. En un principio, pensamos que estábamos perdidos, que con aquel portazo la criada se aseguraba de que no podríamos escapar. Iba a delatarnos a Valdivia y este llamaría a la policía. Nos llevarían a la comisaría, nos detendrían, avisarían a nuestros padres, juicio, cárcel… y fin de la película.

Alicia y yo nos quedamos inmóviles, esperando las terribles palabras de la criada.

–¿Qué es lo que quieres, Úrsula? ¿A qué vienen esos gritos?

Un espeso silencio siguió a las preguntas de Valdivia. Alicia estaba destrozándose las uñas a mordiscos.

–Me ha parecido ver un ratón, don Aurelio –escuchamos decir a Úrsula a través de la puerta.

Creí que había oído mal. Volví los ojos hacia Alicia, que me contempló con expresión incrédula. Su mirada parecía querer decir: «No entiendo nada».

–¿Un ratón? –vociferó don Aurelio–. ¡Sabes que odio los ratones!

La voz de Valdivia atronaba la casa.

–¡Ve a la tienda de Benito o donde sea y compra veneno!

–Sí, sí, claro.

–¡Y no vuelvas a molestarme por una tontería así!

Escuchamos los pasos de don Aurelio alejándose por el pasillo. Sonaban como escopetazos.

Al cabo de un minuto más o menos, vimos que se abría lentamente la puerta. La figura de Úrsula se recortó en el quicio.

Nos observaba ceñuda. Me fijé en su rostro. Tenía el pelo gris atado en un moño. Ojos negros, labios finos y pálidos, tez blanca, pómulos pronunciados, nariz recta... La cabeza se erguía sobre un cuello rígido en el que lucía un collar de piedras plateadas.

–No sé por qué he hecho esto –reconoció con voz grave–. Es la primera vez en toda mi vida que quebranto el reglamento.

Alicia y yo conteníamos la respiración. No nos atrevíamos a decir nada.

–Supongo que me estoy haciendo vieja, y cualquier día Dios me puede pedir cuentas –añadió Úrsula, y me pareció que su voz trataba de mostrar cierta dulzura.

–Gracias por no delatarnos, doña Úrsula –le agradeció Alicia.

La criada contempló a Alicia sin dureza. Luego me miró. Me pareció que aquella mujer estaba tremendamente cansada.

–¿Podría hablarnos de Inés Molina y enseñarnos las cartas que mandó después de la muerte de Genoveva? –le pregunté con voz suplicante.

Úrsula suspiró.

–Yo no tengo esas cartas. Y nunca fui a la clínica de Santa Águeda a llevarle nada. Ni siquiera a verla. Don Aurelio no me dejaba visitarla.

–¿Entonces?

–Cuando Inés se marchó, don Aurelio prohibió mencionar su nombre en esta casa. Me obligó a poner el crucifijo invertido en su cuarto, para señalarla como una maldita. A partir de ese momento, la vida de doña Genoveva empezó a convertirse en un infierno. Inés mandaba cartas cada poco, pero don Aurelio había prohibido tajantemente cualquier relación con ella.

Úrsula nos miró de hito en hito. Y en aquella mirada había un destello de dolor.

–La salud de doña Genoveva siempre había sido frágil, pero la ausencia de Inés fue una pérdida irreparable para ella.

Poco a poco fue encerrándose en sí misma, aislándose del mundo, llorando por dentro. La relación entre ella y don Aurelio se iba deteriorando hasta que no pudo aguantar más. Fue entonces cuando la ingresaron en la clínica psiquiátrica, de donde ya no salió hasta su muerte.

–Pero las cartas de Inés seguían llegando aquí… –insistí–. Si no era usted, ¿quién le hacía llegar a Genoveva las cartas al sanatorio?

La criada hizo un gesto de fatiga antes de responder.

–Salomé.

Pensé que Úrsula nos estaba gastando una broma, pero su rostro ceñudo y su mirada fría no dejaban lugar a dudas.

–No comprendo nada.

En aquel momento oímos una campanilla.

–Don Aurelio me llama. Será mejor que os marchéis antes de que os descubra aquí.

–No puede dejarnos a medias… –protesté.

Úrsula se quedó pensando unas décimas de segundo.

–Esta tarde en la tienda de Benito. A las cinco.

Abrió la puerta, asomó la cabeza y luego se giró hacia nosotros.

–¿Cómo habéis entrado?

–Saltando la tapia del jardín, por el cuarto de herramientas que da a la cocina.

–Pues desapareced por allí cuanto antes, mientras voy a ver qué quiere don Aurelio.

Y sin decir nada más, echó a andar con movimientos rígidos, el cuello erguido, la expresión severa y el aura de oscuridad alrededor de su figura negra. No volvió el rostro ni una sola vez para comprobar que la seguíamos. Cuando vimos despejado el camino, corrimos como roedores hasta la cocina, cruzamos el cuarto donde se apilaban herramientas y objetos de jardinería y salimos al patio. Había dejado de llover, pero todo estaba lleno de barro. Arrimándonos a las paredes y a la tapia, alcanzamos la leñera, trepamos por los troncos hasta el tejadillo, de ahí saltamos al muro y descendimos gracias al andamio que yo había improvisado por la parte exterior.

Cuando salimos a la calle y enfilamos hacia el hostal, nos dimos cuenta de que estábamos completamente empapados. Como si hubiéramos atravesado a nado una piscina olímpica con la ropa puesta.

Capítulo vigésimo

Un plan diabólico

COMIMOS cualquier cosa en el hostal. Yo tenía tan poca gana que apenas probé bocado. Alicia, en cambio, tenía un hambre de lobo y se comió lo suyo y parte de lo mío. Yo me entretuve en seguir los movimientos de Salomé, que salía de la cocina y atendía a los clientes, iba con platos y volvía con cestas de pan, hablaba con unos y con otros. Beatriz también andaba por el comedor, echando una mano, y de vez en cuando, al pasar por nuestro lado, nos dedicaba una sonrisa o nos decía alguna tontería.

Observé a Salomé con detenimiento. Era una mujer de mediana estatura, cuerpo robusto, cara redonda y expresión bonachona. Iba siempre remangada. Tenía aspecto sano y se movía con bastante agilidad entre las mesas.

Recordé las palabras de Rosaura sobre el entierro de Inés. Los que habían acudido al cementerio eran solamente el cura, el sacristán, los padres de Beatriz y la propia Rosaura, sin contar los dos sepultureros.

¿Qué relación había entre Salomé, y acaso también Miguel, y la historia de Inés y Genoveva? Me vino a la memoria la conversación que había mantenido con Salomé unos días atrás. Sus padres habían trabajado para los Valdivia toda la vida. Ella misma y Miguel también habían vivido y trabajado allí hasta que decidieron montar el hostal. Conocían bien a doña Genoveva, a don Aurelio, a Inés y a Óscar. Sí. Era evidente que tanto ella como Miguel podían arrojar más luz sobre las tinieblas que envolvían aquella delirante historia.

–Tendríamos que mantener una conversación con Salomé y con Miguel –dije cuando terminamos de comer.

–Ya lo había pensado –Alicia mojó un trozo de pan en la salsa y se lo llevó a la boca con glotonería.

–¡No sé cómo puedes tener tanta hambre!

Se limpió los labios con la servilleta y bebió un poco de agua.

–Chico, a mí las aventuras me despiertan el apetito.

–Pues a mí me pasa al revés. Tantas emociones juntas hacen que tenga un nudo en el estómago.

Beatriz se acercó hasta nosotros con una sonrisa.

–¿Un postre? ¿Café?

Alicia y yo negamos con la cabeza.

–¿Cuándo te marchas a Murcia? –le pregunté.

Beatriz hizo un gesto ambiguo con la cara.

–No lo sé aún. El sábado tal vez.

–No te vayas sin despedirte –añadió Alicia.

–Descuida.

La vimos marcharse a atender otras mesas y nos levantamos. Mi reloj de pulsera marcaba las tres y media. Teníamos tiempo de descansar un rato antes de las cinco.

La tienda de Benito estaba en una de las calles de la parte baja de Atienza. En aquel bazar anacrónico reinaba el más completo desorden. Sartenes, escobas, azadas, paños de cocina, gorros polares, botas de cazador, libretas, ovillos de lana, sillas plegables… Los objetos establecían relaciones de vecindad de la forma más inverosímil.

Benito se movía en aquel santuario de polvo como el sacerdote de una religión arcana. Había sobrepasado seguramente los ochenta años y sus movimientos evidenciaban las secuelas inexorables del paso del tiempo. Andaba despacio, mientras se quejaba de su artrosis y de sus cataratas.

–Hemos quedado aquí con una persona –dije después de escuchar sus penalidades.

–Ah, pues sentaos en esas sillas.

Las sillas a las que se refería estaban a la venta. Eran pequeñas, de anea, y tenían puesto el precio en el respaldo.

–No, señor Benito. Mejor esperamos de pie.

Durante algunos minutos, Benito nos contó la historia de su familia. Había enviudado hacía cinco años. Una larga enfermedad se había llevado al cielo a su difunta esposa, dejándolo con cinco hijos, todos ya casados y con trabajo, lejos de Atienza.

–Es lo que tiene la vida…

En aquellos momentos apareció la figura de Úrsula por la puerta. Vestía de negro, como siempre, y llevaba en la mano una cesta.

–Buenas tardes.

–Úrsula –la saludó el señor Benito–. Pasa.

–Hola, Benito. Había quedado con estos chicos aquí para hablar un rato. Ya sabes que don Aurelio no quiere visitas…

–Son unos chicos muy majos… –dijo el anciano.

–Necesitamos hablar con tranquilidad. ¿Te importa que pasemos a la cocina? Entre tanto, toma, ponme en la cesta lo que hay en esta lista.

–Pasad, pasad.

Entramos en el interior de la vivienda, que era pequeña y mostraba los mismos signos de decrepitud que la tienda. Enseguida dimos con la cocina. Era un cuchitril con una mesa de madera cubierta con un hule, cuatro sillas bajas, cacerolas y ollas de otra época, una pila vieja y un frutero en el que se amontonaban mendrugos de pan duro, patatas lacias y cebollas.

Nos sentamos alrededor de la mesa.

–No tengo mucho tiempo –dijo Úrsula–, por lo que iré al grano. Benito y yo somos primos lejanos, así que aquí estamos tranquilos y nadie nos molestará.

Nos miró con curiosidad.

–No sé quiénes sois ni lo que hacéis en Atienza.

–Ya se lo dije, doña Úrsula –observó Alicia–. Somos estudiantes de Periodismo. Y nos interesa la historia de Inés Molina.

–¿Por qué os interesa?

¿Cómo podía explicarle a aquella buena mujer que yo había soñado varias veces con Inés sin conocerla? ¿Cómo explicarle que había visto precipitarse en el barranco el coche rojo de Óscar Guzmán? ¿Y cómo decirle que Inés me había preguntado por su hija?

–Seguramente nos vamos a especializar en periodismo de investigación y hemos descubierto que la historia de Inés Molina está llena de incógnitas. Digamos que este asunto ha despertado en nosotros algo más que simple curiosidad.

–Pero habéis leído parte de sus cartas. Las que Salomé le llevó a Genoveva al sanatorio… No me explico cómo lo habéis conseguido.

–Es una historia muy larga, doña Úrsula –dije–. Pero a modo de resumen, le recordaré lo que sabemos.

Hice una breve pausa para tomar aliento.

–Sabemos que Inés fue forzada por unos desconocidos y que quedó embarazada. La niña nació muerta. Por aquella misma época murió Óscar Guzmán, que era su novio. Eso, unido a otros motivos que desconocemos, hicieron que Inés abandonara Atienza, a pesar de que aquí lo dejaba todo, incluida su madre, Genoveva.

Úrsula tenía los ojos fijos en mí. Ni siquiera pestañeaba.

–Genoveva había enviudado demasiado joven. Su marido, Luis Molina, murió aplastado por su propio tractor cuando la niña tenía cinco años. Ella se casó diez años más tarde con don Aurelio Valdivia. Inés contaba en el momento de este enlace quince años, si las cuentas no me fallan. Cuando Inés abandonó Atienza, anduvo perdida durante un tiempo por Madrid. Luego se marchó a Barcelona, donde estudió Enfermería. Al acabar la carrera se afilió a la organización Médicos Sin Fronteras y se largó a Kenia, al campo de refugiados de Dadaab, donde conoció el horror de más de medio millón de seres humanos sin agua, sin comida, sin medicinas, sin nada… Inés mandaba cartas a su madre, a la dirección de la calle de Puertacaballos, pero no supo que su madre había sido internada en el hospital psiquiátrico de Santa Águeda, ni debió de enterarse de su muerte, suponemos. Por ello deducimos que siguió mandando cartas tras el fallecimiento de la madre. Cartas que no hemos leído y que darán luz sobre el final de esta historia. ¿Por qué decidió volver al cabo de veinte años? Y sobre todo, ¿qué la empujó a suicidarse precisamente en Atienza?

Cuando terminé mi exposición, el silencio planeó durante unos segundos eternos en aquella lóbrega cocina.

Úrsula tenía los ojos cuajados de lágrimas sin derramar.

–No sé de dónde habéis salido vosotros dos. No sé si sois dos ángeles enviados por Dios o dos hijos del demonio. Pero todo lo que has dicho es cierto. Todo menos una cosa. Y creo que es hora de que yo me desahogue. Necesito confesarlo o me volveré loca.

La criada bajó la voz.

–Inés siguió mandando cartas hasta poco antes de venir, es cierto. Mientras vivió Genoveva, yo le entregaba las cartas a Salomé y ella se las llevaba al hospital, ya os lo dije. Pero cuando murió, ya no tenía sentido que le diera las cartas a Salomé, así que decidí quedármelas. Las leí todas varias veces, mientras lloraba por mi querida Inés, a la que quise como a una hija…

–¿Y dónde están esas cartas? –quiso saber Alicia.

–Las quemé.

Abrí unos ojos como platos.

–¿Las quemó?

–Si don Aurelio las descubría, iba a tener problemas serios. Vosotros no lo conocéis, pero yo os aseguro que es, que es…

Úrsula se puso a llorar. Alicia le alargó un paquetito de pañuelos de papel.

–Gracias.

La criada se limpió las lágrimas.

–Don Aurelio no se casó con Genoveva porque estuviera enamorado de ella… Lo hizo porque estaba enamorado de Inés.

Aquella revelación me dejó anonadado. Alicia y yo cruzamos una mirada de incredulidad.

–¿Cómo dice?

–Inés tenía quince años y era una muchacha muy desarrollada, bellísima, con un cuerpo escultural, más aún que su madre, lo cual era difícil, porque Genoveva también había sido muy guapa en su juventud y aún lo seguía siendo. El caso es que don Aurelio, que por aquel entonces tenía unos cuarenta y tantos, se quedó prendado de la hermosura juvenil de Inés, y concibió la idea de casarse con la madre para vivir cerca de la hija.

–Pero eso es un plan diabólico –protestó Alicia.

–Inés no solo era atractiva, sino que tenía un carácter alegre y jovial. Era la felicidad personificada. Y un espíritu libre. Bailaba, reía, a veces andaba sin ropa por la casa… Don Aurelio no ejercía de padre, nunca lo hizo. Estaba obsesionado con Inés, hasta el punto de que comenzó a acosarla.

Alicia se envaró en la silla.

–¿Don Aurelio asediaba a su propia hija?

–Inés no era su hija.

–Pero era la hija de su mujer.

–El ser humano es capaz de lo mejor y de lo peor… –filosofó Úrsula con resignación.

Nos quedamos callados de nuevo. Úrsula tomó aire.

–Don Aurelio siempre fue un hombre autoritario y violento. Nadie se atrevía a plantarle cara. Genoveva sabía de aquel acoso y comenzó a tomar antidepresivos.

–¿Por qué no lo denunciaron a la policía?

–Por miedo, por ignorancia, por vergüenza… ¡Quién puede saberlo! Don Aurelio estrechó su cerco sobre la muchacha, que no sabía cómo evitar su acoso. Fue entonces cuando apareció en escena ese chico de Miedes, que era más bueno que el pan…

–Óscar Guzmán –apunté.

–Yo le tenía un gran aprecio. Inés y él formaban una pareja ideal, pero don Aurelio le cogió un odio enfermizo. Veía que la muchacha estaba enamorada del pobre Óscar, mientras que a él lo despreciaba… Poco después, Inés se quedó embarazada de Óscar. Sí. Se dijo que la muchacha había sido forzada por unos desconocidos en Madrid, en uno de sus viajes, pero era mentira. Óscar era el padre de la hija que Inés llevaba en sus entrañas. Recuerdo que don Aurelio se puso fuera de sí cuando se enteró. Se pasó dos días enteros sin salir de su despacho, donde guarda las escopetas y el material de caza. Todos estábamos aterrados porque las reacciones de don Aurelio ante situaciones así siempre eran desproporcionadas y violentas… Óscar murió pocos días después. Nadie sabe cómo el coche se salió de la carretera en un tramo donde no se puede ir a más de cincuenta o sesenta kilómetros por hora. Y la niña nació muerta dos meses más tarde. Genoveva, para entonces, ya solo era una sombra de sí misma. Andaba siempre drogada con los antidepresivos. Inés tomó la mejor decisión. Irse lejos, muy lejos. Pero su espíritu noble y bondadoso la hizo estudiar Enfermería y marcharse a África, a salvar vidas, las vidas que no pudo salvar aquí, y que eran las de las personas que más quería: Óscar y su hija.

–¿Y por qué volvió?

–Volvió porque había contraído una enfermedad mortal y quería ser enterrada junto a su hija y junto a Óscar. Eso lo dejó escrito en la nota que encontramos sobre su cama el mismo día que se ahorcó.

–Un momento, doña Úrsula, ¿Inés enfermó en Kenia?

–Sí. La situación sanitaria en los campos de Dadaab se iba tornando más y más insoportable. Faltaba de todo y las infecciones y las epidemias arrasaban con miles de personas. Inés sobrevivió al cólera, al tifus, a la malaria, a muchas enfermedades que se llevaban a la tumba a cientos de inocentes. Pero no podía sobrevivir al tumor cerebral que le detectaron en el hospital de Nairobi.

Un silencio aplastante siguió a las palabras de Úrsula.

Alicia y yo estábamos impresionados.

–Pero no se respetó su deseo de ser enterrada con Óscar –dije al cabo de unos minutos–. ¿Dónde está enterrado él?

–En Miedes. Don Aurelio hizo caso omiso de lo que había pedido Inés antes de acabar con su vida.

Yo sabía que había algo más. ¿Por qué Inés se empeñaba una y otra vez en preguntarme por su hija? Mi hija no está aquí. Recordaba con absoluta precisión su voz subterránea, oscura y lúgubre.

–¿Y la niña?

–La niña murió al nacer –dijo Úrsula–. Está en la misma tumba que la madre.

Úrsula volvió a limpiarse los ojos con el pañuelo de papel.

–Doña Úrsula, ¿cree usted que don Aurelio tuvo alguna relación con la muerte de sus tres hermanos?

–Siempre he pensado que había algo turbio en todo ese asunto. Don Aurelio era el más pequeño y sus hermanos hacían chirigotas y se burlaban continuamente de él. Él lloraba a escondidas porque la rabia se lo comía. No soportaba que sus hermanos mayores le gastaran bromas pesadas y lo trataran como al tontito de la familia. Algún tiempo después de estas extrañas y misteriosas muertes, don Aurelio me obligó a poner cruces invertidas en las habitaciones de sus hermanos. Yo no me atreví nunca a llevarle la contraria. Ya os dije que es un hombre que da miedo, en especial cuando se irrita… Don Rafael, que era el mayor, murió porque se le disparó la escopeta de caza mientras la limpiaba. Aquello nos pareció muy extraño, porque las escopetas jamás están cargadas cuando se limpian. Eso es una regla que se sigue a rajatabla en la casa de los Valdivia. Bueno, y en todas las casas de cazadores. Ya se sabe que las armas las carga el diablo… –Úrsula hizo una brevísima pausa–. Don Sabino murió medio año más tarde en la sierra de Cantalojas. Al parecer, resbaló y cayó al vacío por un precipicio. Nadie supo explicar qué hacía en un lugar tan apartado –la criada volvió a guardar unos instantes de silencio–. Pero el caso más horrible fue el de don Tadeo. Él y don Aurelio se habían marchado a cazar en tierras de Soria. A los dos días regresó solo don Aurelio. Avisó a la policía y a la guardia civil, porque su hermano se había extraviado misteriosamente… Unos días más tarde, el cuerpo de don Tadeo apareció en un bosque de la sierra devorado por los lobos. Estaba irreconocible.

Úrsula se calló. Parecía rumiar los recuerdos.

–Don Aurelio se había quedado solo en menos de dos años, dueño absoluto de toda la fortuna de los Valdivia. Hubo rumores, por supuesto, pero nadie pudo demostrar nunca que don Aurelio estuviera detrás de la muerte de sus tres hermanos. La servidumbre creía que la casa se hallaba bajo alguna maldición y comenzó a abandonarla… Poco después, don Aurelio se casó con doña Genoveva. La llegada de Genoveva e Inés a la casa fue lo mismo que abrir ventanas y puertas para que entrara la luz del sol –Úrsula nos miró con una expresión de ausencia–. En resumen, nadie sabe si don Aurelio tuvo o no algo que ver en todas esas muertes…

–¿Y cree usted que las muertes de Luis Molina y de Óscar Guzmán también fueron accidentes fortuitos?

–¡Quién podría saberlo!

–¿Por qué no acudió usted al entierro de Inés?

–Don Aurelio me lo prohibió de forma categórica. Amenazó con matarme. Bastante lloré.

Habíamos llegado al final de la conversación. Nos levantamos. En los ojos de Úrsula apenas quedaban lágrimas. Alicia y yo estábamos anonadados.

–Una última cosa, doña Úrsula –dije ya en el quicio de la puerta–. Usted dijo que le entregaba las cartas de Inés a Salomé, y que esta era la mujer que se las llevaba personalmente a Genoveva…

–Así es…

–¿Y por qué Salomé?

Úrsula me contempló con afecto.

–Porque es mi hermana.

Capítulo vigésimo primero

Presagio de tormenta

LA tarde había comenzado a declinar. Detrás de los montes lejanos, el sol acababa de ocultarse y las nubes se agolpaban unas sobre otras, formando inmensos racimos negros, como un presagio de tormenta. Soplaba un aire húmedo.

Casillas era una aldea diminuta. Apenas un puñado de casas de piedra y media docena de habitantes desperdigados como sombras.

Preguntamos a una anciana por Juan Blas.

–Acabo de verlo en el huerto, detrás de aquella casa.

Le dimos las gracias y nos dirigimos hacia el lugar indicado. Aparcamos a la puerta. La casa era pequeña, un montón de piedras apiladas una sobre otra, un par de ventanas con los barrotes oxidados y una puerta de madera basta. El techo a dos aguas tenía rotas la mitad de las tejas. Una chimenea negra asomaba sobre el tejado.

–Espérame aquí –le pedí a Alicia–. Si Juan Blas es un poco retrasado, será mejor que hable yo solo con él.

Alicia me miró con el ceño fruncido, pero no dijo nada. Encendió la radio y se olvidó de mí.

Di la vuelta a aquella choza y descubrí a un hombre inclinado sobre la tierra. El huerto formaba parte de la casa y a él se accedía por una puerta trasera de la vivienda, que permanecía abierta. Distinguí varias clases de hortalizas. Unas cañas entrecruzadas servían de emparrado para las tomateras trepadoras. Había matas de judías verdes, de pimientos y también calabazas dispersas por la tierra, semicocultas por las grandes hojas y las flores amarillas.

El hombre cavaba con una azada en unos caballones de ajos. Un poco más allá había algunos árboles cargados de frutas y tras ellos una extensión de trigo amarillo que se perdía en la lejanía. Aquel era un lugar apartado del mundo en el que se podía vivir y morir sin que se alterara lo más mínimo el curso de las estaciones, el respirar lento y monótono de la eternidad. Apenas se oía el piar de algunos pájaros vespertinos trinando y revoloteando en las copas de los ciruelos. Sonaba el canto de las cigarras.

Me acerqué sin prisa hasta situarme a unos cinco o seis pasos. Aquel hombre seguía cavando ajeno a mi presencia.

–¿Juan Blas? –dije a modo de saludo.

El hombre se irguió y, dándose media vuelta, me contempló con sorpresa. Debía de tener poco más de treinta años. Vestía ropas andrajosas, camisa remangada, sucia, pantalones por las corvas y alpargatas de esparto. Llevaba puesto un sombrero de paja y tenía una brizna de hierba entre los labios, a modo de cigarrillo apagado.

Se quedó mirándome sin responder ni mover un músculo de su cara. Era un hombre delgado, de mediana estatura y aspecto primitivo. Escaso de pelo, rostro esquinado, nariz torcida y ojos demasiado pequeños, como de insecto asustado.

–Hola, ¿eres Juan Blas?

Aquel individuo se quitó el trozo de hierba de los labios y lo arrojó lejos de sí. Luego dejó escapar un pequeño gruñido, que no quería decir ni que sí ni que no, mientras cabeceaba varias veces en sentido afirmativo. Se había quedado con la boca abierta y la expresión de pasmo de quien ha visto una aparición fantasmal. Me pareció que tenía demasiados dientes dentro de la boca.

–¿Podríamos hablar un momento?

–Mi padre me ha dicho que tengo que sachar la tierra... –su voz sonaba como una trompeta desafinada.

Instintivamente miré hacia la choza. Cuatro ojos nos observaban desde la ventana. Ojos de gente que otea el peligro porque su reducto de paz y de rutina se ha visto alterado por la presencia inesperada de unos desconocidos, y en las aldeas siempre se ha sabido que los desconocidos suelen traer malas noticias. Distinguí los rostros de una mujer y un hombre, como de sesenta años, y supuse que eran los padres de Juan Blas. La mujer tenía el pelo amarillo y revuelto como un estropajo. La cabeza del hombre parecía una sandía. Les hice un gesto amistoso con las manos, pero ni siquiera pestañearon.

–Juan Blas, solo quiero saber si tú eres el que ayuda a Toribio en los trabajos del cementerio...

Juan Blas volvió a soltar un pequeño g,ruñido.

Un gruñido que no quería decir ni que sí ni que no.

A aquellas alturas yo ya me había percatado de que Juan Blas sufría un retraso mental. Un niño de dos años en un cuerpo de treinta. Seguía con la boca abierta, llena de dientes amontonados, y el gesto de pasmo.

–Necesito que me hagas un trabajo especial –le pedí.

–Tienes que hablar con Toribio... –masculló.

Me acerqué unos pasos hasta situarme junto a él y le ofrecí la mejor de mis sonrisas.

–Si me ayudas, todo el dinero será para ti. No necesitamos a Toribio. Estoy seguro de que tú quieres ese dinero, ¿verdad, Juan Blas?

Los ojos diminutos de Juan Blas lanzaron un relámpago de codicia. Sonrió como si le hubiera hecho un truco de magia.

–¿Todo?

–Claro. ¿Cuánto te paga Toribio por ayudarlo en un enterramiento?

Juan Blas volvió la mirada hacia la casa. Sus padres seguían asomados a la ventana, impertérritos, como dos muñecos sin vida.

–Mi padre me ha dicho que tengo que sachar la tierra…

–Vale, me iré enseguida. ¿Cuánto te paga Toribio por cada trabajo?

–Quince euros…

–Muy bien. Si me ayudas, yo te pagaré treinta euros.

Juan Blas abrió la boca y los ojos como un niño al que le ofrecen un pastel.

–Treinta euros –repetí subrayando las palabras–. Para ti solo. ¿Qué harás tú con tanto dinero?

Juan Blas soltó un gorgorito que parecía una risa.

–Muchas cosas…

–Pero con una condición –añadí con severidad; puse cara de malas pulgas para que se tomara en serio mis palabras–. Nadie debe enterarse de este trabajo. Ni Toribio. Es un secreto. ¿Me entiendes, Juan Blas?

El hombre emitió un gorjeo mientras cabeceaba de arriba abajo.

–Un secreto –repitió.

–Prométeme que no dirás nada a nadie.

–¿Ni a mis padres?

–Ni a tus padres.

–Mi padre me ha dicho que tengo que sachar la tierra…

–Eso está muy bien, Juan Blas, pero no le puedes decir nada a nadie. Ni a tus padres ni a Toribio. No lo olvides. Si dices algo te quedarás sin los treinta euros… –sentí algo de vergüenza al decir aquello, pero tenía que convencerlo al precio que fuera.

El rostro de Juan Blas se contrajo en una mueca de decepción.

–¿Has entendido?

Afirmó con una cabezada. Luego volvió a mirar hacia la choza, para asegurarse de que sus progenitores no habían oído nada y pudieran echar al traste aquel trato tan ventajoso que acababa de sellar. Los padres seguían detrás de la ventana contemplándonos sin mover un músculo. Parecían dos muñecos de las fallas valencianas. Completamente inmóviles.

–Treinta euros para ti solo, Juan Blas.

Al fin, dejó escapar una sonrisa infantil.

–¿Y qué tengo que hacer?

Arranqué el coche justo cuando comenzaba a llover. Al principio, una lluvia sutil y fina. Alicia tenía los ojos fijos en mí.

–No me gusta nada esa costumbre tuya de llevarme de aquí para allá sin que me digas lo que haces ni lo que estás pensando.

El coche salió de la aldea por un camino de tierra y hierbajos, con bastantes baches, y tomó la carretera local. El paisaje de pequeños arbustos y árboles diseminados en el monte bajo parecía un escenario de sombras bajo la luz moribunda del anochecer. Un gran relámpago surcó el cielo y al poco oímos un terrible trueno.

La lluvia comenzó a arreciar y tuve que poner el limpiaparabrisas a la máxima velocidad.

–¡Vaya chaparrón! –exclamé.

–¿Para qué hemos venido aquí?

Sonreí mientras conducía sin dejar de observar la carretera.

–Estoy convencido de que en esta historia hay gato encerrado.

Alicia dejó de fijar sus ojos en mí. Clavó la mirada en la carretera, que ya apenas resultaba visible, entre el agua y la oscuridad del atardecer. La lluvia caía ahora sin piedad.

–¿Qué es esto? –dijo con voz irónica–. ¿Una nueva versión del veo veo? Me gustaría saber para qué hemos venido a ver al tipo este –añadió en alusión a Juan Blas–. ¿Qué le has dicho?

Alargué mi mano derecha y le palmeé con condescendencia el muslo izquierdo.

–Vamos, vamos. No seas gruñona…

–¡No sueltes el volante!

–Si te hubiera dicho lo que estoy pensando, jamás habrías querido venir a Casillas a hablar con Juan Blas.

El coche avanzaba por la carretera solitaria bajo las primeras sombras de la noche. Había encendido la luz de cruce. El limpiaparabrisas se movía sin dar abasto. A lo lejos me pareció ver a alguien. Una persona vestida de blanco se encontraba en mitad de la calzada, bajo la lluvia. Le hice el cruce de luces para que se apartara, pero no se movió. Sentí pánico. ¿Iba a arrollar a un desconocido? Volví a darles las luces y comencé a hacer sonar el claxon del coche.

–¿Por qué pitas?

Yo no tenía tiempo para responder. ¡Era Inés Molina! ¡En camisón y descalza! ¡En mitad de la carretera bajo aquella lluvia infernal! Me encontraba ya a una distancia peligrosa y no tenía más remedio que frenar si no quería atropellarla.

Pisé el freno y las ruedas resbalaron sobre el pavimento mojado. El coche zigzagueó unos metros en los que llegué a perder el control del volante y el terror se apoderó de mí.

Por fortuna, el coche se detuvo sin dar ninguna vuelta de campana, pero nos habíamos quedado atravesados en mitad de la carretera.

Durante algunos instantes, ambos permanecimos en silencio sin mirarnos. El coche de cara a la cuneta de la izquierda, la lluvia cayendo como un diluvio, el cielo cuarteado por los relámpagos, estremecido de truenos, la noche desmoronándose a nuestro alrededor.

El pánico por lo que había estado a punto de ocurrir nos impedía abrir la boca.

–¿Qué ha pasado? –preguntó Alicia al fin.

En vez de responder, bajé del coche, sin importarme la lluvia, que seguía cayendo a cántaros sobre la carretera, sobre el monte, sobre nosotros, en medio de aquel paraje inhóspito. Los relámpagos y los truenos despedazaban la negrura del cielo.

Corrí bajo aquel aguacero hasta el punto en el que había visto a Inés Molina, pero me encontré con el vacío. ¡Mis alucionaciones habían vuelto a jugarme una mala pasada!

Miré en todas direcciones, mientras me calaba hasta los huesos, pero no vi nada más que oscuridad, sombras de árboles, ramalazos de luz eléctrica que descargaban los relámpagos y agua negra cayendo sobre el mundo.

Soledad infinita.

Regresé al coche. Alicia estaba temblando.

–¿Me vas a decir qué ha ocurrido?

Arranqué el coche y puse dirección hacia Atienza.

–Me pareció ver a Inés Molina en medio de la carretera.

Alicia suspiró con resignación.

–Conduce despacio –me dijo al cabo de unos momentos.

Recordé las obsesivas palabras de Inés. Las palabras que seguían martirizándome noche y día. Como una letanía fúnebre. ¿Dónde está mi hija? Mi hija no está aquí.

–Esta historia no terminará hasta que no sepamos dónde está la hija de Inés Molina.

–¡La pequeña María murió en el parto! –casi gritó Alicia.

–La muerte no aparece registrada en el acta de defunciones del archivo parroquial. Don Servando me enseñó el libro. Y te recuerdo que Inés Molina me ha preguntado por la pequeña varias veces…

Alicia fue a protestar, pero finalmente guardó silencio.

En aquellos momentos el coche sobrepasaba la curva en la que murió Óscar Guzmán. De manera instintiva reduje la velocidad y puse el pie sobre el pedal del freno.

Las sombras de Atienza se divisaban a lo lejos.

–Hace un rato me preguntaste para qué necesitamos a Juan Blas –dije.

Alicia me miró con cierta inquietud.

–Pues sí. Me parece que ya podrías decirme para qué hemos venido a hablar con él.

Me aferré al volante para darme impulso antes de hablar.

–Tenemos que abrir la tumba de Inés Molina y comprobar lo que hay dentro del pequeño ataúd blanco. Me siento mal por habérselo pedido a un pobre hombre como Juan Blas, que es como un niño de dos años… Pero hay que terminar de una vez con esto. Tenemos que averiguar si María está ahí… o no.

Capítulo vigésimo segundo

Hoy es mi cumpleaños

AQUELLA noche de truenos y relámpagos no había casi nadie en el hostal durante la cena. Beatriz había desaparecido, seguramente con el permiso de sus padres, puesto que el negocio adolecía de falta de clientes. Una pareja de mediana edad cenaba en silencio al otro lado del comedor.

Alicia y yo, sentados en nuestra mesa junto al ventanal, comíamos dos bocadillos de tortilla mientras recapitulábamos. La tele estaba encendida, a media voz, aunque nadie la miraba. Hasta nosotros llegaba como en sordina el griterío de un programa de actualidad. Alguien acababa de cantar y el público silbaba y aplaudía.

Ajenos a aquel bullicio televisivo, intercambiábamos datos, observaciones, nombres y detalles, como dos espías o dos policías que andan detrás de una trama de delincuentes organizados. Ambos intuíamos que estábamos pisando terreno resbaladizo y coincidíamos en que habíamos llegado a un punto de no retorno.

–No tenemos más remedio que abrir esa fosa –repetí por enésima vez durante la cena.

–¡No me parece una buena idea eso de andar profanando tumbas! ¡Y encima pedirle ayuda a alguien que no está bien de la cabeza!

Me terminé el bocadillo casi sin enterarme y me quedé con la mirada extraviada.

La cara de Alicia era la que pone cuando se le amontonan los exámenes finales. Es decir, de mala leche.

–¿Tú sabes lo que supone hacer eso?

–No hay ningún problema. El cementerio está abierto siempre.

–¡Vamos a cometer un delito muy gordo! Además, Inés murió hace un mes…

–A mí no me interesa el ataúd de Inés. Me interesa el de la niña.

Alicia dejó el bocadillo a medio terminar sobre la mesa, con un gesto displicente, y se cruzó de brazos.

–¿No te lo terminas? Tenía entendido que las aventuras te abrían el apetito.

–Como vuelvas a hacerte el gracioso te tiro encima la jarra de agua.

La pareja que cenaba en la otra esquina del comedor pagó la cuenta y se levantó. Nos desearon buenas noches y desaparecieron, sorteando sillas y mesas, camino de la escalera que conducía a las habitaciones.

Salomé se puso a retirar cubiertos y platos. Llevaba puesto el mandil de la cocina y calzaba zapatillas de paño. Le hice una seña con el brazo, mientras le sonreía amablemente, y se acercó con expresión risueña.

–¿Sí?

–¿Nos podría traer unos helados?

–Claro. ¿De qué los queréis?

Miré a Alicia. Estaba disgustada, pero la perspectiva de comerse un helado le devolvió la alegría perdida.

–De fresa y nata –dijo secamente.

–Que sean dos.

Salomé se marchó y volvió a los dos minutos con los helados. Mientras acababa de retirar los restos de la cena de la pareja que había abandonado el salón y limpiaba aquí y allá, Alicia y yo dimos cuenta de los helados. Habíamos aparcado el tema de Juan Blas. Cuando Salomé comenzó a remolonear de un lado a otro, vi llegado el momento de abordarla. La invité a sentarse con nosotros.

–Tengo mucho que hacer… –se excusó.

–Por favor, Salomé, será solo un momento.

Se quitó el mandil y se sentó.

–Verá, es sobre el asunto que le comenté el otro día. Lo de Inés Molina.

Salomé se puso de pie visiblemente alterada.

–Ya os dije que no quería hablar más de ese tema.

Traté de suavizar la voz hasta donde pude.

–Le ruego que se siente. No pretendo incomodarla.

–¡Yo no tengo nada que ver con ese asunto!

–Nadie la está acusando de nada, Salomé.

Durante unos instantes permanecimos en silencio. La mujer respiraba fatigosamente con las manos anudadas, el rostro contraído, los ojos suplicantes. Me pregunté por qué se alteraba tanto.

–Por favor… –insistí.

Por fin accedió a sentarse. Tenía las manos una sobre otra encima de su regazo.

–Sabemos que usted y Miguel asistieron al funeral de Inés Molina. Fueron de las pocas personas que estuvieron en la misa y en el entierro en el cementerio, y eso que llovía a cántaros…

–Ya te dije que mi marido y yo somos viejos empleados de los Valdivia. Conocimos a Inés y a su madre, Genoveva.

Sabíamos que don Aurelio no asistiría al funeral, así que decidimos darle el último adiós a la pobre muchacha…

–¿Por qué sabían que don Aurelio no asistiría al funeral?

Salomé hizo un gesto de contrariedad. Miró al vacío, movió los labios y al final se alzó de hombros.

–Bueno, saberlo, saberlo… Don Aurelio es un hombre muy…, digamos que muy firme en sus convicciones, y nunca le gustó que Inés se marchara de casa sin más ni más, dejando a su madre, y sin dar señales de vida durante tantos años. Yo sabía que eso no se lo iba a perdonar jamás. Don Aurelio no es de los que olvidan. El que se la hace la paga. Siempre fue así.

–Ya entiendo, y ustedes pensaron que iba a ser un entierro sin gente. Inés no merecía algo así…

–No, no lo merecía.

–Ni siquiera asistió doña Úrsula, la criada –dije como por casualidad.

–No.

–¿Y no cree usted que la criada al menos podía haber ido al entierro?

–No lo sé. Preguntádselo a ella.

–Se lo pregunto a usted, que es su hermana.

Salomé me contempló con expresión de sorpresa.

–¿Por qué no me lo había dicho? –insistí.

–¿El qué?

–Que usted y Úrsula son hermanas.

Salomé se retorció las manos.

–No sé. Porque no habrá salido en la conversación…

Supe que se sentía incómoda con todo aquello. Pensé en decirle que ya habíamos hablado con su hermana, pero al final me callé. Alicia, que caza las moscas al vuelo, se dio cuenta enseguida de mi estrategia y decidió entrar en la conversación.

–¿Sabe usted dónde pudo estar Inés durante los veinte años que faltó de Atienza?

La mujer volvió a alzarse de hombros.

–¿Cómo lo voy a saber?

–Claro, claro…

No paraba de frotarse las manos como si estuviera sufriendo un calvario. Su rostro seguía contraído en una mueca de desconfianza y recelo. Evitaba mirarnos de frente. Quizás temía que descubriéramos en su expresión bonachona algún destello de falsedad. Supe que aquella mujer no decía todo lo que sabía y empecé a sospechar que su silencio encerraba el gran misterio de aquella endiablada trama.

–Perdone, Salomé –dije sonriendo porque no sabía cómo suavizar la tensión que se había instalado en la conversación–. Pero me gustaría que nos hablara de Genoveva. Tenemos entendido que fue una gran mujer…

–Sí. Doña Genoveva era una mujer extraordinaria. Pero la pobre se volvió loca…

–Sí, claro, una desgracia. Por eso se la llevaron a ese sanatorio…

Dejé la frase en el aire para que ella me certificara el nombre del hospital psiquiátrico, pero guardó silencio.

–¿No sabrá usted en qué sanatorio fue ingresada doña Genoveva?

–No tengo ni idea.

Alicia y yo intercambiamos un gesto. Salomé acababa de mentirnos con absoluto descaro.

–¿Seguro que no sabe usted en qué sanatorio estuvo doña Genoveva hasta su muerte?

La observé con fijeza, pero ella no pudo sostener mi mirada y se puso bruscamente de pie.

–¿Por qué tendría que saberlo? Lo siento. Tengo trabajo.

Iba a decirle que nos estaba mintiendo, pero Alicia, más perspicaz que yo para las sutilezas del alma humana, se me adelantó. Sonrió como una princesa encantadora.

–¿Sabe? –dijo poniéndose también de pie–. ¡Hoy es mi cumpleaños!

Salomé y yo parpadeamos. Ella por el cambio tan brusco de conversación y yo por la mentira que acababa de escuchar en boca de Alicia.

¡Si el cumpleaños de Alicia es en abril!

–Ahora que no hay nadie en el comedor, me gustaría que llamara a Miguel y que trajera unos chupitos de licor de manzana o de melocotón. Pero sin alcohol, ¿eh? Daniel y yo somos abstemios de pura cepa. Y con la condición de que luego nos cobren el licor, porque esto es una invitación mía en toda regla.

Salomé se había quedado sin saber cómo reaccionar. Yo empezaba a sospechar que tras aquella parrafada de Alicia se ocultaba alguna maniobra taimada.

El rostro de Salomé se relajó al fin. El color regresó a su cara redonda y bonachona y sus ojos lanzaron un destello de alegría.

–¡Felicidades! –dijo dándole un beso–. Voy a llamar a Miguel. Qué pena que no esté por aquí Beatriz…

Nos dejó solos un momento, lo que aproveché para preguntarle a Alicia qué se proponía con aquella historia.

–Habíamos conseguido bloquearla –señaló Alicia sentándose de nuevo–. Sabemos que nos ha mentido sin ningún pudor y que encima se ha puesto a la defensiva. Es evidente que Salomé oculta algo, pero por ese camino no íbamos a descubrir nada. Y posiblemente su marido también está en el asunto. Hemos de volver al punto cero. Relajación. Confianza. Distensión. Y empezar a atacar por otro flanco. Pero esta vez déjame a mí. Tú eres demasiado directo. Como todos los hombres. A veces para llegar al destino no conviene coger el camino recto, sino el que tiene más curvas.

Me había dejado con la boca abierta. Menuda lección acababa de darme Alicia. Y tenía razón. Debía reconocerlo.

Seguramente las mujeres son más sutiles y discretas para afrontar o negociar cualquier dificultad. Alicia desde luego era la inteligencia personificada.

Salomé y Miguel asomaron con una bandeja en la que portaban varias botellas de licores y algunos dulces.

Nos levantamos.

–¡Felicidades! –exclamó Miguel extendiendo los brazos y dándole un par de besos a Alicia.

–Gracias, Miguel.

–Como la edad de las chicas no se pregunta, no te preguntaré cuántos cumples, pero te deseo que cumplas muchos más.

–Hay licores con alcohol y sin alcohol –agregó Salomé–. Cada uno que se sirva lo que quiera. Dice Miguel que invita la casa.

–Habíamos quedado en que invitaba yo –protestó Alicia con una sonrisa.

–Eso no se discute –exclamó Miguel–. ¡A beber!

Abrimos las botellas y llenamos los vasitos diminutos. Tomamos algunos pastelitos mientras reíamos, brindábamos y contábamos anécdotas.

–¿Sabe, Miguel? –dijo Alicia cuando creyó oportuno; yo me preguntaba qué era lo que tramaba–. Su hija Beatriz está muy orgullosa de ustedes…

–Y nosotros de ella –replicó el buen hombre–. Es una chica que vale mucho…

Recordé las insinuaciones amorosas de Beatriz. Sí. Beatriz valía mucho. Era guapa, inteligente, alegre, culta y liberal. Una chica extraordinaria. Tuve que reconocer que la apreciaba sinceramente y que le deseaba lo mejor.

–Ella nos contó que ustedes habían abierto este hostal justo cuando ella nació… –siguió diciendo Alicia con una expresión risueña–. ¡Estos pastelitos están de muerte!

Salomé sonrió agradecida.

–Los hago yo.

–Pues le voy a pedir la receta –dijo mientras masticaba como una niña glotona–. Seguro que a mi madre le encantan…

–Te la apuntaré, descuida. Es muy sencilla. Era una receta de mi abuela…

–Estupendo. Y entonces, ¿es verdad que dejaron de trabajar para los Valdivia y abrieron el hostal?

–Así es –afirmó Miguel–. No fue fácil. Pero a base de trabajo y esfuerzo hemos podido sacar adelante el negocio.

–Daniel y yo hemos pensado en montar alguna empresa, pero tenemos muchas dudas. Sobre todo económicas. Porque financiar un negocio así no sería fácil, supongo, sobre todo teniendo en cuenta que ustedes trabajaban como empleados para los Valdivia y no dispondrían de recursos…

Contemplé a Alicia con admiración. Su sagacidad era envidiable. Había lanzado el cebo sin dejar de sonreír y de ponderar los dulces, como si hablara sobre la climatología.

–Los padres de mi mujer siempre trabajaron para los Valdivia. Salomé nació en esa casa. En cuanto a mí, entré a servir cuando apenas tenía catorce años. Un poco más tarde fallecieron los padres de don Aurelio. Luego murieron también los hermanos, por una serie de accidentes desafortunados…

–Los accidentes siempre son desafortunados –observé con una sonrisa.

–Pues sí. El caso es que la casa se fue quedando vacía. Don Aurelio se casó con doña Genoveva, que se vino a vivir a la casa con su hija Inés, y pareció que la alegría regresaba al hogar. Salomé y yo le pedimos a don Aurelio que nos ayudara a montar nuestro negocio. Eso fue lo que pasó. Este edificio donde se asienta el hostal le pertenecía. Estaba en ruinas, pero con ilusión y trabajo conseguimos ponerlo en marcha. Don Aurelio nos dio el dinero necesario para adecentarlo, pintarlo, poner muebles, luz… en fin, lo necesario para echar a andar. Así fue como nació el hostal Herrera…

Alicia escuchaba absorta la narración de Miguel.

–De eso hace…

–Veinte años –dijo Miguel llenando el vaso con *limoncello* por segunda vez–. Los que tiene Beatriz.

–O sea, que esto que están contando coincidió con el nacimiento de su hija…

–Sí.

–Debió de ser muy duro empezar un negocio como este, y encima teniendo que devolver el préstamo a don Aurelio.

Miguel y Salomé asintieron con la cabeza.

A Alicia y a mí nos parecía que algo no cuadraba. Don Aurelio no parecía precisamente de esa clase de personas que hacen favores sin pedir nada a cambio. Según todas las descripciones, no destacaba por su bondad ni por su altruismo. Costaba creer que un hombre de sus características se hubiera desprendido de una heredad y del dinero suficiente como para montar un negocio de hostelería, aun en el caso de que ellos le pudieran devolver el préstamo.

–Salomé, no se olvide de apuntarme la receta –le recordó Alicia.

–No te preocupes.

Capítulo vigésimo tercero

Descansa en paz

BAJO la espesura de la noche el pueblo dormía plácidamente y en el aire se remansaba el silencio, solo violado por el lejano ladrido de un perro. Subí al vehículo y arranqué el motor, alterando aquella quietud oscura, bajé por las callejuelas tortuosas hasta la carretera y me dirigí hacia la parte trasera del castillo.

Me acompañaba una sensación angustiosa de desasosiego. La cabeza me dolía horriblemente, hasta el punto de que no controlaba muy bien mis propios movimientos y actuaba por rutina.

La carretera zigzagueaba como una serpiente plateada. La extensión ilimitada del firmamento se combaba sobre el mundo y en ella flotaba la luna creciente vertiendo una blancura sulfúrica sobre la oscuridad. A su alrededor se arracimaban miles de puntos luminosos.

Conducía despacio, sin prisa, con las ventanillas abiertas, para que el aire frío entrara en el interior del vehículo y me despejara.

Se me cerraban los párpados sin poder evitarlo. Desvié la mirada y vi la silueta del castillo, el pueblo en la ladera, como asomándose al vacío del valle. Todo formaba una mole negra. Sin embargo, casi al mismo tiempo, me di cuenta de que en realidad no veía nada. Era mi imaginación: la panorámica del pueblo y del paisaje que yo tenía grabada en mi cerebro.

De pronto, comencé a pisar el acelerador. Era como si pretendiera despertarme con aquel acto temerario. El cuentakilómetros avanzaba de manera suicida hasta alcanzar el doble de la velocidad permitida. A mi izquierda, el monte bajo evitaría cualquier posible catástrofe, pero a mi derecha se abría un abismo de negrura.

Cerré los ojos definitivamente y dejé que la fatalidad se cumpliera. Entré con violencia en la curva, destrocé el quitamiedos y el coche se precipitó al vacío. Comencé a rodar por la pendiente, dando vueltas y más vueltas, mientras la noche se espesaba a mi alrededor, más negra, más densa, más fría. Cuando aquel mar de agua oscura acabó por engullirme, ya todo me daba igual. Sentí que mi cuerpo se hundía y se hundía en un lodo de sombras minerales, como un animal ciego destinado a vivir ya para siempre en las profundidades de la tierra. Y fue entonces cuando noté que mis piernas y mis brazos habían dejado de dolerme, que mi cabeza flotaba en un limbo de niebla, y que la sangre ya no fluía por mis venas como un río de calor y vida, sino como una catarata de hielo triturado, que me provocaba un extraño bienestar. Me quedé sin moverme mucho rato, hasta que perdí la consciencia del tiempo, y de repente noté que mis ojos se negaban a abrirse, que no podían moverse, como tampoco mis dedos, ni mis músculos. Pero no me importó. La sensación de paz era tan grande que nada podía importarme.

No sé cuánto tiempo estuve así, sumergido en aquella fría negrura, que era como una placenta de oscuridad. Ignoro si pasó una hora o una eternidad desde el momento en que dejé de sentir el peso del aire en los pulmones hasta que comencé a notar la fragilidad de mis huesos.

Me di cuenta de que me encontraba prisionero en una cámara estrecha y de que no podía escapar de allí sin ayuda. Olía a flores rancias, a raíces de árboles centenarios, a humedad, a moluscos y a lombrices podridas.

Encerrado para siempre en un féretro.

Pero ya me daba igual. Había muerto y todo mi futuro había dejado de tener sentido. Nada podía hacerse. El mundo ya no existía. Yo formaba parte del pasado, de la historia. Mis ilusiones, mis esperanzas, mis anhelos iban a quedar reducidos a polvo dentro de aquel ataúd en el que me habían recluido.

Estaba definitivamente muerto.

De repente, abrí los ojos. Era otra vez de noche y me encontraba ante las puertas de un cementerio desconocido.

¿Dónde diablos estaba?

Leí el rótulo que había sobre la verja.

Cementerio parroquial de Miedes.

¿Cómo había llegado hasta allí? ¿Había conducido sin darme cuenta? ¿Se puede conducir sonámbulo?

Estas preguntas se agolpaban en mi mente porque no recordaba haber viajado hasta Miedes. Miré mi reloj. Las dos y media de la madrugada. ¡Dios mío! ¡Yo debería estar durmiendo en el hostal Herrera de Atienza! ¡Y en lugar de eso me dedicaba a viajar de noche, como un autómata, dormido, hasta el cementerio de un pueblo en el que solo había estado una vez en mi vida!

Me asaltó la idea de que aquello no era real y de que formaba parte de un sueño.

Un sueño dentro de otro sueño.

El camposanto tenía la puerta abierta y era muy pequeño. A la luz de la luna creciente divisé el lugar. Todo estaba sumido en la quietud nocturna. Tumbas, cruces, lápidas… Observé que uno de los sepulcros desprendía una luz fantasmagórica que parecía un fuego fatuo.

Titubeé en la puerta sin atreverme a entrar. En aquel momento, escuché el canto fúnebre de una lechuza en la rama de un ciprés. La lechuza echó a volar como una premonición de muerte.

Avancé despacio, sin prisa, tanteando en la oscuridad, hacia aquel sepulcro que emitía una luz irreal. Y me quedé de pie ante la lápida. La claridad que desprendía me permitió leer el nombre allí escrito.

Óscar Guzmán Sánchez
5 de septiembre de 1975
10 de mayo de 1996
Murió a la edad de 21 años
Descansa en paz

Aquella era la tumba de Óscar, y el accidente y las sensaciones de agonía, claustrofobia y muerte experimentadas por mí no me pertenecían. ¿Qué hacía yo en Miedes en plena madrugada? ¿Cómo había salido de Atienza y cómo había llegado hasta allí?

Contemplé la tumba, roída por la humedad y devorada por el paso del tiempo. Junto a la inscripción, una foto ovalada. En ella se veía a un muchacho algo mayor que yo, sonriendo, los ojos claros, el pelo negro corto y la expresión de confianza en un futuro que no habría de llegar nunca. Volví a experimentar una cierta empatía con aquel joven al que no había conocido en vida. Óscar me observaba desde la fotografía de la lápida y yo notaba que en sus pupilas había un brillo de soledad y de tristeza.

De súbito, me pareció que sus ojos pestañeaban y se movían, como dos peces encerrados en un acuario.

Salí apresuradamente invadido por una sensación de pánico insoportable. Monté en el coche y me alejé del lugar sin mirar atrás. Conduje con los ojos fijos en la carretera. La noche se curvaba delante de mí como un túnel interminable. La luz de los faros apenas me permitían visualizar un pequeño radio de realidad onírica.

Era como conducir dentro de una pesadilla.

Por fin llegué a Atienza. La tenue luz de las farolas alumbraba mortecinamente la ciudad. Alcancé la plaza de España y aparqué junto a la fuente de los tritones.

Me sentía cansadísimo y las piernas apenas me llevaban. Deseaba llegar cuanto antes a la habitación para echarme sobre la cama, cerrar los ojos y dejar que el sueño me venciera de una vez por todas.

Entré en el hostal sin hacer ruido, subí las escaleras de puntillas y atravesé el pasillo también de puntillas. Abrí la puerta con cuidado para no despertar a los que dormían en las otras habitaciones.

Al fijar la vista en la cama, ahogué un grito de pánico.

A la luz de la luna que entraba por la ventana observé que yo estaba durmiendo profundamente. Como un angelito.

¿Cuál de los dos era yo en realidad?

Cuando abrí los ojos, me dolían la cabeza y el cuerpo terriblemente. Miré el wasap. Tenía uno de Alicia.

Me he ido a dar una vuelta. Llámame al móvil cuando te despiertes.

Había tenido pesadillas horrorosas, en las que conducía de noche, sufría un accidente mortal y visitaba la tumba de Óscar en Miedes. Moví los brazos y las piernas para acabar de despertarme.

–¡Qué sueño más absurdo!

Me levanté a duras penas y al ponerme de pie me di cuenta de que estaba hecho una verdadera piltrafa.

–¡Dios mío! ¡Me duele hasta respirar!

El reloj marcaba las once y media.

Decidí darme una ducha fría para espantar el cansancio. Caminé arrastrando los pies y el alma hasta el cuarto de baño, me quité el calzoncillo y me metí bajo el agua.

Fue entonces cuando me pareció que llamaban a la puerta de la habitación.

–¿Alicia?

Nadie me contestó.

–¿Alicia? ¿Eres tú?

Silencio.

Pensé que habría sido la puerta de alguna de las habitaciones vecinas. Seguí duchándome y poco a poco mi cuerpo fue respondiendo al estímulo del agua fría. Volvía a sentir la sangre circulando por mis venas, el oxígeno entrando y saliendo de mis pulmones, mis articulaciones recuperaban la movilidad y mi cerebro de nuevo podía pensar como una máquina engrasada. Solo necesitaba un buen desayuno para recobrar la fe en mí mismo. Salí de la ducha y con la toalla anudada alrededor de la cintura regresé a la habitación.

Me estaba poniendo los pantalones cuando llamaron a la puerta.

–¿Sí?

Nadie respondió.

Volvieron a llamar.

Me vestí con una camiseta cualquiera. Entreabrí la puerta y me llevé una sorpresa.

–¡Beatriz!

Abrí la puerta completamente y la dejé pasar.

Yo seguía descalzo, con el pelo alborotado y húmedo.

–Disculpa, pero me has pillado vistiéndome.

–Vengo a despedirme. Me voy a Murcia…

–Ya, ya lo sé. Ya me lo dijiste… Con tu amiga, esa que tiene un apartamento en La Manga del Mar Menor…

Beatriz se había quedado en el quicio de la puerta sin atreverse a entrar.

–Pero no me voy por mi amiga…

Intuí la tormenta.

–No comprendo lo que me quieres decir.

Beatriz estaba triste.

–Quiero que sepas la verdad, Daniel. Me voy para no interponerme entre Alicia y tú. No quiero haceros daño.

–Pero Beatriz… Yo creo…

–No, Daniel. No digas nada. Ya sé que apenas nos conocemos, pero sé que eres alguien especial. Te quiero desde el primer día que te vi y lo mejor que puedo hacer es desaparecer de tu vida cuanto antes. Prefiero guardar un recuerdo agradable de ti… y de Alicia.

No supe qué decir.

–¿Sabes? En el fondo de mi corazón la envidio. No solo tiene tu amor, sino lo que es más importante, tu fidelidad inquebrantable. Sueño contigo a todas horas, Daniel, pero lo superaré. Ojalá encuentre algún día a un chico como tú.

Beatriz se me acercó lentamente. Sus ojos estaban clavados en los míos.

–Despídeme de Alicia, por favor.

Luego rozó mis labios con los suyos, fugazmente, y salió de la habitación cerrando la puerta. Yo me quedé como un pasmarote. Triste y confuso. Me tiré sobre la cama y me puse a mirar la lámpara del techo sin ser capaz de pensar en nada.

Capítulo vigésimo cuarto

La boca del infierno

JUAN BLAS estaba esperándonos a la entrada de Casillas, tal como habíamos convenido. Soltó un pequeño gruñido a modo de saludo. Luego montó en la parte trasera del vehículo y se puso a mirar por la ventanilla.

Alicia y yo intentamos entablar una conversación con él, pero Juan Blas no era hombre de muchas palabras. Gruñía, gorjeaba, reía como un niño y cabeceaba. A los pocos minutos, desistimos. Puse un cedé de Secret Garden en el aparato de música y me concentré en la carretera.

Anochecía. El sol había dejado un reguero de tinta roja en el aire antes de desaparecer por el horizonte. Sabinas, fresnos, encinas y escaramujos se alternaban en un escenario de sombras moradas. A lo lejos se distinguían campos de mieses. Pronto divisamos Atienza. Era casi de noche cuando doblamos la última curva, antes del castillo. Tomamos el camino de la derecha y en un par de minutos llegamos a la explanada que se extendía ante el cementerio.

Bajamos del vehículo y miramos en todas direcciones.

Nadie.

La luna asomaba tímidamente sobre el horizonte. Al fondo del cementerio se erguía la torre de la iglesia de Santa María del Rey con sus dos ventanas tapiadas y las campanas asomando en el hueco de la superior.

Recordé la frase en latín escrita en el arco más pequeño de la puerta de la iglesia.

Manere Dei.

Solo Dios permanece.

Esta vez la puerta estaba cerrada. Sobre la verja de hierro contemplamos la calavera con las dos tibias en cruz y debajo la leyenda RIP.

Cantaban los grillos.

Juan Blas extrajo el llavero de su bolsillo y hurgó en el candado, que cedió al instante. Nos hizo una señal para que lo siguiéramos en la oscuridad.

Ante nosotros se mostró la descarnada crudeza de la muerte. Tumbas y tumbas. Cientos de cadáveres durmiendo el sueño eterno, pudriéndose en su ataúd oscuro.

Huesos, polvo y nada.

Juan Blas se dirigió hacia una caseta que estaba al lado de la puerta de la iglesia. Era pequeña, a modo de choza o almacén, entró en ella y salió a los pocos minutos con un par de barras de hierro y una linterna.

Nos hizo una seña para que lo siguiéramos. Juan Blas andaba a saltitos, como un gorrión sobre la hierba, con pequeñas zancadas y de lado… Parecía que iba a caerse de un momento a otro. No hablaba. Rezongaba por lo bajo una especie de cancioncilla absurda, aunque tal vez era su respiración o un defecto de su garganta.

Bajo la luz lechosa de la luna, y en aquel escenario de muerte y silencio, la silueta de Juan Blas, vestido con harapos y sandalias rotas, parecía la de un zombi escapado de una tumba.

–Este tío me da mal rollo –me susurró Alicia.

Nosotros íbamos tras él, como dos perritos falderos. De repente se paró, se dio la vuelta y me miró en la oscuridad.

Lanzó un gruñido.

Me adelanté y le señalé la tumba anónima.

Juan Blas entendió.

Dejó la linterna en el suelo y me dijo por señas que le ayudara con la barra de hierro. La sujeté por un extremo y siguiendo sus indicaciones coloqué la punta debajo de la lápida, en la parte derecha delantera. Él hizo lo propio, pero por la parte izquierda. Comprendí sin necesidad de palabras. Teníamos que desplazar la lápida desde la parte superior hasta la parte inferior, poco a poco, tirando de la barra los dos al mismo tiempo.

Juan Blas y yo nos miramos en medio de las sombras. Estábamos a punto de abrir una tumba en el silencio de la noche, sin permiso de jueces ni de la policía ni de nadie.

Íbamos a convertirnos en profanadores de tumbas.

–Esto es un allanamiento de sepulcro –susurró Alicia, que seguía nuestros movimientos como una estatua.

–Vale, pero no hace falta que nos des tantos ánimos…

Juan Blas y yo volvimos a mirarnos con las manos en los extremos de la barra. Él me hizo un gesto con la cabeza y yo asentí.

–Una, dos y… tres.

Tiramos los dos al mismo tiempo y conseguimos desplazar la lápida media fosa. Antes de que tuviera tiempo de echar un vistazo, Juan Blas volvió a contar.

–Una, dos y… tres.

Empujamos de nuevo y desplazamos la lápida completamente. Ante nosotros se abría el agujero oscuro de la fosa. O dicho de otro modo, la boca del infierno. A un metro de profundidad descansaban los dos ataúdes, el grande marrón de Inés Molina y el pequeño y blanco, a su lado, de la niña.

Alicia se había acercado hasta nosotros. Los tres estábamos asomados a aquel horrible hueco de muerte. La luz de la luna arrojaba sobre los féretros una luz espectral.

–Abre el ataúd blanco, Juan Blas, y le echaremos un vistazo.

Juan Blas me contempló como si no me hubiera comprendido. Soltó un gruñido.

–¡Abre la caja pequeña!

Se metió en la fosa, apoyando los pies en los laterales, sobre unos ladrillos que sobresalían. Cogió la caja blanca entre sus manos y buscó la manera de abrir la tapa. Alzó la cara y me miró como el perro cazador mira a su dueño cuando se le ha escapado una pieza. Las orejas gachas y la expresión derrotada.

–¿No puedes abrirla?

Negó con la cabeza.

–Voy a intentarlo yo.

Salió de la fosa y me metí apoyándome con cuidado en los ladrillos salientes. Alicia temblaba como un árbol azotado por el viento.

–Alumbra aquí –le pedí.

Alicia tomó la linterna y la encendió. Enfocó hacia el ataúd blanco de María. Hurgué en los laterales y localicé las dos pestañas de la abertura. Hice clic y, conteniendo la respiración, levanté la tapa de aquel pequeño féretro blanco.

¡Estaba completamente vacío!

Nos disponíamos a tapar la fosa cuando se me ocurrió una idea descabellada.

–Voy a abrir el ataúd de Inés.

Alicia me contempló estupefacta.

–¡Ni se te ocurra!

–Necesito hablar con ella.

–¿Vas a hablar con una mujer que lleva más de un mes enterrada?

–Si no quieres mirar, no mires.

Juan Blas volvía los ojos alternativamente a un lado y a otro, como el espectador de un partido de tenis.

–Dale la linterna a Juan Blas.

Alicia le alargó la linterna y se apartó unos metros.

Juan Blas enfocó el haz de luz sobre el ataúd marrón oscuro.

Me metí de nuevo en aquella fosa negra y comencé a buscar la manera de abrir la tapa del ataúd a la luz de la linterna. El mecanismo era distinto. Tanteaba y tanteaba en la oscuridad la madera barnizada, pero no encontraba nada parecido a un botón o una ranura. Al fin, cuando comenzaba a desesperarme, me di cuenta de que la tapa tenía una pestaña oculta entre los pliegues de la caja, por la parte superior.

Recordé en milésimas de segundo las veces que Inés Molina se me había aparecido, siempre en camisón, bajo la lluvia, delante de aquella fosa, en la plaza del pueblo, en mi habitación, en la carretera, junto al bosque… Ahora podía entenderlo todo. Inés yacía allí sin su hija y había buscado mi ayuda para localizarla. Si no en la muerte, tal vez en la vida.

–Alumbra bien, por favor.

Juan Blas obedeció. Pude percibir su respiración agitada, su aliento a cebolla, su sudor rancio, pero no me importaba en aquellos momentos. Supe que Alicia se encontraba un poco más allá, arropándose con sus propios brazos, muerta de frío y de miedo, rezando para que termináramos pronto y nos marcháramos de allí cuanto antes.

Tiré de la pestaña y abrí la tapa con la respiración contenida.

El hedor de la muerte me golpeó y tuve que taparme la nariz. Inés Molina estaba vestida de negro, las manos en cruz sobre el pecho, la cabeza suavemente levantada sobre la almohadilla que tenía bajo la nuca, el pelo oscuro, largo, a ambos lados de la cabeza, la piel blanca y sus pupilas abiertas mirándome desde la eternidad de la muerte.

Sentí un miedo atroz. Los ojos de Inés parecían los ojos de cristal de los muñecos sin vida.

–Tu hija no está muerta, Inés –le dije cuando pude sobreponerme a la impresión–. Nos han mentido. Pero te prometo que voy a averiguar dónde está.

Tal vez fue la luz de la linterna. Tal vez el reflejo plateado de la luna. Tal vez mi imaginación. Pero juraría que la boca de Inés se curvó ligeramente en una sonrisa de agradecimiento.

Alicia se tumbó a dormir la siesta porque todavía estaba agotada de la terrible experiencia de la noche anterior. Yo aproveché para hablar con Miguel. El salón comedor languidecía, completamente desierto. Busqué por la cocina, por el comedor, por los pasillos y por la recepción. Me acerqué hasta la cochera con el mismo resultado.

Pensé que tal vez se encontraba durmiendo también la siesta. Solo me faltaba por mirar en el almacén del sótano. Bajé las escaleras y al abrir la puerta escuché ruidos de cajas.

–¿Miguel?

–¡Aquí estoy! –gritó.

El almacén del hostal Herrera se parecía a una tienda de objetos antiguos. Había de todo. Cajas de botellas, sacos con legumbres, paquetes, latas, cacerolas viejas, máquinas de cocina inservibles, el motor de una nevera, sillas, mesas, jarrones, estanterías llenas de trastos inútiles, paragüeros, lámparas rotas…

–¡Por Dios, Miguel! ¿Es que usted no tira nunca nada a la basura?

Miguel me observó con afecto. La puerta que comunicaba aquel almacén con la calle y que facilitaba la carga y descarga permanecía cerrada. Tenía encendida la lámpara principal del sótano, una araña con cinco brazos que sujetaban sendas bombillas, las cuales desparramaban un resplandor mortecino.

–Esto parece una catacumba –bromeé.

–Si no limpias de vez en cuando, se te come la mierda... –dijo sonriendo.

–¿Por qué no abre la puerta de la calle para que se ventile esto?

–No me gusta que me vea nadie...

Eché una ojeada rápida a lo que estaba haciendo en aquel preciso momento: apilando cajas según la marca y la bebida.

–Quería hablar con usted un momento, si me lo permite.

Miguel me examinó de arriba abajo. Sonrió campechano.

–Anda, siéntate conmigo –dijo acercando una silla baja a la mesa.

–Verá, Miguel –dije poniéndome serio mientras tomaba asiento–. Lo que tengo que preguntarle es un poco delicado...

El hombre me contempló entre preocupado y curioso. Fue a decir algo, pero finalmente guardó silencio, invitándome a continuar.

–Me gustaría saber qué opina usted de la muerte de Óscar Guzmán, el muchacho que se mató con el coche...

–El pobre Óscar... –susurró como hablando consigo mismo.

–Usted y él debieron de trabajar juntos en las tierras de don Aurelio.

Miguel se rascó el mentón.

–Óscar era un buen muchacho que no debió morir... –comenzó diciendo con los ojos fijos en el montón de cajas de botellas vacías–. Yo lo apreciaba mucho. Y él a mí me consideraba como su segundo padre. No sé si sabes que su padre había muerto cuando él era un crío –sonreí asistiendo–. Trabajábamos juntos en los campos de cereales, en los cotos de caza, en los encinares… En fin, donde nos mandaba don Aurelio… Era fuerte, hábil con las herramientas, muy trabajador… Nunca se cansaba. A veces nos marchábamos los dos al amanecer y no regresábamos hasta que caía el sol, y solo parábamos a comer un rato al mediodía, un trozo de pan con chorizo o queso y un trago de agua…

Miguel se quedó callado un momento, mientras rememoraba aquellos tiempos.

–¿Cómo murió?

–Óscar nunca debió morir –repitió con el rostro contraído por la desolación.

Yo suponía que Miguel era guardián de algún terrible secreto. Decidí meter la directa.

–¿Qué le pasó al coche?

El hombre me contempló extrañado.

–No entiendo…

Lo miré fijamente a los ojos.

–Don Aurelio lo manipuló, ¿verdad?

Miguel abrió los ojos sorprendido.

–¿Cómo lo sabes?

No podía decirle que no tenía ni idea, que solo se trataba de una sospecha que había ido gestándose dentro de mí. Había lanzado el anzuelo y él había picado a la primera.

–Eso no importa. Lo que importa es limpiar las heridas…

Noté que se sentía acorralado. La culpabilidad brillaba en sus pupilas.

–Don Aurelio siempre entendió de máquinas y de motores. Supervisaba personalmente los vehículos con los que trabajábamos, más que nada porque para él era un entretenimiento. Óscar tenía el Alfa Romeo desde hacía muy poco tiempo, menos de un año, y lo cuidaba como si fuera un bebé recién nacido. Era de segunda mano, pero lo tenía siempre limpio y a punto, por eso era imposible que le fallaran los frenos…

–¿Qué pasó?

–Óscar había salido a pasear con Inés. Los dos andaban enamorados. Cuando él terminaba de trabajar, se daba una ducha y salía un rato con ella antes de volver a casa con su madre… Siempre iba a Miedes por Alpedroches, que es la ruta más corta. Yo escuché cómo don Aurelio le decía que tenía que pasar por Bañuelos por no sé qué encargo, lo oí de pasada. La carretera que va a Romanillos y Bañuelos es más larga y tiene muchas más curvas, aunque por ahí se puede ir también a Miedes, donde él vivía. La cuestión es que Óscar salió un rato a pasear con Inés y le prometió a don Aurelio que haría el encargo cuando se marchara a casa…

Miguel volvió a rascarse el mentón. Se quedó con la mirada perdida durante unos segundos. Daba la impresión de estar buscando en el interior del baúl de la memoria. Intuí que lo que había dentro de aquel baúl eran imágenes rotas en astillas, sombras huidizas, retales en la lejanía…

–Poco después, mientras Óscar daba un paseo con la chica, descubrí a don Aurelio hurgando en el Alfa Romeo. Yo estaba detrás de unos sacos y no me vio. Desde mi posición pude distinguir que manipulaba las entrañas del coche con herramientas. Me pareció extraño porque era muy tarde, ya de noche, y se alumbraba con una lamparita de mano. Aquello no era nada normal. Además, era el Alfa Romeo de Óscar, no un vehículo de los suyos. Esperé a que se marchara, después de cerrar el capó del coche y guardar la caja de herramientas. Me quedé un rato meditando sobre todo aquello, pero no le di importancia.

Miguel lanzó un suspiro. Luego me miró con ojos turbios.

–Esa noche el Alfa Romeo de Óscar se salió de la carretera en la primera curva.

Capítulo vigésimo quinto

Es una lástima que tengas que morir

ERAN las seis de la tarde cuando nos presentamos en la casa de don Aurelio Valdivia. Durante unos instantes contemplamos la imponente fachada en la que destacaba el emblema con el dragón de tres cabezas, las alas de murciélago extendidas y el yelmo de guerrero ladeado ligeramente hacia la derecha.

La calle estaba desierta. Por el cielo pasaron volando un par de cuervos y se posaron en las ramas de un eucalipto.

Miré a Alicia, que había empezado a morderse las uñas.

–Tranquila.

–Nos vamos a meter en un lío. Ese hombre es peligroso. Lo sabes.

–Lo sé, pero estamos a punto de resolver el misterio de esta historia y don Aurelio es la pieza que nos falta para encajar el puzle. Confía en mí.

Era consciente, como Alicia, de que íbamos a saltar al vacío. Sin embargo, y a pesar del temor que me embargaba, no quería prolongar más aquella endemoniada situación. Ahora o nunca.

Cogí la aldaba de hierro y golpeé tres veces.

Conté mentalmente hasta doce. Cuando iba a golpear por cuarta vez, se abrió la puerta con un leve chirriar de goznes y asomó la cabeza Úrsula.

Al vernos, parpadeó sorprendida.

–¿Qué hacéis aquí?

–Queremos hablar con don Aurelio –dije sin sonreír.

–Don Aurelio no quiere recibir a nadie, ya lo sabéis.

–Pues no va a tener más remedio.

Úrsula me contempló ceñuda.

–Haced el favor de marcharos. Don Aurelio no quiere visitas.

Fue a cerrar la puerta, pero adelanté mi cuerpo y ocupé el quicio, impidiéndole cerrar.

–Si no nos recibe, iremos directos a la policía. Dígaselo a don Aurelio.

La criada abrió los ojos aterrada. Yo hice un gesto de contenida impaciencia.

–Úrsula, esta historia tiene que terminar de una vez –añadí–. Y usted lo sabe. Hasta que no pongamos el punto final, ninguno de nosotros descansará –hice una breve pausa para que comprendiera el alcance de mis palabras–. Déjenos pasar y avise a don Aurelio.

La mujer se apartó y nos cedió el paso.

–Esperad aquí un momento.

Poco después regresó Úrsula, con su vestido negro, los andares rígidos, el cuello erguido y la expresión austera. Negó con la cabeza antes de abrir la boca.

–Don Aurelio no quiere recibiros. Dice que os marchéis.

Alicia me hizo un gesto para que nos fuéramos, pero yo no estaba dispuesto a alargar más la agonía de todos los que formábamos parte de aquel siniestro asunto.

–Esta historia debe resolverse hoy –dije con firmeza–. ¿Dónde está don Aurelio?

–He dicho que…

Eché a andar dejándola con la palabra en la boca, sin hacer caso de sus gestos y sus aspavientos. Conocía perfectamente dónde se encontraba la guarida de aquella fiera. Al final del pasillo de la derecha. Avancé decidido, mientras Úrsula y Alicia me seguían como dos ratoncillos asustados.

Abrí la puerta de un empujón, sin llamar. A aquellas alturas me importaba todo un rábano. Don Aurelio parecía esperarme en mitad de aquella gran estancia que más que un despacho parecía un salón de baile. Volví a comprobar que era muy alto. Casi dos metros. Sus ojos estaban hundidos en las cuencas, como dos brasas encendidas, y me miraban con una fijeza hipnótica. Tenía la boca curvada en una sonrisa diabólica.

El despacho seguía pareciéndome un museo de caza. Excesivamente grande para un hombre solo. Los animales disecados nos contemplaban desde las paredes y las vitrinas de los muebles oscuros que ocupaban los rincones.

Pero no tuve tiempo para observar todo aquello. Mis ojos estaban puestos en don Aurelio.

–Haz el favor de cerrar, Úrsula –ordenó el dueño de la casa con calma.

La criada obedeció. Luego se volvió hacia su amo.

–Lo siento, don Aurelio. Ya les he dicho…

–¡Cállate!

Don Aurelio no había dejado de mirarme en ningún momento. Sus ojos despedían un odio irracional.

–Desde que os vi aparecer por el pueblo supe que ibais a causarme problemas. Olfateo las liebres. ¡Decidme qué es lo que queréis y marchaos para siempre de Atienza!

Alicia y Úrsula estaban junto a mí, una a cada lado. Me adelanté un par de pasos.

–Hemos venido a poner fin a la pesadilla de Inés, que se ha convertido también en mi propia pesadilla.

El odio de don Aurelio se transformó en furia.

–¿Quién eres tú para meterte donde no te llaman?

–Soy Daniel Villena y no me iré de Atienza hasta que no cumpla la promesa que le hice a Inés en su propia tumba: decirle dónde está su hija María.

Todos me miraron asombrados, incluida Alicia.

–¿Qué sabes tú de Inés? –preguntó don Aurelio con aspereza.

–Lo sé todo. Sé que usted se casó con su madre, doña Genoveva, porque en realidad estaba enamorado de Inés. Sí. Se obsesionó por una muchacha de quince años y empezó a asediarla día y noche, convirtiendo la vida de la chica y la de su madre en un infierno. Pero a usted eso le daba igual. Llegó a enloquecer de tal modo que no le importó matar al novio de Inés, un buen chico de Miedes, llamado Óscar Guzmán, cuando se enteró de que la joven había quedado embarazada. Sé que usted manipuló los frenos del Alfa Romeo de Óscar y que lo obligó después a tomar la carretera llena de curvas que conduce a Bañuelos, para que se saliese en la primera de ellas, como así ocurrió. Sé que usted es el responsable de la depresión de doña Genoveva y de su confinamiento en una clínica psiquiátrica en la que nunca debió entrar porque jamás estuvo loca. Solamente estaba atiborrada de antidepresivos y de tristeza, enterrada en vida en una habitación oscura. Jamás se dignó usted a visitarla ni permitió que Úrsula fuera a verla. Estoy también convencido de que usted está detrás de la muerte de sus tres hermanos, porque de ese modo se quedaba con toda la fortuna de los Valdivia. Rafael, Sabino y Tadeo lo consideraban un estorbo y eso usted jamás se lo perdonó. Pero también sé que Inés dio a luz a una niña que desapareció. Usted se valió de su poder y de sus influencias para simular la muerte y el entierro de la criatura. Le hizo creer al mundo entero que la pequeña había fallecido, incluida Inés, lo que la sumió en la desesperación. No solo había conseguido enloquecer a la madre sino que ahora pretendía hacer lo mismo con la hija. Por eso Inés se marchó lejos de aquí. Cuando la pobre muchacha comenzó a mandar cartas a su madre, usted ordenó destruirlas todas. Y cuando regresó para morir en paz en su tierra, usted se negó a acompañarla en su sepelio. Pero lo peor que hizo fue incumplir sus últimas voluntades. Inés había vuelto porque quería ser enterrada con Óscar y con su hija. Usted, que le había destrozado la vida, ni siquiera la ha dejado descansar en la muerte.

El silencio que siguió a mis palabras podía cortarse con un cuchillo.

–¿Dónde está la hija de Óscar e Inés? –pregunté con las mandíbulas tensas.

El rostro de don Aurelio se había convertido en una máscara. Sus ojos parecían los de un loco sanguinario.

Abrió sin prisa el armario que había a su lado y cogió una escopeta. Me encañonó directamente a la cabeza.

–Nunca he tolerado que nadie me levante la voz.

–Pues ya va siendo hora –dije con el corazón en un puño y temblando como una hoja.

Durante unos instantes nadie supo lo que iba a pasar. Don Aurelio podía destrozarme de un disparo si le daba por apretar el gatillo. Sería una muerte fulminante. A aquella distancia, alguien como él, acostumbrado a la caza, no podía errar el tiro.

Úrsula y Alicia se hallaban ahora detrás de mí. No podía verlas, pero supuse que estaban completamente aterrorizadas.

–¡La pequeña María no murió! –insistí–. ¡Usted fingió su muerte, pero en el ataúd blanco que metieron en la fosa no había nada!

Don Aurelio me miró como si yo fuera un fantasma.

–No sé cómo te has enterado, ni me importa. Sí. Es cierto. Fingí que la niña había muerto. Sabía que nadie examinaría el ataúd. El sacerdote ofició una misa rápida y el sepulturero se dio prisa en meter la caja en la fosa.

–Pero entonces…, ¿dónde está María?

Don Aurelio desvió la mirada hacia su sirvienta.

–Díselo tú, Úrsula.

La criada se había puesto pálida.

–Yo, no…, no, por favor…

–¡Está bien! –atajó recuperando su mirada asesina–. ¡Se lo diré yo!

Don Aurelio hizo una brevísima pausa.

–Salomé y Miguel eran empleados míos desde siempre. Llevaban casados un tiempo, pero no podían tener hijos. Los llevé a pasar el verano entero en una casa de cazadores que tenemos los Valdivia en las montañas de Almazán. Aceptaron quedarse con la niña, haciéndola pasar por hija suya. A cambio les regalé el edificio donde han montado el hostal y todos los medios para poner en marcha el negocio.

Me volví hacia Úrsula.

–¿Es eso cierto?

La criada lloraba y gimoteaba. Bajó los ojos al suelo, incapaz de soportar mi mirada.

Me encaré con don Aurelio.

–¿Me está diciendo que Beatriz es la hija de Inés y Óscar?

Don Aurelio movió el dedo sobre el percutor.

–Eres un chico muy inteligente. Es una lástima que tengas que morir.

Don Aurelio iba a dispararme a bocajarro. Pero justo cuando su dedo se dobló sobre el gatillo, Alicia me dio un empujón, para salvar mi vida, y caí al suelo. La bala le dio de lleno a ella y vi, horrorizado, que saltaba empujada por el impacto del proyectil hacia atrás, contra la puerta, y que una gran mancha de sangre se abría paso, como una estrella negra, en su vientre.

–¡Alicia!

Pero Alicia no me respondía. Sus ojos vidriosos estaban fijos en mí, diciéndome sin palabras que me amaba, mientras la vida se le escapaba poco a poco. Yacía con la espalda apoyada en la pared, lo mismo que una muñeca desmadejada, las manos sobre el vientre, intentando inútilmente taponar la herida mortal. La sangre manaba y manaba como un río incontenible, manchando su vestido, sus manos, las losas del suelo. Sentí un vértigo insoportable.

Úrsula se había arrodillado a nuestro lado y daba gritos de terror.

Me di la vuelta, como un lobo acorralado, y vi a don Aurelio que se colocaba de nuevo la escopeta en el hombro y apuntaba a mi cabeza.

–¡Asesino! –grité al tiempo que le lanzaba lo primero que pillé, que fue una silla.

Aquel acto desesperado fue providencial, pues la silla se estrelló contra el arma justo en el momento en que aquel demente volvía a disparar. El tiro salió desviado y pasó rozando mi cabeza. Antes de que don Aurelio apretara otra vez el gatillo, me lancé sobre él como un huracán y ambos rodamos por el suelo, hechos un ovillo, él aferrado a su escopeta y yo tratando de arrebatársela hasta que lo conseguí. A pesar de su edad, estaba ágil y tenía una fuerza descomunal. Forcejeamos por el suelo, derribando sillas, jarrones y objetos, en un estruendo de guerra. No podía con él. Era alto y corpulento, más de lo que me había parecido. Sus manos parecían garras. A escasos centímetros de su rostro, vi que sus ojos se habían vuelto amarillos, de odio y rencor, mientras su boca sonreía en una mueca demoníaca. Sentía que las fuerzas me abandonaban. Iba a desfallecer y no podría aguantar mucho rato.

–¡No saldrás vivo de aquí! –oí que decía.

Mi enemigo me mordió en la mano y solté la escopeta, pero antes de que él volviera a encañonarme me lancé de nuevo sobre él y caímos sobre un armario con una cristalera que contenía pistolas, fusiles y distintas armas de fuego. El cristal se rompió en mil pedazos y todo rodó por el suelo, junto con nosotros, que seguíamos abrazados, sin dejar de forcejear, como en un baile macabro. El agotamiento me vencía. Don Aurelio dio un tirón brutal y logró desprenderse de mí. Se puso de pie y apuntó con la escopeta sobre mi pecho a menos de dos metros.

–¡Adiós, Daniel Villena! ¡Púdrete en las cloacas del infierno!

Me tapé la cabeza con los brazos, esperando la muerte, al mismo tiempo que sonaba un disparo seco, brutal.

Silencio.

Abrí los ojos. ¿Aquel loco había errado el disparo?

No entendía nada.

Vi que don Aurelio dejaba caer el arma al suelo y que trastabillaba como si estuviera borracho. De repente, observé que tenía el pecho completamente reventado, con un boquete enorme por el que comenzaba a chorrear sangre negra. Don Aurelio se vino al suelo con el estrépito de un elefante abatido. Desvié la mirada. Úrsula sostenía entre sus manos una escopeta de cañón recortado. Como un ángel justiciero.

Me levanté de un brinco, salté sobre don Aurelio, y me arrodillé junto a Alicia, que estaba con los ojos entrecerrados, las manos sobre el vientre, intentando contener la hemorragia salvaje que seguía desangrándola. La vida se le escapaba rápidamente.

–¡Alicia! ¡No puedes morirte! ¡Alicia! ¡Alicia!

Ella sonrió débilmente, y me acarició el rostro con su mano ensangrentada.

–Te quiero –dijo sin voz antes de cerrar los ojos.

Capítulo vigésimo sexto

Llueve sobre mi lápida

ALICIA estuvo debatiéndose entre la vida y la muerte el resto del verano en el hospital San Carlos, donde trabaja mi padre.

Durante días y noches interminables recé y lloré como jamás pensé que se puede hacer en este mundo. Perdí la cuenta de las noches que pasé sin poder dormir, sentado en una silla de la sala de espera del hospital, alimentándome con café, esperando que en cualquier momento el cuerpo de Alicia dejara de responder y se consumara la tragedia.

Sus padres vinieron desde Gélver y se instalaron en nuestra casa para estar cerca de ella. Fue una experiencia familiar extraña. Los padres de Alicia y mis padres conviviendo bajo el mismo techo, compartiendo la angustia, el miedo, las lágrimas, el dolor y, sobre todo, la esperanza de recuperarla.

Cuando Alicia abandonó la unidad de cuidados intensivos y la subieron a una habitación de la cuarta planta, fue el día más feliz de mi vida.

Mi hermana se había convertido desde el primer día en su enfermera particular. Se pasaba el día en el hospital y se preocupaba por todo lo relacionado con la evolución de la paciente –goteros, cardiogramas, pulsaciones, fiebre…–. Se sentaba junto a la cabecera y le leía relatos de Poe, de Shólojov o de Maupassant, para que estuviera entretenida, aunque la mayoría de las veces se ponía a hablar de sus amigas y de sus cosas, y se le iba el tiempo diciendo tonterías. Alicia se reía con Irene. Y yo comencé a ver a mi hermana con otros ojos. Ya no era la niña insolente y repipi capaz de exasperarme con su estupidez adolescente. Se había convertido en una chica maravillosa.

A mediados de septiembre le dieron el alta a Alicia, y cuando ya pudo hacer una vida más o menos normal, unas semanas después, lo celebramos por todo lo alto en un restaurante italiano que hay cerca de casa. Alicia se comió dos raciones de lasaña vegetariana, su plato favorito.

A los postres, mientras reíamos y contábamos anécdotas, Irene comenzó a golpear su vaso con una cucharilla.

–¡Atención! ¡Tengo que daros dos noticias importantes!

Todos la miramos con expectación.

Carraspeó como si fuera a arrancarse a cantar.

–Ahí va la primera –dijo con voz solemne–. Estos días en el hospital me he dado cuenta de cuál es mi verdadera vocación.

Se quedó en suspenso, jugando con los globos oculares, de izquierda a derecha y de derecha a izquierda, como si fuera una payasa haciendo un numerito delante de varios niños.

–¡Voy a estudiar Medicina!

–¡Vaya por Dios! –exclamó mi madre–. Otro médico en la familia…

Mi padre la abrazó entusiasmado.

–No sabes cuánto me alegro –dijo con un gesto de orgullo que no podía ni quería disimular.

Los padres de Alicia sonrieron abiertamente.

–Es una gran noticia –afirmó su padre.

–Sin embargo –advirtió mi madre, siempre con los pies en la tierra–, todavía tienes que aprobar los dos cursos de Bachillerato. Y ya sabes que para estudiar Medicina te van a pedir una media muy alta.

–¿Y cuál es la segunda noticia? –preguntó la madre de Alicia.

–Pues la segunda es que he descubierto también mi faceta humanitaria. Me apuntaré a una ONG y me iré a África a salvar vidas. El otro día vi un documental sobre un campo de refugiados en Kenia y me quedé impresionada con todo lo que sucede allí. Si puedo elegir, haré la especialidad de pediatría.

Alicia y yo cruzamos una mirada de complicidad, pero no dijimos nada. A mi cabeza acudió la historia de Inés Molina, y supongo que a la de Alicia también. Para ser sinceros, yo empezaba a sentirme orgulloso de Irene, si bien todavía le faltaban dos largos años de Bachillerato para que entrara en la Facultad de Medicina y mi hermana en ese tiempo podía descubrir una docena de vocaciones más.

Un sábado de finales de octubre regresamos a Atienza con el Opel. El paisaje había cambiado completamente. Los campos de trigo verde y amarillo se habían convertido en barbechos de tierra roja de una hermosura primitiva bajo el cielo azul. Las parcelas se distinguían por la variedad de los tonos de la tierra, que iban desde el marrón chocolate, pasando por el encarnado o el arcilla, hasta el ocre pálido. Una vez en el pueblo, deambulamos como dos perros vagabundos por aquellas callejuelas laberínticas y desérticas. Entramos en la iglesia de San Juan que, como siempre, estaba abierta y vacía de fieles. Saludamos a don Servando y al bueno de Patricio, el sacristán, que se entretenían en pintar unas imágenes deterioradas de santos. Pasamos por la tienda de Benito a comprar caramelos de menta y conversamos con el buen hombre durante un ratito. Tomamos un zumo de piña y una Coca-Cola en el bar de Pedro y comprobamos que las casas de Rosaura y de don Aurelio Valdivia permanecían cerradas.

–Rosaura habrá empezado ya el curso –dijo Alicia, que todavía caminaba con precaución, sin fiarse demasiado de sus casi curadas heridas internas–, y estará en Jadraque.

–¿Qué habrá sido de Úrsula? –pregunté ante la fachada de la casa de Puertacaballos, con los ojos fijos en el blasón heráldico del dragón de tres cabezas y las alas extendidas de murciélago.

Mientras caminábamos, recapitulé lo sucedido tres meses atrás.

Evoqué los gritos de Úrsula en mitad de la calle pidiendo una ambulancia, la gente saliendo de las casas, corriendo, chillando, la patrulla de la guardia civil, el viaje fulminante hasta Madrid, con Alicia y yo en la parte trasera de la ambulancia, los médicos taponando la hemorragia a la desesperada, los goteros de urgencia, el estupor con el que yo contemplaba aquella pesadilla. Luego llegó el turno de la justicia. Forenses, periodistas... Úrsula declaró con la voz estrangulada que había disparado a don Aurelio para evitar que me asesinara a sangre fría, como había hecho con tantos inocentes anteriormente. Citó los casos de los hermanos Valdivia, de Luis Molina, de Óscar Guzmán y, por último, el de la propia Alicia. Cuando ya no le quedaron adjetivos para ilustrar tanta crueldad y tanta sinrazón, se echó a llorar en manos del cabo que le tomaba declaración. A mí me preguntaron si tenía algo que añadir y dije que estaba conforme en todo lo que había manifestado la criada de los Valdivia.

–Estén localizados –había dicho el capitán de la guardia civil–. Esto no ha hecho más que empezar. Ahora hay que dejar trabajar a la policía judicial. Habrá una investigación y por supuesto un juicio, al que se les citará. Tienen derecho a buscarse un abogado o a pedir que les asignen uno de oficio.

Llegamos al hostal Herrera. Encontramos la puerta entreabierta, así que entramos sin llamar. Era media mañana. Nuestra sorpresa fue mayúscula al encontrarnos a Salomé y a Úrsula colocando manteles, cubiertos y vajillas sobre las mesas en el salón comedor. Úrsula había abandonado el color negro de su indumentaria. Vestía una camisa azul debajo del delantal blanco.

–¡Buenos días! –saludé.

Al reconocernos, las dos hermanas dejaron al instante lo que estaban haciendo y vinieron hacia nosotros alborozadas. Nos abrazaron como si fuéramos dos hijos descarriados que regresan al hogar después de padecer mil penalidades por los caminos del mundo.

–Déjame que te mire –dijo Úrsula, después de besar y rebesar a Alicia–. ¿Cómo te encuentras?

–Pues parece que he salido de esta, poco a poco me voy recuperando.

–¡Gracias a Dios! –y la abrazó de nuevo.

–Gracias a Dios, no, Úrsula –corrigió Alicia cuando consiguió desembarazarse de aquel abrazo sincero–. Gracias a usted. Menos mal que tiene buena puntería.

–Pues era la primera vez en mi vida que disparaba un aparato de esos…

Volví mis ojos a Salomé. Le sonreí.

–¿Y usted, Salomé? ¿Cómo están usted y su marido?

Salomé no podía ocultar un sentimiento de culpa. Comenzó a farfullar incoherencias…

–Yo…, nosotros…, quiero decir…, que Miguel…

Estaba al borde de las lágrimas. En aquellos momentos apareció Miguel por la escalera del sótano.

–¿Qué ocurre? He oído voces y… –de repente reparó en nosotros y abrió la boca y los ojos, sin poder ocultar su alegría.

–¡Daniel! ¡Alicia! ¡Qué alegría!

Nos abrazamos.

Luego puso una mano por encima de los hombros de su esposa y la atrajo hacia sí, como para protegerla.

–Nosotros, Salomé y yo, en realidad…

La alegría inicial se había transformado de pronto en un balbuceo temeroso.

–Ustedes tres no actuaron bien –dije mirándolos a los ojos uno por uno–. Le robaron una niña a su legítima madre. Y eso es un delito muy grave. Supongo que lo saben.

Úrsula, Salomé y Miguel humillaron la mirada.

–Salomé –dije poniendo toda la dulzura posible en mis palabras–, me gustaría que me explicara por qué don Aurelio hizo daño a tanta gente. Usted lo conocía bien. ¿Estaba realmente loco? ¿Cómo puede un ser humano llegar a generar tanto sufrimiento a su alrededor?

Salomé se quedó mirándome con ojos de lástima. Durante unos segundos, que parecieron eternos, el silencio más espeso se apoderó de todos nosotros.

–Don Aurelio nació cuando sus padres ya eran bastante mayores y nadie lo esperaba. Tadeo, que era el tercero de los hermanos, tenía diecisiete años más que él. Desde pequeño don Aurelio sintió la burla y el desprecio de todos ellos. Lo dejaban encerrado en cuartos oscuros durante horas, sin luz, sin ventilación, en compañía de ratas, comadrejas o serpientes que capturaban solo para torturarlo. Decían que estaba mimado y que necesitaba espabilar. Él los odiaba hasta el punto que en alguna ocasión le oí jurar que algún día se vengaría. Nunca se sintió querido por ellos. Alguna vez incluso les escuché decir que maldecían su nacimiento porque era uno más para repartir la herencia. Aurelio se pasó la niñez y la juventud entre los criados y los empleados de la casa, con quienes se sentía más a gusto. Mi padre, por ejemplo, pasaba horas y horas con él. En realidad, creo que era su único amigo. Aprendió a manejar máquinas agrícolas, desmontar motores y conducir tractores… Y también aprendió a disparar como un consumado cazador. Se marchaba solo a los cotos en época de caza y se pasaba el día disparando, matando conejos, zorros, erizos…, hasta que se desahogaba. A veces obligaba a Miguel a acompañarlo. Después de la muerte de sus padres, la situación empeoró. El desprecio de los hermanos fue en aumento y don Aurelio supo que había llegado el momento de actuar.

Salomé guardó unos instantes de silencio. Nadie lo interrumpió.

–Genoveva también lo había desdeñado. Anduvo enamorado de ella en su adolescencia. Le contó a mi padre que le había escrito cartas, que la buscaba y que intentaba conquistarla mandándole ramos de flores, pero solo recibía frialdad y desprecio. Genoveva se casó con Luis Molina, que era un simple agricultor sin fortuna. A los ojos de don Aurelio, un don nadie. Nada que ver con él, que llevaba el apellido de los Valdivia y pertenecía a una de las casas nobiliarias más importantes de Guadalajara. Aquello no lo pudo olvidar jamás. Por eso, supongo, mató a Luis. Debió de resultarle fácil hacer que pareciera un accidente. El tractor lo destrozó. Genoveva se quedó viuda, con una chiquilla de cinco años. Cuando pasó un tiempo, comenzó a cortejarla de nuevo. Necesitaba que lo aceptara para restablecer su dignidad. Pasaron varios años. Cierto día descubrió que la hija era mucho más bella y deseable que la propia Genoveva. Inés era muy joven, pero tenía un cuerpo exuberante, sensual, y reía y se movía con tanta gracia y desparpajo que lo cautivó. Don Aurelio se volvió loco. Seguía asediando a la madre, sí, pero su pensamiento perseguía día y noche a la hija. Cuando Genoveva, acorralada por la situación económica, le dijo que aceptaba el matrimonio, ya había perdido todo el interés por ella. Deseaba a Inés. Por la diferencia de edad, podría haber sido su hija, pero ¿qué le importaba eso a un hombre como él, acostumbrado a saltarse todos los obstáculos?

Salomé sonrió con tristeza.

–Un día descubrió a Inés bailando sin ropa en mitad del pasillo superior de la casa. Se volvió loco de deseo. A partir de ese momento, no dormía. Solamente pensaba en poseerla al precio que fuera. Tenía que ser suya. La espiaba, la seguía. Cierta noche entró en su habitación para consumar su deseo, pero debió de tropezarse con un bloque de hielo. Inés lo rechazó. Yo estaba acechando, porque algo me recelaba, y la verdad es que la muchacha me daba mucha pena. Oí gritos, empujones. Escuché a Inés decirle que antes que entregarse a él prefería morir. Lo llamó viejo y baboso. ¡A don Aurelio Valdivia! Él le aseguró que le iba a amargar la existencia. Lo vi salir del cuarto humillado, mientras se oía la risa despectiva de la muchacha. Durante varios días vivió como loco. En su cerebro debían de repetirse sin cesar aquellas amargas palabras, viejo y baboso. La maldijo mil veces… Pero estoy segura de que no podía odiarla. La amaba desesperadamente. No podía evitar pensar en ella, desearla, soñar con su cuerpo. Don Aurelio empezó a sentir aversión por Genoveva, que había dejado de atraerlo. La culpó de todo lo que le estaba pasando y comenzó a no soportar su presencia ni su compañía. Fue por entonces cuando se enteró de que Inés estaba enamorada de uno de los empleados, el bueno de Óscar. Aquello lo desquició aún más. Inés lo rechazaba a él, a Aurelio Valdivia, y prefería entregar su cuerpo a un simple sirviente, un muchacho sencillo y pobre que trabajaba sus campos… De pronto se dio cuenta de que toda su vida era una continua humillación. Cierto día se oyeron llantos en la cocina. Yo andaba cerca y pude escuchar todo lo que allí ocurrió. Apareció don Aurelio y Genoveva e Inés empezaron a disimular al verlo. Preguntó qué sucedía, y ante el silencio de las mujeres amenazó con degollarlas a las dos. En su casa no admitía confabulaciones ni secretos a sus espaldas… Así se enteró, y yo también, de que Inés estaba embarazada de Óscar Guzmán. ¡Su adorable Inés llevaba en el vientre un hijo de uno de sus criados!

Pareció volverse loco. Rompió a manotazos todo lo que había en la cocina y juró que haría pagar a ese muchacho su afrenta.

Salomé hizo una pausa para tomar aliento. Nos contempló a todos con una mirada desolada.

–Sin embargo, don Aurelio quería preservar la honestidad de Inés. Por esa razón se hizo correr la voz de que había sido forzada por unos desconocidos en uno de sus viajes a Madrid. La criatura no podía vivir. ¡No debía vivir! Así que concibió el plan de simular su muerte. Genoveva se pasaba el día bajo los efectos de los antidepresivos, completamente drogada. Inés tuvo un parto muy difícil, en casa, en su cuarto. Úrsula y Salomé hicieron de parteras y comadronas improvisadas. Inés fue anestesiada y no se enteró de que había parido hasta veinticuatro horas más tarde debido a los somníferos. Cuando despertó preguntó por su hija, pero ya para entonces se había celebrado el entierro de la pequeña María... El falso entierro.

Salomé bajó la mirada al suelo y guardó un silencio impenetrable. Los demás no sabíamos dónde poner los ojos. Nadie sabía qué decir. Aquella era una historia delirante.

Fue Úrsula la que rompió aquel espeso silencio.

–A veces desearía volver atrás...

La contemplé con ojos abatidos.

–No podemos volver atrás. No es posible devolverles la vida a Inés y a Óscar. Tampoco serviría de nada denunciar el robo de aquella niña. ¿A quién? ¿Para qué? Sería muchísimo peor remover aquello a estas alturas. Beatriz no sabe quiénes fueron sus padres verdaderos. Ella es feliz y está orgullosa de ustedes. Tal vez sea mejor no contarle nada, a menos que ustedes mismos decidan confesarle la verdad.

Miguel, Salomé y Úrsula levantaron poco a poco las miradas y pusieron sus ojos arrasados en Alicia y en mí. Sus rostros reflejaban sufrimiento. Los tres se sentían culpables de haber silenciado aquella terrible historia durante veinte años.

–Alicia y yo no le diremos nada a Beatriz, pueden estar seguros. Ni tampoco cuando se celebre el juicio. No serviría de nada contar la verdad.

Miguel suspiró.

–¿Y crees que nosotros deberíamos…?

–¿Decírselo a Beatriz?

Miguel dijo que sí sin mover los labios.

–Eso lo deben decidir ustedes tres.

Salomé no pudo resistir más tiempo la tensión del momento y rompió a llorar. Su marido la abrazó. Úrsula, a su lado, no hacía más que limpiarse los ojos con un pañuelo.

–Sé que los tres amaban a Inés, y que también apreciaban mucho a Óscar. A cambio de nuestro silencio les pedimos que cumplan la última voluntad de Inés: entiérrenlos juntos y cambien esa lápida infame que hay en su tumba.

Miguel me alargó la mano. Se la estreché.

–Te lo prometemos.

Alicia y yo volvimos a besarlos. Salomé y Úrsula nos abrazaron entre llantos y gimoteos.

–Una última cosa antes de que os marchéis… –dijo Salomé.

Esperamos sus palabras.

–¿De verdad nos habéis perdonado?

Fue Alicia la que respondió.

–No somos nosotros quienes tienen que perdonarlos. Cumplan con la promesa de enterrar a Inés y Óscar en la misma tumba, recen por ellos, respeten su memoria y pregunten a su corazón si deben o no contarle la verdad a Beatriz.

–¿Vosotros qué haríais? –preguntó Miguel en un hilo de voz.

Alicia y yo nos miramos.

–Beatriz los quiere mucho. Los admira –dije convencido de mis palabras–. Pero también tiene derecho a saber quiénes fueron sus verdaderos padres. Hasta que no digan la verdad no descansarán en paz. La mentira es un cáncer que acaba devorando el corazón.

Estábamos a punto de salir a la calle, cuando Úrsula se nos acercó.

–¡Esperad!

En su mano derecha había un sobre. Lo alargó hasta nosotros.

–¿Qué es?

–Os mentí –confesó con voz compungida–. Nunca quemé las cartas que Inés mandó desde Kenia tras la muerte de su madre. Esta es la última.

Miré a los ojos de aquella mujer. Nunca he visto tanta desolación en unas pupilas.

–Quedaos con ella.

Cuando doblamos la esquina, Miguel, Salomé y Úrsula estaban en la puerta del hostal con los brazos levantados.

El otoño arreciaba con fríos y aguaceros. Había comenzado a llover un rato antes de llegar con el coche hasta la puerta del cementerio. Abrigados con sendos chaquetones y protegiéndonos de la lluvia con paraguas, contemplamos la puerta del cementerio a la escasa luz del atardecer.

Estaba convencido de que aquella era la última vez que pisábamos el lugar. Empujé la puerta con la mano izquierda y ambos entramos en aquel reino de muerte.

Llovía con fuerza y el suelo estaba resbaladizo y lleno de barro. Alicia se aferró a mi brazo para no caerse en aquel tremendo lodazal.

Nos detuvimos ante el mausoleo de los Valdivia, un pequeño monumento construido con mármol negro. Se encontraba a la sombra de un ciprés centenario y su puerta era una verja de hierro. Echamos un vistazo rápido a través de los barrotes. Los nombres de los cuatro hermanos figuraban en los sepulcros: Rafael, Sabino, Tadeo y Aurelio. También podían leerse nombres de otros fallecidos, pertenecientes a la misma familia.

El esplendor de los Valdivia quedaba reducido a polvo y olvido.

Alicia y yo reanudamos el paseo bajo la lluvia y casi enseguida dimos con la tumba de Genoveva y Luis. A sus pies crecía un rosal blanco.

Durante un par de minutos, permanecimos en silencio, escuchando los truenos y la lluvia, sintiendo que aquella era una historia muy injusta. Les dije adiós sin abrir la boca y deseé con todas mis fuerzas que los dos pudieran encontrar en el otro mundo la felicidad que aquí se les había arrebatado.

Fuimos paseando hasta la tumba de Inés, tal vez la más sencilla de todo el cementerio.

Un relámpago iluminó el cielo encapotado de negrura como una inmensa guadaña de luz. Poco después se oyó un trueno. Y luego otro, más grande. Parecía que el cielo se iba a desmoronar de un momento a otro sobre nosotros.

Nos quedamos mirando la sepultura. Las gotas de agua caían sobre ella como lágrimas. De pronto, observé que Alicia estaba llorando a mi lado. En silencio.

Me adelanté un par de pasos, hasta tocar la tumba con mis rodillas, y me incliné ligeramente. Lo suficiente para hablar en la intimidad con Inés Molina.

–Tu hija no murió al nacer, Inés. Está viva. Es una muchacha hermosa, llena de alegría y de buenos sentimientos. Igual que tú. Se llama Beatriz. Puedes sentirte orgullosa de ella. Algún día vendrá a traeros flores a ti y a su padre. Te lo prometo.

Me incliné un poco más y me quedé escuchando. Mezclada con el sonido de la lluvia pude distinguir con absoluta claridad la palabra «gracias».

Volví a situarme junto a Alicia.

Fue entonces, al meter mi mano derecha en el bolsillo, cuando mis dedos tropezaron con el sobre que me había entregado Úrsula. Lo saqué.

Era la última carta que Inés había enviado desde Kenia.

Le pedí a Alicia que me sujetara el paraguas mientras extraía el papel del sobre. Lo desplegué. Era la más breve de todas las cartas. Menos de veinte líneas.

Guardé el sobre y leí en voz alta:

Querida mamá:

Espero que cuando recibas esta carta te encuentres bien de salud. No puedo decir lo mismo de mí. Esta será la última carta que te envío. Se han confirmado los peores pronósticos acerca de mi salud. El tumor cerebral avanza demasiado deprisa y pronto no podré valerme por mí misma. He decidido abandonar Dadaab y regresar a Atienza para compartir contigo mis últimos días. La sequía aquí en Kenia dura ya más de tres años. Ya no recuerdo cuándo fue la última vez que vi llover. Estoy rodeada de muerte y miseria. Ahora precisamente acuden a mi mente los recuerdos más hermosos de mi vida. A Óscar y a mí nos gustaba contemplar la lluvia sobre los campos de trigo de Atienza, abrazados, mientras soñábamos con un futuro feliz. Ese es mi último deseo. Quiero morir en paz y que se me entierre junto a mi hija y junto a Óscar, el gran amor de mi vida. Cuando no puedo soportar el dolor que me atenaza, cierro los ojos y sueño con él. Sí, mamá. Me he pasado la vida recordándolo y añorándolo. Sueño que estoy a su lado, bajo la tierra, y que me abrazo a él para que no me dé miedo la oscuridad de la muerte.

A veces imagino que llueve sobre mi lápida. Sobre la lápida que cubre mi cuerpo, el de Óscar y el de nuestra hija, en una eternidad de trigos amarillos. Esa lluvia interminable es el llanto de los millones de seres que sufren y mueren todos los días en el mundo.

¿Qué importancia tiene mi muerte al lado de tantas muertes inocentes?

Pronto estaré contigo. Bendíceme, como siempre has hecho, mamá querida. Y perdóname por todo el sufrimiento que te haya causado en esta vida.

Un abrazo muy grande de tu hija, que te quiere,

Inés Molina Lorente
Campamento de refugiados de Dagahaley, Dadaab,
Kenia. Navidad de 2015

Guardé la carta en el bolsillo de mi chaquetón y coloqué mi brazo sobre los hombros de Alicia. La atraje hacia mí para que apoyara su cabeza en mi pecho.

Permanecimos así, en completo silencio, llorando los dos bajo aquella lluvia interminable, hasta que oscureció del todo y la noche nos envolvió con su sábana negra.

Epílogo

ERAN las diez menos cuarto cuando conseguí aparcar en Romero Robledo, tres calles más allá de mi casa. La lluvia nos había acompañado durante todo el viaje. Ni Alicia ni yo habíamos abierto la boca en ningún momento. Ambos estábamos sumidos en hondas reflexiones.

La historia de Inés Molina y Óscar Guzmán formaba parte ya de nuestra vida. Yo sentía que por fin me había quitado el peso que me había atormentado todo el verano desde que empezaron las apariciones de Inés. Solo había una cuestión que no había sido capaz de clarificar: el personaje con sombrero y capa que vi en Atienza y en el sótano del sanatorio, ¿había sido una alucinación o no? Tenía la sensación de que Aurelio Valdivia podría haber estado detrás..., pero ya nunca lo sabría con seguridad.

Apenas llovía cuando bajamos del coche.

–¿Vamos a casa o mejor nos tomamos cualquier cosa por ahí? –pregunté.

–Me apetece cenar algo. No he tomado nada desde el desayuno.

–Estupendo. ¿Chino, italiano, *burguer…?*

–Me da igual. Lo primero que pillemos.

Fuimos paseando por el barrio, cubiertos los dos por el mismo paraguas. Recorrimos las calles que tan bien conocíamos. Alrededor de nosotros, Madrid bullía de luces, ruidos y colores. Pasaban taxis, ambulancias, autobuses, coches y más coches. La gente iba y venía por las aceras, cruzaba los semáforos, se aglomeraba en las cafeterías o a la puerta de los edificios.

Caminamos embozados en un silencio cómplice, disfrutando del momento, hasta que el azar nos hizo tropezar con un barecillo algo cutre en el que no habíamos entrado nunca.

Desde la puerta vimos que había un montón de tapas sobre el mostrador.

–Aquí mismo –propuso Alicia.

Era un bar pequeño.

El camarero se entretenía en limpiar vasos y copas en la pila que había tras la barra. Llevaba un trapo en el hombro izquierdo. Nos preguntó qué queríamos sin dejar de fregar vasos. Por el aspecto y la forma de hablar debía de ser originario de algún país asiático.

Pedimos unos pinchos de tortilla de patatas y una ración de ensaladilla rusa. Zumo de piña para Alicia y Coca-Cola para mí.

En la pantalla de la televisión se veía un programa concurso. Nos sentamos a una mesa cualquiera, de espaldas a la tele.

El camarero nos sirvió las tapas y los refrescos y nos preguntó en su castellano particular si queríamos algo más. Negamos con una sonrisa. Se marchó detrás de la barra y siguió fregando vasos.

Mientras Alicia se dedicaba a dar cuenta de la tortilla, me entretuve unos instantes en observar el local. Dos hombres sentados en una mesa, cerca de nosotros, seguían el programa de la tele. Tenían ante sí sendos vasos de vino tinto. Mientras reían con las peripecias del concurso comían cacahuetes y aceitunas, y tiraban las cortezas y los huesos al suelo. Una pareja de cuarentones con un niño cenaba un poco más allá. Los padres apenas prestaban atención al chiquillo, un muchachete que debía de tener ocho o diez años, y que en vez de comer se dedicaba a jugar con la *tablet*. Supuse que estaría matando marcianos o zombis. En la barra, sentados sobre sendos taburetes, había dos tipos muy elegantes. Iban vestidos con americana y corbata. Tomaban cubatas y conversaban animadamente ajenos al resto del mundo.

De pronto reparé en un individuo que estaba sentado en una mesa al fondo del local. Tendría unos treinta años, tal vez un poco más. Iba vestido con una chaqueta de piel negra y me pareció que lloraba.

Alicia daba cuenta de la tortilla de patatas con un hambre contagiosa. Yo no había empezado a comer todavía. La verdad es que apenas tenía apetito.

–¡No sé cómo hacen en Madrid estas tortillas tan buenas!

Bebí un trago de Coca-Cola y luego me llevé un trocito de pan a la boca. Volví a mirar con disimulo al desconocido de la chaqueta negra. Ya no me cabía ninguna duda. Tenía los codos apoyados en la mesa y se cogía la cabeza con las manos. Lloraba como un chiquillo.

Le palmeé con discreción la mano izquierda a Alicia y bajé la voz.

–Aquel hombre de allí está llorando. A tu derecha. Vuélvete con disimulo. Debe de tener algún problema…

Alicia dirigió la mirada hacia donde yo le señalaba, pero enseguida me contempló con gesto contrariado.

–¿A qué hombre te refieres?

Volví los ojos aterrado.

En la mesa del fondo no había absolutamente nadie.

Índice

Capítulo primero:
La mujer sin rostro 7

Capítulo segundo:
Deja de decir chorradas 19

Capítulo tercero:
Como un pulpo en un desierto 33

Capítulo cuarto:
Oro y escarlata 45

Capítulo quinto:
Cara de perro apaleado 55

Capítulo sexto:
Museo de sombras y fantasmas 67

Capítulo séptimo:
Cada día te pareces más a mi hermana 77

Capítulo octavo:
Nunca he estado en Granada 89

Capítulo noveno:
Un sueño oscuro y pegajoso 99

Capítulo décimo:
Me paso el día pensando en ti 111

Capítulo undécimo:
¡No metas los dedos en la mermelada! 121

Capítulo duodécimo:
Parecéis buenos chicos 133

Capítulo decimotercero:
Estoy empezando a sentir claustrofobia 147

Capítulo decimocuarto:
Médicos Sin Fronteras 161

Capítulo decimoquinto:
Dagahaley 175

Capítulo decimosexto:
No acabo de verlo claro 185

Capítulo decimoséptimo:
Cerezas rojas 197

Capítulo decimoctavo:
No se permiten licencias amorosas 209

Capítulo decimonoveno:
Odio los ratones 219

Capítulo vigésimo:
Un plan diabólico 231

Capítulo vigésimo primero:
Presagio de tormenta 241

Capítulo vigésimo segundo:
Hoy es mi cumpleaños 249

Capítulo vigésimo tercero:
Descansa en paz 259

Capítulo vigésimo cuarto:
La boca del infierno 267

Capítulo vigésimo quinto:
Es una lástima que tengas que morir 277

Capítulo vigésimo sexto:
Llueve sobre mi lápida 285

Epílogo 299

Títulos publicados

1. Robert Swindells, *Calles frías*
2. Heinz Delam, *La maldición del brujo-leopardo*
4. Oriol Vergés, *Un pueblo contra los Hamid*
5. Anja Tuckermann, *Muscha*
7. José Luis Velasco, *Atrapado en la oscuridad*
9. Alfredo Gómez Cerdá, *El beso de una fiera*
10. Concha López Narváez y Carmelo Salmerón, *El visitante de la madrugada*
13. Fernando Lalana, *El paso del estrecho*
15. Heinz Delam, *La selva prohibida*
16. Jordi Sierra i Fabra, *Retrato de un adolescente manchado*
18. José María Latorre, *La leyenda del segundo féretro*
19. Els de Groen, *Casa sin techo*
20. Eliacer Cansino, *El misterio Velázquez*
22. Jordi Sierra i Fabra, *Un hombre con un tenedor en una tierra de sopas*
26. Christian Grenier, *El ordenador asesino*
27. Heinz Delam, *Likundú*
28. Concha López Narváez y Miguel Salmerón, *Hola, ¿está María?*
29. José María Latorre, *Pueblo fantasma*
30. Alfredo Gómez Cerdá, *La última campanada*
31. José Ramón Ayllón, *Vigo es Vivaldi*
33. Jordi Sierra i Fabra, *97 formas de decir «te quiero»*
38. Juana Aurora Mayoral, *Seis cerezas y media*
40. José María Latorre, *La mano de la momia*

41. Marisol Ortiz de Zárate, *Los enigmas de Leonardo*
42. José Ramón Ayllón, *Diario de Paula*
43. Concha López Narváez, *Los pasos del miedo*
44. Santiago Herraiz, *Jaque en la red*
46. Fernando Lalana, *Amnesia*
47. Jordi Sierra i Fabra, *En una esquina del corazón*
49. Roberto Vivero, *Hello Goodbye*
50. Heinz Delam, *La noche de las hienas*
52. Jordi Sierra i Fabra, *Sin tiempo para soñar*
55. Francisco Díaz Valladares, *La venganza de los museilines*
56. José María Latorre, *Después de muertos*
57. Marcial Izquierdo, *El último día de mi vida*
58. Francisco Díaz Valladares, *El último hacker*
59. Carlos Puerto, *Zumo de mango*
60. Jordi Sierra i Fabra, *Los olvidados*
61. César Fernández García, *No digas que estás solo*
62. Santiago Herraiz, *Llora Jerusalén*
63. Jordi Sierra i Fabra, *El funeral celeste*
64. Gianni Padoan, *Concierto de libertad*
65. José Ramón García Moreno, *Dos muertos y pico*
66. Francisco Díaz Valladares, *A orillas del mal*
67. Jordi Sierra i Fabra, *Anatomía de un «incidente aislado»*
68. Miguel Luis Sancho, *Días de lobos*
69. Jorge M. Juárez, *La misteriosa fragua de Vulcano*
70. Jordi Sierra i Fabra, *La canción de Mani Blay*
71. Concha López Narváez y María Salmerón, *El último grito*
72. Arturo Padilla, *Supervivientes detrás de las cámaras*
73. Enrique Páez, *Cuatro muertes para Lidia*
74. César Fernández García, *La niebla que te envuelve*

75. Andrés Guerrero, *Siempre estaré allí*
76. Eliacer Cansino, *El chico de las manos azules*
77. Francisco Díaz Valladares, *Terror bajo los hielos*
78. Juan Ramón Barat, *La sepultura 142*
79. Fernando Lalana, *La maldad o algo parecido*
80. Juan Ramón Barat, *Deja en paz a los muertos*
81. Juan Ramón Barat, *Clara en la oscuridad*
82. Jordi Sierra i Fabra, *Después del huracán*
83. Rebeca Álvarez, *If*
84. Daniel Hernández Chambers, *Muéstrame la eternidad...*
85. Arturo Padilla, *Prisioneros del mar*
86. Juan Ramón Barat, *Llueve sobre mi lápida*
87. Belén Conde Durán, *Luz y tinieblas*
88. Monserrat del Amo, *La vida no tiene música de fondo*
89. Juan Ramón Barat, *La noche de las gárgolas*
90. Jordi Sierra i Fabra, *Im-Perfecto*
91. Fernando Lalana, *El muerto al hoyo*
92. Juan Ramón Barat, *La Perla de Sanzio*

PARALELO CERO

Este libro se terminó
de imprimir en el mes
de noviembre de 2019